小学館文庫

TEN 上

楡 周平

小学館

TEN上　目次

TEN 下　目次

TEN 上

『TEN』上　主な登場人物

小柴俊太……………………神戸生まれの横浜ドヤ街育ち。「テン」の綽名を持つ
麻生寛司……………………俊太が兄と慕う幼馴染。ムーンヒルホテルに勤務
月岡光隆……………………ムーンヒルホテルの御曹司
川俣茂二……………………料亭・川霧の下足番
磯川照夫……………………大門会組長
池端…………………………ムーンヒルホテル経理課課長
滑川悦男……………………ムーンヒルホテル経理課渉外係係長。未払金回収担当
荒木久………………………ムーンヒルホテル販売企画部一課課長。宴会・婚礼担当
浜島英輔……………………ムーンヒルホテルに新設された財務部経理管理課の社員
澤井文枝……………………月岡家で働く住み込みの女中

プロローグ

Prologue

横浜にはドヤがある。

簡易宿泊所や粗末な造りの飲食店が軒を連ねる通りには、まだ昼前だというのに、路上に座り込み、酒を呷り、あるいは博打に熱を上げている日雇い労働者たちの姿がある。

終戦からすでに十二年。朝鮮戦争特需に沸いた日本は、奇跡的な復興を遂げ、「もはや戦後ではない」と宣言されるまでになっていた。

そんな時代にあって、この時間から飲酒にふけり、博打にうつつを抜かすのは、とりあえず今日の暮らしには事欠かないだけの小銭を所持している者たちだ。

日払いの報酬は宿代と飯代、それに酒代を払えばあらかた消えてしまう。わずかに残った銭を貯めたところで、いまの暮らしから抜け出せるわけでもない。そこで博打と相成るわけだが、勝てば勝ったで働く気は失せてしまう。

かくしてこの町では、こうした光景が日々繰り返されることになる。

だが、小柴俊太の場合は少し違う。日雇い仕事に就いていることに変わりはないが、同じ運を使うなら、博打よりも、手っ取り早くカネを稼ぐ術を心得ているからだ。

今年十九歳になった俊太が日雇いの仕事をするようになって三年が経つ。

中学卒業と同時に、京浜工業地帯にある町工場に旋盤工の見習いとして就職したのだが、油と金屑に塗れ、同じ作業を延々と繰り返す日々。まして、親方は職人気質で、覚えが悪いと早々にゲンコツが飛んでくる。

もとより高校へ進むことなど考えたこともなかったから、勉強に身が入ろうはずもない。小学校の頃からグレはじめ、中学の頃には立派に一端の不良。二年の時には番を張り、喧嘩に明け暮れる日々を過ごしてきたのだ。腕には覚えがあるし、何よりも他人に指図されるのが大嫌いときている。

こないな仕事、阿呆らしゅうてやってられへんわ。もううんざりや。

親方をぶん殴り、「辞めた！」と捨てゼリフを残して工場を飛び出すまでにわずか半年。

それからはずっと、日雇い生活である。

しかし、そんな俊太にも夢がある。

自動車の運転免許を取ることだ。

大卒の初任給が一万二千七百円。百万円以上もする自動車は、庶民にとっては高嶺（たかね）の花だ。個人で自動車を所有することは叶（かな）わぬまでも、普通免許を取り、やがて大型免許を取れば、トラックを運転しながら日本全国を走り回れる。もちろん、そうなるためには、運送会社に職を得なければならず、他人に指図されることに変わりはないが、運転している間は自由になれる。

だから、俊太は酒を呑（の）まない。博打もやらぬ。

こつこつと貯めたカネで自動車教習所に通い、普通免許の取得も目前というところまで漕（こ）ぎ着けた。

問題は教習所に通う日は、日雇いの仕事に就けないということにある。

貯めたカネも、そろそろ尽きる。かといって、まとまったカネを貯めるには、それなりの日数がかかる。それでは、運転の勘が鈍ってしまう——。

そこで思いついたのが、中学時代に小遣い稼ぎに使った手口だ。

いま、俊太の腕の中には、一匹の猫がいる。

俊太は、通りの一角で立ち止まった。

頭上からは、八月の日差しが容赦なく照りつけてくる。

俊太は口笛を吹きながら猫の頭を撫（な）でると、通りを窺（うかが）った。

それにしても暑い。

立っているだけでも汗が噴き出し、背中を伝い落ちていく。

どれくらい時間が経ったのか。やがて、通りの先に一台の乗用車がこちらに向かって来るのが見えた。

何が起こるか分からない。それがドヤだ。だから、ここに乗用車で乗りつける人間はまずいない。

つまり、この町の事情を知らない人間か、あるいは道に迷ったかのどちらかということだ。

乗用車は、ゆっくりと近づいて来る。

運転手の顔が見えた。

やはり道に迷ったらしい。しきりに周囲に視線を走らせ、前方の注意が疎かになっている様子が窺えた。

来た、来た、カモが来た――。

悪う思わんでな。迷わず成仏するんやで。化けて出たりしたらあかんで。

俊太が、猫の頭を撫でたその時だ。

「テン、お前まだそんなことやってんのか」

背後から肩を摑まれて、俊太は思わず振り向いた。

意外な人物が立っていた。

真っ白なワイシャツ。ポマードで固めた頭髪――。

麻生寛司（あそうかんじ）だ。彼が町を出ていって以来だから、会うのは二年ぶりのことになる。

「あっ……カンちゃん――」

固まった俊太の前を、乗用車が走り抜けて行く。「どないしてん？」

「どないしてんじゃないよ。いいかげんにしろ！　猫轢（ひ）き殺してカネせびろうって、どんな神経してんだ。猫だって、理由もなくこの世に生まれてきたわけじゃないんだぞ。まったく、お前は中学生の頃から全然成長してないな」

寛司は厳しい口調で叱責すると、俊太の頭を思い切り平手で叩（たた）いた。

頭が揺れ、俊太の腕が緩んだ。

瞬間、地面に落ちた猫が一目散に通りを走り去って行く。

「あっ！　猫が……」

俊太は声を上げた。

「猫がじゃないよ！」

寛司は、俊太の額を指で小突く。「当たり屋も大概だが、そっちよりもっと性質（たち）悪いぞ。暫（しばら）く会わない間に少しはまともになったかと思いきや、ワルに拍車がかかってんじゃないか」

「いや、当たり屋は、もうやれへんねん。警察に目えつけられてもうて……。そやさかい、しょうがなく――」

「なあにがしょうがなくだよ」

寛司は心底呆れたようにため息をつく。「お前、こんなことやってたら、そのうち鑑別所に送られるぞ。ヤクザにでもなるつもりか」

「そやけどなあ、カンちゃん」

俊太は、坊主頭を掻いた。「車乗ってるやつはカネ持ちやんか。みんな財布にぎょうさんカネ入れとんねん。わしらには大金やけど、あいつらにはちょっとした小遣いみたいなもんやし――」

当たり屋を始めたのは、番を張るようになった中学二年の時だった。

酔っ払って路上をふらついていた日雇い労働者が乗用車に接触し、転倒する光景を目撃したのがきっかけだ。非が日雇い労働者にあるのは明らかだったが、何せドヤのど真ん中である。路上に屯していた仲間たちが駆けつけ、たちまち乗用車を取り囲むや、運転手を引き摺り降ろし、大騒動になった。

接触した日雇い労働者に怪我はなかったが、仲間たちに取り囲まれた運転手は顔面蒼白だ。

「どうすんだよ」「あ〜あ、こいつ立てねえぞ」「明日からの稼ぎがなくなっちまったら、食っていけねえぞ」

口々に罵声を浴びせられ、運転手は脂汗を流してその場で固まるばかりだ。

立てないのは酔いのせいであることは運転手だって百も承知だが、反論しようものなら何をされるか分からない。

結局、日雇い仲間のひとりが、「せめて、宿代と飯代ぐらいは出してやれよ。それで済むなら安いもんだろ」と場を収めにかかり、運転手からカネを巻き上げたのだ。

へえっ。こらえええわ――。

以来、当たり屋は俊太の小遣い稼ぎの手口になった。

俊太が車に当たる。そこを不良仲間が取り囲む。中学生とはいっても、みんなドヤ育ちだ。柄の悪さは横浜一。罵声の浴びせ方も、恫喝の方法も、ガンのつけ方も堂にいったものだ。

獲物に滅多に出くわさないのが唯一の難点だったが、成功すれば十人ほどの仲間と一週間は外でまともな飯を食えるだけのカネになった。

だが、中には猛然と反論し、警察を呼ぶ人間もいた。

それが、二度、三度となると警察も魂胆を見抜く。

「また、お前か。いいかげんにしろよ。今度やったら鑑別所に入れるぞ」

警告されたのが、ちょうど中学を卒業する直前。不良仲間も職が決まり、離れ離れになったのを機に、当たり屋稼業から足を洗ったのだったが、一度覚えた蜜の味はそう簡単に忘れられるものではない。

そこで、はたと閃いたのが猫である。

目前を車が通り過ぎるタイミングを見計らって、猫を前輪目がけて放り投げるのだ。猫はあえなく轢死。そこから先は、嘆き、喚き、「大事な猫をどうしてくれる」と捲し立てる。

身長は百六十センチと小柄だが、三年も肉体労働をしていれば体には筋肉がつく。真っ黒に焼けた皮膚、ランニングシャツにニッカボッカ。おまけに坊主頭とくれば、ドヤという場所と相俟って、相手に与える威圧感は半端なものではない。

「お袋さん、嘆いてたぞ。ちゃんとした仕事にも就かないで、日雇い続けてるって。当たり屋にしたって今度は猫だ。こんなことをやってたら、猫に呪われて一生この町から抜け出せない。まだ二十歳にもなってないのに人生棒に振ってしまうって」

母親のことをいわれると胸が疼く。

父親はすでに亡い。生前、神戸で洋服の職人をしていた父に召集がかかり、俊太が七歳の時に南方で戦死したのだ。

物心つく頃には、日本は戦争の真っ只中だ。生活物資が圧倒的に不足していたせいで、自分がことさら貧しいと思ったことはなかったが、神戸の街は空襲で焼け野原。

そこに父の戦死である。

父も母も貧しい家の生まれで、学校も尋常小学校止まり。国民学校に入学したばかりの俊太と五つ上の兄の敬太（けいた）とふたりの子供を女手ひとつで育てなければならなくなったのだ。

そして終戦。母は紡績工場で働いた経験しかなく、手にこれといった職はない。そこで、遠縁を頼り川崎に出て来たのだが、わずかな米すら手に入れるのが難しい時代のことだ、他人の面倒を見るどころの話ではない。玄関に入ることすら許されぬまま追い払われ、手元に残ったなけなしのカネが尽きぬうちにと宿を探し求め、辿（たど）り着いたのがこのドヤである。

母はいまでこそ、横浜市内で賄い婦をしているが、最初にありついた仕事は豚の世話だった。

朝一番にリヤカーを引いて残飯をもらいに回り、豚に餌を与える。それが済むと、小屋の掃除だ。尿まみれの糞（ふん）を掻き出し、近所の河原へと運んで積み上げ、そして見張り――。

誰もが生きるのに必死であったあの時代、豚は空腹を満たし、あるいは大金に替わる生き物で、盗難が絶えなかったからだ。

だから、家は豚小屋に隣接するあばら屋で、それも崩壊寸前の酷（ひど）い代物だった。

部屋の中に充満する糞尿の臭い、母親の体に染みついた生ゴミの臭いを、いまも俊太ははっきりと覚えている。豚小屋はすでにないが、家は当時のままだ。自動車の免許を取り、やがてはトラックの運転手を夢見ているのも、他人に指図されるのが嫌だからというだけではない。母に早く楽をさせてやりたい、そんな気持ちを抱いていたせいもある。

「カンちゃん。わしなあ、車の免許取りたいねん」

「車の免許？　免許取ってどうすんだ」

「トラックの運転手になりたいねん」

「トラックって……テン、トラックの運転手になろうと思ったら、まず最初に普通免許を取ってだな――」

「仮免まではきてんねん」

寛司の言葉が終わらぬうちに俊太はいった。「そやし、カネが――」

「それで、これか」

寛司は、呆れたように頭髪を手で梳くと、「テン、お前なあ、それは違うだろう。就きたい仕事があるのはいいが、目的のために手段を選ばずってのは褒められた話じゃないぞ。第一、お前だってもうすぐ二十歳になろうってんだ。鑑別所じゃ済まない歳になるんだぞ。刑務所に入れば、前科がつく。前科者を使ってくれる職場なんてありゃしないぞ。免許を取るなら取るでだな、ちゃんとした職に就いて、カネを貯めてからでも遅くはないじゃないか。いまの時代、働き手を求めてるとこは、幾らでもあるんだからさ」

諭すようにいう。

なるほど、中卒者が〈金の卵〉といわれている時代である。

確かに、職場を求めれば、いくらでも働き口はあるだろう。日雇いにしたって、横浜には神戸と並ぶ貿易港があり、沖に停泊した貨物船から荷卸しをする港湾労働者、土木・建築作業員と仕事に事欠くことはない。

しかしだ——。

「カンちゃん。わしらのような中卒が、金の卵いわれんのは、安い給料でこき使えるからやで。朝から晩まで働いて、なんぼの銭にもならへんねん。免許取ろう思たら、ようけカネがかかんねんで」

「やっぱり、お前はテンだな」

寛司は苦い顔をしてため息を漏らすと、「当たり屋が駄目だとなりゃ、生き物殺してカネを巻き上げる。まして猫だと？　お前、テンって生き物にはどんな伝承があるのか知ってるか？」

ぐいと顔を近づけながら、訊ねてきた。

俊太がテンと呼ばれるのは、目が小さく黒目の部分が大半を占める上に、尖った鼻に顎が小さい顔の輪郭が動物の貂に似ているからだ。そう呼ばれはじめたのはこの町で暮らすようになってからだが、名づけたのは寛司である。

「で・ん・しょう?」

その言葉の意味が分からない。

問い返した俊太に向かって、

「いい伝えのことだ」

寛司はこたえると続けた。「地方によっていろいろあるようだが、目の前を通ると縁起が悪いとか、絡み合った貂が家の傍に現れると火事になるとか、とにかくロクなもんがない。運転手からしてみりゃ、お前と関わりを持ったが百年目。カネを毟り取られ、猫に至っては命取られるんだぞ。災難運んでくるって意味じゃ貂そのものじゃないか」

「そない縁起の悪い綽名をつけたのは、カンちゃんやんか――」

口を尖らせた俊太を寛司はまじまじと見つめると、

「なんで、こんなになっちまったかな。敬太が生きてりゃ、お前もこんなふうにはなってなかったろうにな」

がっくりと肩を落とす。「優しくて、勉強もできて……あいつは本当にいいやつだったのにな――」

その言葉が、また俊太の胸に突き刺さる。

兄の敬太が流感をこじらせ肺炎になって死んだのは、俊太が国民学校二年の時のことだった。

その日を生きるのがやっとの暮らしの中で、医者にかかるカネなどあろうはずもない。母が河原で採取し、天日干しにしておいたゲンノショウコを煎じて飲ませるのが精一杯。病状はたちまちのうちに悪化し、ついに帰らぬ人となってしまったのだ。

寛司と敬太は同い年で、とにかく気が合った。

路頭に迷った母親に、豚の飼育の仕事を与え、住居を提供してくれたのは、この町で何軒もの簡易宿泊所を営む寛司の父親だ。ふたりの幼子を抱えてさぞやひもじい思いをしているだろうと、折に触れ食べ物を差し入れてくれもした。そして、それを運んでくるのが寛司だった。

あばら屋を毎日のように訪ねて来ては、敬太を誘って遊び回り、時には少年雑誌を持参し、ふたり並んでページを捲(めく)った。母親が豚小屋の掃除を終え、糞を捨てに河原に出向く時には、敬太が番をするのが決まりだったが、寛司は敬太と一緒に柵の上に座り母の帰りを待った。

「ぼっちゃんに、あんなことをさせたらあかん」

母がおろおろとするさまを、俊太は覚えている。

寛司は大恩ある麻生家のたったひとりの跡取り息子だ。遊ぶなともいえぬ、帰れともいえぬ、子供とはいえ、寛司のなすがままにさせておくしかなかったからだ。

敬太が死んだ後も、寛司は度々あばら屋を訪ねて来た。

俊太を連れ出しては日が暮れるまで遊び、時には舌が溶けそうな甘い菓子を与えてくれた。

いつしか俊太は「カンちゃん」と呼び慕い、口にこそ出さぬが兄とさえ思うようになっていた。

だから、寛司の言葉は兄の言葉同然だ。それだけに、己の悪行を批判されて、俊太はそれ以上の返す言葉が見つからず俯(うつむ)くしかない。

「なあ、テンよ」

寛司の声が頭上から聞こえた。「不良とはいっても、人の上に立つってのは誰にでもできるもんじゃない。お前はワルだが、ただの不良とは違う。戦争さえなければ、ちゃんと学校に行き、ひょっとすると一廉(ひとかど)の人物になっていたかもしれない。俺は、ずっとそう思ってきたんだ、なんせ、お前は敬太の弟なんだからな」

「そやけどな、カンちゃん」

俊太は顔を上げた。「わしは中卒やで。偉(えろ)うなるのは、大学出に決もうとるやないか」

真っ白なワイシャツ。折り目のついたズボン、ぴかぴかの革靴が酷く眩しい。

寛司はこの町には極めて珍しい大学出だ。それも早稲田の政経学部というところを卒業し、いまは東京のホテルで働いている。同じ町の出とはいっても、家に財力があるかないかで、歩む人生が違ってくることの何よりの証だ。そんなことは当の寛司が一番よく知っているはずだ。

「それは違うぞ、テン……」

寛司は真摯な眼差しを向けながら、ゆっくりと首を振った。「立身を遂げる人がみんな大学を出てるかといえばそんなことはない。学があるのと、のし上がる力は別物だ。実際、戦後のどさくさで大金を摑んだのは、学もない貧しい家の出の人間が大半だ。世の中が平和な時には、学のあるやつの方が強いかもしれんが、混乱となるとからっきし。むしろ、学なんてない者の方が強いんだ。なぜか分かるか?」

今度は、俊太が首を振った。

寛司は続ける。

「それはな、本当の意味での生きる力が試されるからだ。どん底から這い上がろうって人間には、失うものは何もない。だから、なんでもやる。生きるために知恵を絞る。のし上がる機会を虎視眈々と狙っている。だがな、なまじ学のある人間は違うんだ。

自分が学んだことを生かせる場所を探そうとするんだよ。つまり、生きる場所を自分から狭くしてるんだ」

「そやけど、戦後のどさくさなんて昔の話やん。ラジオでいうとったで。もはや、戦後とちゃうって」

「町から出たことのないお前には分からんだろうが、まだまだ日本はどさくさの最中だ」

寛司は色白の聡明な顔を空に向けた。「これから日本はどんどん変わる。トランジスタラジオどころか、冷蔵庫やテレビジョン、車だって誰もが当たり前に持つ時代がやってくる。それが何を意味するか分かるか？」

トランジスタラジオやって？　そんなん、ついこの間発売されたばかりのもんやんか。第一、冷蔵庫でさえこの町では見たことあらへんのに、テレビジョンや車を誰もが持つ時代が来るやて？

カンちゃん、そらあらへんで。

俊太は納得できん、というふうにまた首を振った。

「世の中には自分の才覚ひとつで立身を遂げる機会がごろごろしてるってことだ」

寛司の声に力が籠もった。「だがな、この町にいる限りそんな機会は訪れない。トランジスタラジオも、冷蔵庫もテレビジョンも、日本の中で訪れるのが一等遅いのがこの町だ。それは、のし上がる機会を逃すということだ」

今度の言葉は、胸にすとんと落ちた。

そんなものを誰もが当たり前に持つ時代がやって来るなんて考えられないが、このドヤで暮らす人間というならなおさらだ。

「お前、偉くなりたいとは思わないか？　カネ持ちになりたいとは思わないか？」

寛司は、真顔で問いかけてきた。

「そら、まあ……」

「お前は、敬太の分も生きなきゃならないんだぞ。お母さんの面倒を見て、幸せにしてやる義務があるんだぞ。敬太が生きてりゃ、ふたりでってことになるが、あいつはもういないんだ。お前ひとりでそれをやらなきゃならないんだぞ」

「はい……」

「この町にいて、そんなことができると思うか？」

俊太は首を振った。

「だったら、まずは世に出ることだ」

寛司は断言する。「この町にそんな機会はない。ないところには生じない。世の中で、一廉の人物になりたいという欲があるのなら、まずは機会のある場所に身を置くことだ」

いわんとしていることは分かる。

しかしだ——。

「カンちゃん。そないなことといわれたかて、わし、何をやったらええんか、見当つかへんがな」

俊太は正直に胸の内を晒した。

「なんでもいいんだよ。とにかく、ここを離れて真っ当な仕事に就くことだ」

「そないなこといわれてもなあ……」

「これは、俺の会社の社長の受け売りだがな」

寛司はそう前置くと、「機会ってもんはな、常に万人の前をうろちょろしてるもんだ。それをものにできるかどうかは己の才覚次第。機会が来たと感じ取る能力、いやそれ以上に食らいつく度胸があるかどうかだって——」

はじめて口の端に笑みを浮かべた。

「社長さんなあ……。そない偉い人の言葉が、わしのような人間にも通じるもんやろか」

「うちの社長は、中卒どころか尋常小学校出だ。信州の小作人のせがれでな、商売を学んで独立して、いまや大実業家と呼ばれる人物だ」

「それ、ほんまの話なん？」

「いったろ、戦後のどさくさで大金を摑んだのは、学もない貧しい家の出の人間が大半だって」

寛司は涼やかな目元を細めると、「仕事なんてもんはな、好きや嫌いでやるもんじゃないんだ。面白くするかどうかは、本人の才覚次第だ」

声に確信を込めた。

「要は、とにかくなんでもやってみいっちゅうことやね」

「そうだ」

寛司は満面の笑みを浮かべて、大きく頷く。「どうだ。トラックの運転手も悪くはないが、ひとり仕事だからな。何かが変わるきっかけになるのは人との出会いだ。お前に変わろうという気持ちがあるのなら、人の中で働くことだ。なんなら、俺が世話してやってもいいぞ」

思いもしなかった言葉に、俊太は不思議な感覚が胸の中に込み上げてくるのを感じた。俊太には分からなかったが、それは、生まれてこの方、ついぞ覚えたことのない、〈希望〉の芽生えだった。

「ほんまに？」

「俺が勤めてる会社はいろいろ事業をやってってな。人手を求めてんだ。最初は雑用からだが、まずはそこから始めてみろ。つまらない仕事かもしれないが、石の上にも三年だ。どうしたら、もっと仕事の効率が上がるか。人に喜んでもらえるか。銭金、損得抜きで考えてみろ。見ている人は必ずいる。絶対に道は開けるから」

寛司はそういうと、両の腕を伸ばし、俊太の肩に手を乗せた。

貂の章

TEN

【貂】

哺乳綱食肉目イタチ科の動物。

1

料亭『川霧』は新橋にある。

夕闇が訪れる頃になると、門から玄関に続く通路の両側に置かれた行灯に火が入り、打ち水が撒かれた石畳を仄かに浮かび上がらせる。

川霧は完全予約制でふいの客は訪れない。

帳場には客の到着時間と人数が記された紙が貼られ、仲居、下足番は開店前にそれを完璧に頭に入れておくのが決まりだ。

川霧の客には政財界の重鎮が多く、粗相があってはならないからだ。

この日の口開けの客は六時半。

まだ五分ほど早いが、すでに玄関には和服をまとった女将が正座して客の到着を待っている。

接客に追われていない限り、こうして客を迎えるのが女将の常だが、その顔にどこか緊張の色が見て取れるのは、この日の最初の客が川霧を経営しているムーンヒルホテル社長の御曹司だからだ。

月岡光隆がその人だ。

まだお目にかかったことはないが、折に触れ噂は耳にする。

年齢は二十八歳とまだ若いが、すでにムーンヒルホテルの営業部長。もっとも、肩書きは名ばかりで、ろくに会社に出ることもなく毎夜の放蕩三昧。夏は海で遊び、冬はスキーに出かけ、滅多に東京にいることすらないという。

性格は傲慢不遜を絵に描いたような男で、相手が誰であろうとお構いなし。たまに会社に出たかと思えば、日頃の生活態度を窘めた重役を怒鳴りつけるわ、部下を能無し呼ばわりし罵声を浴びせるわと、とにかくロクな評判を聞いたことがない。

それもこれも、オーナー経営者としてムーンヒルホテルに君臨する父親の存在があればこそ。つまり、虎の威を借る狐。飛び切りのドラ息子というわけだ。

「俊太さん。そろそろご到着の時間よ。ここは茂さんに任せて。お迎えを——」

片膝をつき、三和土に控えた俊太を女将が促してきた。

「はい——」

俊太は立ち上がると、門に向かって歩きはじめた。

藍で染められ、背中に白抜きで大きく川霧と描かれた半纏。

寛司の仲介で川霧に職を得て、一年が経つ。

仕事は雑用だ。昼過ぎに店に出、まずは客室の掃除。それが終わると廊下を掃き清め、雑巾をかけ、そして便所を磨き上げる。

川霧は客室が二十もある大料亭だ。それを六十を過ぎた川俣茂二、通称「茂さん」とふたりでこなすのだ。

掃除を終えた頃には日も大きく西に傾き、賄い飯を掻き込むと、もう開店時間だ。

そこからは、玄関に待機し下足番——。

正直いって、つまらぬ仕事だった。夢も希望もあったものではない。

こないな仕事、阿呆らしゅうてやってられへんわ。辞めたろか。

何度そう思ったかしれない。

それでも、なんとか一年もったのは、「あのな、テン。三年は我慢するんだぞ。そうでなければ俺が困る。仕事を世話するってのはな、その人間の人となりを保証するってことだ。早々に辞められたら、俺に人を見る目がなかったってことになる。それは、会社ってところでは命取りになるんだ」と寛司に釘を刺されたからだ。

大恩ある寛司に、迷惑をかけるわけにはいかない——。

その一念で、耐えてきたのだ。

それに、給料は安かったが川霧は住み込みで、家賃が一切かからなかったせいもある。窓ひとつない、二畳に満たない女中部屋だったが、ドヤにあるあばら屋に比べれば遥かにマシだ。第一、ここにはあの家に染みついた豚小屋の臭いはない。まして、三食の賄いつき。食費がかからぬ上に、端材や余り物を使い、見習いの手によるものだとはいっても、俊太にとっては紛れもない大ご馳走だ。

お陰で給料にはほとんど手をつけることなく貯まる一方。それを元手に、念願の自動車免許も手にできた。あと二年働けば、大型免許を取るにも十分事足りる。

俊太は門前に立った。

やがて、通りの先から一台の車が近づいて来る。

左右に丸い大きなヘッドライトがひとつずつ。特徴あるフロントグリルの上に突き出したエンブレムはスリー・ポインテッド・スター。ベンツの最高級車三〇〇だ。

川霧を訪れる客は、ほぼ例外なくその世界では功成り名を遂げた重鎮と目される人間だ。車であることはもちろん、外車も珍しくはないが、二十九歳の若造がこんな高級車に乗って来ることはない。

まさか、いくらなんでもこれとちゃうやろ。

ところが、ベンツは川霧の門前に横づけする形で静かに停止する。

漆黒の車体が、夜の帳の中で艶のある光沢を放つ。

ドアが開き、運転手が降りかけた。

俊太は慌てて駆け寄ると、後部座席のドアを開いた。

「い、いらっしゃいませ！」

俊太は深く体を折った。

革靴が見えた。

つま先は黒、残りの部分は白のコンビの靴だ。

大気が微かに揺らぎ、車内から未知の匂いが仄かに漂ってきた。

体を起こした俊太の目の前に、ひとりの男が立った。

俊太と二十センチは違うか。見上げるばかりの長身である。

真っ黒に日焼けした体を白い麻のスーツに包み、ワイシャツの色も白。ふたつほどボタンが外され、大きく開いた胸元。

ポマードでしっかり整え、オールバックにした頭髪。張った顴骨。薄い唇。切れ長の目に、どこか物憂げな光を宿している。

間違いない。月岡だ——。

月岡は俊太に目をくれることもなく、玄関に向かって歩きはじめる。

反対側のドアが閉まる音がし、ひとりの男が月岡の後を追う。

驚いた。

寛司である。

「カンちゃん——」

俊太はドアを閉めながら、思わず小声でいった。

しかし、寛司は呼びかけにこたえることもなく、小走りで月岡の後を追う。

「ようこそ。お待ち申し上げておりました――」

中から女将の声が聞こえる。

俊太は、慌てて玄関に駆けた。

すでに、ふたりの姿はなかった。

女将の姿もない。黒と白のコンビの靴と、黒の革靴を前にした川俣がいるだけだった。

「俊太、靴をしまっとけ」

川俣が命じた。

川霧の玄関に靴箱はない。保管場所は隣接した三畳ほどの下足番室である。

部屋ごとに置き場所は決まっている上に、会食が始まると女将がやって来て、席順を報せてくる。帰りには、事前に「○○の間様、お帰りです」と声がかかり、上座の靴は中央に、以降席順に従って順に左右に並べるのだ。

もちろん、全ての客の名前を知っているわけではないが、馴染みは女将の頭の中に入っているし、初見の客でも、人相や服装は川俣が記憶している。

たかが下足番。されど下足番だ。この仕事にも、プロの技というものが存在するのだ。

月岡の来店を機に、客が次々に現れる。

しかし、それも一時間も経つと、下足番の仕事は暇になる。

この時間、川俣は下足番室に置かれた小さな椅子に腰をかけ、煙管(キセル)に刻みタバコの「みのり」を詰め、一服するのが常だが、俊太に休む暇はない。

客の靴をひとつひとつ磨くのだ。

指図されたわけではない。

自発的に始めたのだ。

「石の上にも三年だ。どうしたら、もっと仕事の効率が上がるか。人に喜んでもらえるか。銭金、損得抜きで考えてみろ。見ている人は必ずいる。絶対に道は開けるから」といった、寛司の言葉を信じてみようと思ったのだ。

下足番は単純な仕事だが、川俣のように客の人相、服装で靴の持ち主を記憶するという職人技を身につけるには時間がかかる。仕事の効率といっても工夫の余地がない。

そこで、「どうしたら人に喜んでもらえるか」ということを考えたのだ。

実際、この仕事に就いてみると、靴には持ち主の生活ぶりが表われることに気づく。

上座に座るのは、功成り名を遂げた一廉(ひとかど)の人物だが、下座の客の靴は汚れが目立つものもあれば、墨が落ちかけ、地の色が浮かび上がっているものもある。特に、雨の日に徒歩でやって来る客の靴は濡(ぬ)れそぼり、変色しているのが常だった。

丸めた新聞紙を中に入れ、湿気を取り、墨を擦り込み、ブラシをかけ、布で磨き上げていく。

こんな行為がなんになる、本当に報われる日が来るのかとも思う。

だが、一旦始めたことである。「石の上にも三年」。そう、三年の間は、我慢して続けてみることだ。

その一心で、俊太は毎日靴を磨く。

「よく、続くもんだな」

月岡の靴を取り、磨き道具の入った箱を取り出した俊太に向かって、川俣は煙管を吹かしながらいった。「まあ、悪いことじゃねえが、ここに来る客は、滅多なことでは自分の足で外を歩くこともねえ、そりゃあ偉い人たちばっかりだ。磨いたところで、誰も気づきやしねえのに――」

「茂さん。そら、上座のお客さんだけですよ。下座のお客さんの靴って、汚れてたり、傷んだりしてるのが結構あるんです」

俊太は月岡の靴に手を入れ、表面に目を走らせながらこたえた。

「下座の客ねえ」

川俣は煙管を咥えた口の端から、もわりと煙を吐く。「そんなのは、滅多なことじゃここに来られねえ客が大半じゃねえか。偉い人たちを前にして、酔っ払うわけにもいかねえから、座敷じゃ常に緊張しっぱなし。かといって、料理が美味(うま)けりゃ酒がつい進んじまう。表へ出て、別れた途端に酔いが一気に回って千鳥足だ。誰も靴が奇麗になってるなんて分かりゃしねえと思うがな」

「こうでもしてへんと間が持たんのですわ」

月岡の靴には、つま先の黒い革の部分に小さな擦り傷がある。

俊太は灰色がかったその部分をそっと手でなぞると、道具箱の中から靴墨を取り出しながら続けた。

「それに、茂さんのように、お客さんの人相、服装で誰の靴かなんて、覚えられへんし――」

「まっ、覚えられるようになるまでは四年、いや五年はかかるかな」

川俣は、またひと口煙管を吹かすと、「でもな、お前、その靴は止(や)めといた方がいいんじゃねえのか」

煙管を掌(てのひら)にぽんと叩(たた)きつけ、燃え尽きたタバコの塊を落とし、灰皿に捨てた。

「でも、つま先に傷が……」

「お前、それ、誰の靴か分かってんだろ」

「もちろん――」

「かなり難しい人らしいぜ。女将だって、今日『若』がここに来るって報せが入った途端、何か粗相があったら大変だってんで、ピリピリしてんだ。板場の連中だって同じだ。とにかく、何が癇に障るか分かったもんじゃねえっていうからな。そして、一旦怒りに火がついたら、会社がやってる店だろうが、他所の店だろうが関係ねえ。怒鳴りまくった挙句に、大暴れすることもあるってんだ」

「大暴れって――」

「酒が入ると堪え性がなくなるらしいんだよな」

「酒が入るとって……そしたら酒乱？」

俊太はぎょっとして靴墨の蓋を開ける手を止めた。

数多の修羅場を目にし、自らも喧嘩に明け暮れた俊太にしても、酒乱だけは手に負えない。何しろ、酒が入れば性格が一変し、もはや怖いものなし。手がつけられなくなるのはドヤで幾度となく目にしている。

「いや、酒乱とは違うらしいが、酒が入ると怒りの導火線が短くなるっていうんだな」

川俣は眉を吊り上げると、小さく息をし、「触らぬ神に祟りなしってやつだ。厄介な客とは、極力関わらねえに越したことはねえと思うがな」

また、みのりを煙管に詰めはじめる。

そんなことはあらへんやろ。靴が奇麗になって、喜ばん人がおるかいな。

俊太は気を取り直して、ブラシに靴墨をつけ、傷の部分を擦(こす)りはじめた。傷が見えなくなったところで布で擦る。それを、柔らかなブラシで磨き上げる。さらに、別の布を手に取り丹念になぞる。たちまちのうちに、傷は分からなくなり靴は艶を取り戻した。

やはり、月岡が履く靴だけあって革の質が違う。鏡面のような光沢を放つ。

しかし、片方の靴と並べてみると、輝きの度合いが異なることに気がついた。

こっちもやらなあかんわ。釣り合いが取れへん。

ところが、今度は白い部分との釣り合いが取れない。結局、靴全体を磨き上げたのだったが、これが思わぬ事件に発展することになった。

「鶴の間様、お帰りです」

仲居が暖簾(のれん)を上げ、声をかけてきたのは二時間後のことだ。

鶴の間は月岡が使用していた部屋である。

俊太はふた組の靴を持つと、三和土の上に並べて置いた。

後を追う川俣は、俊太の首尾のほどを目で確認しながら靴篦(くつべら)を手に持ち、片膝をついてふたりを待つ。

ほどなくして女将の先導で月岡と寛司が姿を現した。

「本日は、ありがとうございました」

女将は板張りの床に正座をすると、両手をつき丁重に体を折る。

月岡はなんの反応も示さなかった。

目元にうっすらと赤みが差しているのは酒のせいだろう。相変わらず物憂げな眼差しで、川俣が捧げ持つ靴箆を手に取った。

その目が靴に向けられた瞬間、月岡の眉間に浅い皺が刻まれた。

「おい……」

月岡は靴に視線を向けたままいった。「これ、どうした――」

硬い声だった。

場の空気が一瞬にして凍りつく。

女将の目が泳ぐ。

「何かやったのか」

月岡は、底冷えのするような鋭い視線を女将に向ける。

女将は狼狽えた視線を川俣に送る。

川俣も動揺を隠せない。それより早く、俊太に視線を向けてきた。

「靴をお磨きしておきました。つま先の部分に傷がございましたもので――」

俊太は頭を下げながらいった。

月岡はこたえなかった。

無言のまま一足の靴を手に取り、眉を吊り上げながらしげしげと眺めると、

「へえっ……。気が利くじゃねえか。で、どんな墨を使ったんだ」

俊太に向かって訊ねてきた。

「どんな墨って……」

「そこらの靴屋で売ってるやつか？」

その通りである。

靴磨きに用いている道具は、ブラシも墨も近所の靴屋から買ってきたものだ。第一、墨は墨。何を問われているのか、俊太には理解できなかった。

しかし、靴を磨いたことが、月岡の気に障ったことは確かなようだ。

俊太は思わず視線を落とした。

瞬間、頭に衝撃を覚えた。ぱか～んと盛大な音と共に、頭に激痛が走る。

思わず俊太は、その部分に手をやり、尻餅をついた。

頭上から月岡の罵声が飛んだ。

「この靴はな、舶来品。それも型をイタリーに送って作らせた誂えもんだぞ。触れるのは熟練の職人だけ。磨きにしたって、イタリーから取り寄せた油と墨を使うんだ。それをそこらの店で売ってる安物を使っただと？　物を見る目がねえくせに、余計なことすんじゃねえよ！」

あまりのことに声が出ない。

いくらなんでもこれはないだろう。

理不尽にもほどがある。

そんな内心が表われたものか、

「なんだ、その目は」

月岡はわずかに顎を突き出し、頭を傾げながら俊太を見下ろす。

「部長、勘弁してやってください」

後ろに控えていた寛司が割って入った。「こいつにしたら、靴は靴。そんな高級品があるなんて、全く知らなかったんです」

「お前、こいつを知ってんのか」

「私がここを紹介したんです。こいつが小さい頃からいろいろ面倒見てきたもので——」

「小さい頃から？」

寛司の言葉を繰り返す、月岡の顔に変化が現れた。

小さく息を吐きながら、口をもごりと動かすと、

「まっ、お前の知り合いじゃしかたねえな」

月岡は手にした靴を三和土に落とし足を入れた。

「ありがとうございました」

女将が月岡の背に向かって、深々と頭を下げた。「またのお越しをお待ち申し上げております」

月岡は振り返ることもなく、玄関を出て行く。

すかさず川俣が、寛司が後を追う。

俊太はようやく立ち上がった。

いまさらながらに、怒りが込み上げてきた。

せめて、月岡の背に声に出さぬまでも、精一杯の罵声を浴びせかけようと思うのだが、すでに彼の姿は暗がりに溶け、見ることはできない。

いや、そうではない。

涙で視界が霞(かす)んでいるのだ。

痛みのせいではない。怒りのせいでもない。誠意が認められなかった悔しさと、理不尽な行為に異を唱えられなかった屈辱が、胸の中で煮えたぎり、出口を求めているのだ。

はあ〜っと、深いため息が聞こえた。

「いくらなんでも、あれはないわ」

女将が声を落とした。「あんなのが、ムーンヒルホテルの御曹司。いずれ社長になるってんだから、先が思いやられるわ」

俊太は言葉を返さなかった。

何かをいおうとすれば涙が溢（あふ）れるのが分かっていたからだ。

中学時代に番を張り、喧嘩に明け暮れた俊太にとって、涙は敗者が流すもの。許しを乞う術（すべ）以外の何物でもない。

だから奥歯を食いしばり、必死に堪（こら）えた。握り締めた拳に力が入り、ぶるぶると震えだす。

「ああ、嫌だ嫌だ。塩でも撒いとこうかしら」

そういって女将が立ち上がった瞬間、暗がりから、ふたりの人影がこちらに向かって歩いて来るのが見えた。

ひとりは川俣。もうひとりは、意外なことに寛司である。

「あら、ご一緒じゃないんですか？」

女将が再び、床に正座して居住まいを正す。

「ここから先は、ひとりで出かけるとおっしゃってね」

寛司はこたえると、「ちょっと、こいつを借りていいですか？」

俊太を顎で指した。

「ええ。かまいませんが」

寛司は俊太に視線を向けてくると、外へ出るよう目で促した。

行灯の明かりが足下を照らす門までの半ば辺りに来たところで、寛司は立ち止まると、

「えらい目に遭っちまったな、テン……」

前を向いたまま、声をかけてきた。

俊太は無言のまま視線を落とし、両の手を握り締めた。

「お前、俺のいったこと、忘れちゃいなかったんだな……」

寛司はぽつりといった。

俊太はこくりと頷いた。

「下足番の仕事で、人に喜んでもらえるいうたら、お客さんの靴を奇麗にしとくぐらいしか思いつかへんかってん。そやし、わし――」

「偉いぞ、テン……」

「そやけど、カンちゃん。見ている人は必ずいるいうたけど、靴を磨きはじめて一年。気がついた人なんか誰もおらへんかった。はじめて気がついたんが若さんや。それが、余計なことすないうて、どつかれるて、どういうこっちゃねん。阿呆らしゅうて、やってられへんわ」

「あの人は、普通じゃないからな」

寛司は、天を仰ぐと軽くため息をついた。

「ほんま、頭おかしいんちゃうか。ヤクザより性質悪いで。どんだけ偉いか分からへんけど、いきなりどつくこたあないやろ」

寛司の前だと素直になれる。

俊太ははじめて声を荒らげた。

「勘違いするなよ。普通じゃないってのは、頭の螺子がぶっ飛んでるってこととは違うからな」

「そないなことあるかいな」

俊太は反論した。「実際、散々な評判やで。会社にも行かんで遊び呆けてるわ、行ったら行ったで部下を怒鳴り散らすわ、みんなあれがムーンヒルホテルの跡取りやなんて、先が思いやられるいうてんで」

「あの人も大変なんだよ」

寛司は俯くと、ぽつりといった。「前にもいったが、社長、つまり部長の親父さんは信州の小作人のせがれで、一代でムーンヒルホテルをここまで大きくした立身の人だ。いまやホテル八軒、料亭、レストランと事業はどんどん拡大する一方だ。いずれ、部長が跡を継ぐことになるんだが、親父を超えるのは並大抵のことじゃない。まして、従業員全員の生活が、あの人の双肩にかかってるんだ。俺たちには、想像もつかない重圧を感じてんだ」

「贅沢な悩みがあったもんや」

俊太は吐き捨てた。「重圧がどんだけのもんか分からへんけど、ろくに会社にも行かんで、ええ車に乗って遊び回ってるだけなんやろ」

「いいや、それは違うな」

寛司は首を振った。「傍から見れば、ただの放蕩息子だが、あの人はちゃんと考えてるよ」

「考えてる？　何を？」

「いずれ、ムーンヒルホテルを率いることになった時のことをだ」

俊太は鼻を鳴らした。

「そら、ムーンヒルホテルが、終わってまう時とちゃうん」

「テン……会社ってところにはな、軍隊と同じで階級ってもんがあってな。位が高い者の命令には、絶対服従。口ごたえすることは許されないんだ。ムーンヒルホテルじゃ、社長は国を作った神様。天皇陛下だ。全てのことは社長が決める。息子だって口出しできないんだ」

「なんや、話聞いてるだけで、えらい息が詰まりそうなところやな」

再びちゃちゃを入れた俊太を無視して、寛司は続ける。

「部長は大学の教室の先輩でな、俺がムーンヒルホテルに入ったのは、あの人の誘いを受けたからなんだ。日本は、急速に発展する。想像もつかないほど豊かになる。人の生活も、価値観も一変する。贅沢な食い物に、遊びに、当たり前に大金を使う世の中が来る。どうだ麻生、俺と一緒に天下取りを目指さないかって——」

寛司は、当時を思い出すように顔を天に向けた。「あの人には先が見えるんだ。だから、親父さんの経営方針に口出しできない自分が歯がゆくてならないんだよ。部下はもちろん、周りの人間が馬鹿に見えてならないんだ」

「そしたら、放蕩三昧やってんのは、その憂さ晴らしいうわけなん?」

「違う」

寛司はいままでにない強い口調で否定した。「世の中を見てるんだ。社会ってもんは、人の集まりだ。そして事業ってもんは、人の欲をどうやって掻き立てるか、夢を叶えてやるか。そこに成功の鍵が潜んでる。それが最もよく表われるのが無駄ガネを使う場所だ。そこで、どれほどのカネが動いているのか、人が何を欲しているのか。あの人はそれを見てるんだ。会社に籠もっていたら、そんなもの見えやしないからな」

夜な夜な遊び回り、放蕩の限りをつくすのが、世の中を見るやて?

ありへん。

俊太は首を振った。

「テン……。短気を起こすんじゃないぞ」

寛司は俊太を見ると、肩に手を乗せた。「お前のやってることは、間違ってはいない。それは、あの人だって分かっている。悪いことをしたともな。だからテン。お前は、靴磨きを止めるな。きっと報われる日がやって来るから」

「萩(はぎ)の間様、お帰りです」

玄関から、仲居の声が聞こえた。

寛司は、俊太をせきたてるように背中を押した。

「俺のいったことを、忘れないで実行してるだけでもお前には見どころがある。努力ってのは、報われるためにあるんだ。信じろ」

2

夜十時を回ると、宴席を終えた客が相次ぐようになり、下足番の仕事は俄(にわ)かに忙しくなる。

川霧は政界、財界の重鎮たちが集う料亭だ。

他の客に姿を見られては不都合な場合もある。

「桔梗の間様、お帰りです」

鉢合わせせぬよう、頃合いを見計らって客を玄関に誘う女将の声が、廊下の奥から聞こえた。

今日もあと一組、四名の客を残すだけだ。

客が帰るにつれ、川霧の中から人の気配が薄くなり、代わって聞こえてくるのは、俎板を洗う、あるいは調理器具を片づける板場の音だ。

花板、向こう板、煮方、焼き方、追い回しと、料理人の世界も歴然とした階級社会だ。

後始末をするのは、下っ端の役目だが、板前の命ともいうべき包丁の手入れは別だ。花板の安治が包丁を研ぐ密やかな音が、一日の終わりを告げるかのように、それに混じる。

俊太は四組の靴を下駄箱から取り出し、三和土の上に置いた。

川俣がすかさずそれを席順に応じて並べ替える。

廊下の奥から、女将の先導で、程なくして四人の客が姿を現した。

片膝をつきながら脇に控えた俊太は、靴篦を差し出した。

中央に置かれた靴は、上座の客のものだ。

確か寺内といったか。大日本物産の社長がそれを受け取ると、靴に足を入れる。

「いやあ、相変わらず見事な腕だ。今夜も堪能させてもらったよ。安治さんに、よろしくいっておいてくれ」

だいぶ呑んだのだろう。すっかり顔を赤くした寺内は、上機嫌でいう。

「いつも、社長様には、過分なお心遣いをいただきまして。花板も恐縮するばかりでございます」

「しかし、さすが京都で修業しただけのことはあるね」

寺内は相好を崩す。「グジ（甘鯛）が出たのには驚いたよ。関東では滅多にお目にかかれない代物だからね。大阪に勤務していた頃には、京都に出張すると、グジを食べるのが楽しみでねえ。いやあ、懐かしかったよ」

「甘鯛は房総でも揚がるのに、東京ではあまり馴染みがございませんので、中々手に入らないのが残念だと、花板がかねてから申しておりまして、築地の仲卸になんとかならないかと頼んでいたんです。旬にはまだ早うございますが、ちょうどいい出物があったとかで――」

女将も嬉しそうだ。床に正座し、満面の笑みを以てこたえる。

寺内はうんうんと頷くと、

「時に女将。この間、うちの家内がいってたんだが、川霧じゃ客の靴を磨いているのかね」

瞬間、俊太はぎくりとした。月岡との一件が、脳裏に浮かんだからだ。

どうやら、女将も同じ思いを抱いたらしい。左右に目を泳がせながら、すっかり狼狽した態で、

「えっ……」と短く漏らすと、言葉を呑んだ。

「いやね、川霧に行った翌日は、いつも靴が奇麗になっている。朝の一手間がなくなって助かるって、女中が家内にいったそうでね」

「それは、この子が……」

女将は、ほっとしたように肩を落とすと、ふくよかな手を俊太に向けた。「私共が命じたわけではないのです。帰りに靴が奇麗になっていれば、お客様も気分がいいだろうと申しまして」

「そうか、そうだったのか」

寺内は目元を緩ませると、「気がつかなくて、すまなかったね」

俊太に視線を向け、頭を下げた。

「いえ、そんな――」

緊張が解け、俊太の胸に温かなものが込み上げてくる。

「これは、私の気持ちだ」

寺内はそういうと、背広の内ポケットからぽち袋を取り出し、俊太に差し出してきた。

「とんでもありません。私は、そんなつもりで――」

「受け取ってくれたまえ」

寺内は、優しい笑みを浮かべる。

どうしていいのか分からなかった。

料理の出来栄えに感心した客が、花板を宴席に呼び出すのはよくあることで、その際には、大抵心付けが渡されることは知っている。それは女将も同じで、帰り際にぽち袋を差し出す客もいないではない。

安治がそれをどうしているかは分からぬが、女将の場合、仲居や下足番の茶菓子代に回し、皆で分け合うのが慣習だ。しかし、下足番にそんな心遣いを見せるのは、寺内がはじめてだった。

「俊太さん。社長さんのお気持ちなんだから、有り難く頂戴なさいな」

女将は、目を細め心底嬉しそうにいう。

「では……」

俊太は寺内の前にひざまずくと、頭を下げた。「ありがとうございます――」

薄紙を通して、中に入れられた札の感触が伝わってくる。おそらくは、四つ折りにした百円札であろう。寺内にしたら、どうということのない金額だが、そんなことはどうでもいい。誠意が認められた。その嬉しさが胸の中に満ちていくのを俊太は感じた。

「君は偉くなるよ」

寺内はそういいながら、俊太の顔をまじまじと見詰めた。「一寸の光陰軽んずべからず。功成り名を遂げる人間というものは、わずかな時間でも無駄にしないものだ。何をすべきか、何ができるか、常に考えている。これができそうで、できない常人ばかりというのが世の中だからね」

胸の中を満たす喜びが熱を持ち、はちきれんばかりになる。だが、その一方で、全く別の感情が頭を擡(もた)げ、熱を冷ましていく。

それは後悔と絶望の念だ。

一寸の光陰軽んずべからず。

寺内が口にした言葉の意味がよく分からなかったからだ。

勉強を怠り、喧嘩に明け暮れた中学時代。工場を半年で辞め、日雇いの仕事に就き、当たり屋をやってカネを巻き上げた日々——。

功成り名を遂げ、一廉の人物になるためには、寺内のような学のある人間と肩を並べていかねばならぬ。自分にその能力が備わっているかといえば、答えは否だ。かといって、いまさらそんな教養が身につくはずもない。

寺内が口にした希望の言葉が、逆に俊太に絶望感を覚えさせることになったのだから、これほど皮肉な話はない。

一行が去った店の中に静寂が訪れた。

見送りに出た女将が戻って来ると、

「俊太さん。よかったじゃない。やっぱり見ている人はいるのよ。ほんと、誰かさんとは大違い」

改めていった。

「これ……どないしたらええんですやろ――」

俊太は、手に握り締めたままのぽち袋に目をやった。

「あなたにって、下さったものだもの。好きにお使いなさいよ」

「そやけど、祝儀は――」

「私に下さるのは、みんなの働きに対して。安治さんだって戴いたご祝儀は、板場のみんなを誘って、呑みに出る時に使ってるんだから。それに、靴磨きの道具は、全部自前じゃない。それにあてれば」

「そうしとけよ」

川俣がいった。「墨代だって馬鹿になんねえんだ。お前が懐に入れたって、バチは当たんねえよ」

「すんません。そしたらそうさせてもらいます」

ぺこりと頭を下げた俊太が、ズボンのポケットにぽち袋を入れたその時、門の方から歩いて来る人の気配を感じた。

行灯の薄明かりの中に浮かび上がる人影は、かなりの長身である。色の濃いスーツを着ているせいで、輪郭しか分からぬが、その分白いシャツが覗く胸元がよく目立つ。

やがて、玄関から漏れる明かりの中に浮かび上がった男の顔を見て、俊太は凍りついた。

月岡だ。

なんで、こいつが来るんや。聞いてへんぞ。

顔が強張る。背筋に嫌な汗が滲み出はじめる。

それは、女将も同じであったらしい。

「わ……」若さんといいかけたのを、慌てて「部長……」といい直しながら、床の上に正座し、居住まいを正した。

「おう……」

月岡はひょいと片手を上げて玄関に入って来た。

「いかがなさったんです。こんなお時間に――」

必死に笑みを繕おうとしているのだろうが、女将の顔は強張っている。

それは俊太も同じだ。

月岡の逆鱗に触れたのは、一週間前のことだ。

あの時の屈辱、怒りは鮮明に覚えている。どんな顔をすればいいものやら――。

身の置き場がないとはこのことだ。

月岡には、そんなふたりの表情がよほどおかしかったらしい。

「小腹が空いちまってさ。何か食わしてくれ」

前回とは打って変わって、薄い唇の間から白い歯を覗かせる。

「何かと申されましても、板場は火を落としてしまいまして――」

「手のかかるもんじゃなくていい。茶漬けと、漬け物がありゃあ十分だ」

月岡も笑うんや。

混乱する脳裏で、俊太は不思議なものを見た気になった。

「す、すぐに板場に訊いて参りますので、そこでお待ちを」

慌てて板場に向かう女将の言葉など耳に入らぬとばかりに月岡は靴を脱ぐと、上がってすぐのところにある部屋の襖を開け、中を覗き込む。

火を落とそうが、片づけが済んでいようが関係ない。

俺が飯を食うといったら、用意するのが当たり前だといわんばかりの振る舞いだが、実際その通りではある。月岡の命とあれば、従うしかない。

「ああ、ここでいいわ」

月岡は部屋に入りざまに、振り向くと、「おう、そこの小僧。飯の支度ができるまで、ビール呑むから。女将にすぐに持って来てくれるよう伝えてくれ」

俊太に命じ、襖を閉めた。

返事をする暇もない。呆然(ぼうぜん)と立ちつくした俊太は、川俣と目を見合わせた。

「……ったく、何様だよ。これから酒を呑みはじめたら、いつ終わるか分かったもんじゃねえだろ。電車なくなっちまうぞ。人の都合ってもんを少しは考えろよ」

川俣が押し殺した声でぼやく。

「茂さん、ええですよ。あとはわしがやりまっさかい……」

川俣は通いで、住まいは品川にある。「若さん、ひとりやったら、上座も下座もあらしません。わし、ひとりで十分です」

「そうか……そしたら、そうさせてもらうわ」

何がきっかけになって機嫌を損なうことになるか分からぬ男だ。厄介事に巻き込まれるのは御免だとばかりに、川俣は半纏を脱ぐと、

「なんだ、この靴は。今日はまた、えらく薄汚れてるじゃねえか」

三和土の上に脱ぎ捨てられた月岡の靴に目を留めた。

確かに川俣がいう通りだ。

形こそ崩れてはいないが、黒い革の表面を薄く覆っているのは埃である。それも土埃ではない。まるで下駄箱の隅に長く放置されていたかのような、灰色の細かな埃だ。目をこらして見ると、だいぶ使い込んだのか、小指が当たる部分の革が少し膨らみ、色がはげかかってもいる。前回履いてきた靴とは、手入れの具合が雲泥の差だ。

はっと、思いついたように、川俣が俊太の半纏の襟を掴み寄せた。

「おい、俊太。余計なことをするんじゃないぞ。この間、散々な目に遭ったんだ。触らぬ神に祟りなしってな。まあた、ぶん殴られたらたまったもんじゃねえぞ」

板場の方から足音が聞こえ、女将が姿を現した。

「女将さん。若さんが、ビールを持って来てくれって――」

俊太はいった。

「えっ……。ああ、はい――」

女将は一瞬立ち止まると、すぐに板場の方へと取って返す。

その後ろ姿を見送りながら、

「いいな。絶対手をつけるんじゃねえぞ」

川俣は念を押すと、帰り支度を始めた。

ひとりになった俊太は、三和土に残った月岡の靴に目をやった。

今日の客は全て帰った。残るは月岡ひとりである。

このまま放置しておいても構わないのだが、それもなんだか冥利が悪い。

せめて、下駄箱に仕舞わなくては――。

俊太は靴を手に持つと、下足番室に入った。

下駄箱に靴を置き、椅子に腰を下ろした。

女将か。廊下を小走りに駆ける足音が聞こえた。

「お待たせいたしました。ビールをお持ちしました。お食事はすぐにご用意いたしますので――」

襖が閉まる音が聞こえた。

やはり食事が供されるのだ。

三十分なのか、一時間なのか、月岡が帰るその時まで、じっとここで待つ。

毎日がその繰り返しなのだが、いつもは川俣がいる。大した話をするわけではないが、こうしてひとりになってみると時間を持て余す。

ふと、太腿（ふともも）に微かな違和感を覚えた。

先ほど寺内にもらった祝儀である。

ぽち袋を取り出し、中を覗いて俊太は驚いた。

てっきりセピア色の百円札が入っているものと思っていたが、札が黒い。引き出してみると、縁に印刷された五百の文字――。

かけそば一杯が二十五円の時代に、下足番に渡す祝儀としては法外な額だ。同じ偉い人でも、感謝する人もいれば、どつくやつもおる。なんちゅう違いや――。

俊太は小さく息を吐いた。目が、下駄箱に置いた月岡の靴に向く。

しっかし、なんで今日はこない薄汚れた靴を履いてきたんやろ――。

しかも突然の来訪だ。夜な夜な遊び呆けている月岡のことだ。軽い食事を摂るくらいなら、いくらでもあてはあっただろう。なのになぜ――。

考えたところで、月岡の本心が分かろうはずもないのだが、突然の来訪、そしてこの靴には、何か意味がありそうな気がしてくる。

そうこうしているうちに、ふと俊太は思った。

ひょっとして、わしをいたぶるつもりで来たんやないやろか――。

磨かなければ、怒られる。磨けば磨いたで、怒られる。

「なんだ、その目は」

靴の一撃を食らった直後、睨みつけた自分に向かって月岡はそういった。

寛司は、会社は軍隊と同じ。位が高い者には絶対服従。口ごたえすることは許されないといった。月岡の父親は、会社においては神様だとも――。ならば、月岡は神の子だ。まして、あの性格だ。使用人のうちにも入らぬ下足番に、反抗的な目を向けられて、放っておくわけがない。ひと度悪しき方向に流れはじめた想像は膨らむばかりで、やがてそれは確信へと変わる。

ならば、どうする。

心臓の鼓動が速くなる。客は月岡ひとりだ。下足番なんかいてもいなくても同じじゃないか。靴を三和土に置いたまま、この場を立ち去ってしまおうかとも思った。

しかし、月岡には姿を見られている。それにあの男のことだ。もし、想像通りの目的で現れたのなら、女将にどんな難癖を吹っかけるか分かったものではない。

「失礼いたします。お食事をお持ちしました」

女将の声が聞こえた。

支度が調うまでの時間からすると、本当に茶漬けか。いずれにしても、簡単なものには違いない。

時間がない。

俊太は決心した。

やってもやらんでも、怒られるんやったら、やった方がマシや。

瞬間、かつて寛司がいった言葉が脳裏を掠めた。

——仕事を世話するってのはな、その人間の人となりを保証するってことだ。早々に辞められたら、俺に人を見る目がなかったってことになる。それは、会社ってところでは命取りになるんだ。

カンちゃん、堪忍——。

俊太は胸の中で詫びの言葉を呟くと、道具箱に手を伸ばした。

3

「俊太さん。部長がお帰りになりますよ」

女将の声が聞こえたのは、食事が出て二十分ほどした頃だった。

俊太は弾かれたように椅子から立ち上がると、靴を手に取った。

埃を拭き取り、オイルで汚れを落とし、さらに靴墨を塗り、ブラシと布で丹念に磨き上げた靴は、やはり革の質が違うのだろう。鏡面のような光沢を放ち、みちがえるほど奇麗になっていた。

靴を持つ指先が震えた。

心臓の鼓動が、さらに速くなる。

月岡がどんな反応を示すのか。緊張の余り声も出ない。

俊太は目を伏せたまま玄関に出ると、三和土の上に靴を置き、脇に片膝をつき身構えた。

月岡の足が見えた。

反応はない。

俊太が差し出した靴篦を受け取ると、黙って足を入れる。

月岡の手が靴に伸び、紐を結ぶ。

「面倒かけたな。美味かったよ。花板に礼をいっておいてくれ」

「とんでもございません。また、是非お運びくださいませ」

女将の声が華やいでいるのは気のせいではあるまい。何事もなく月岡を送り出せることに、安堵しているのだ。

立ち上がった月岡に、

「ご用意した分はこちらに――」

女将がいった。

そっと視線を上げ、女将の手元に目をやると、竹の皮の包みである。

「女将、面倒ついでだ。そいつを運転手に食わしてやってくれないか。茶でも淹れてやってもらえると嬉しいんだが」

「構いませんが……。部長はどうなさるんです」

「ちょっとこいつに用がある」

この場にいるのは、女将と自分だけだ。

こいつが誰を指すのかは、いうまでもない。

俊太はぎょっとして顔を上げた。

月岡の目が自分を見つめている。何を考えているのか、おおよそ感情というものが感じられない、鋭い眼差しだ。

女将が、はっとして息を呑む気配があった。

靴が磨かれていることに、気がついたのだ。

「あ、あの……俊太さんをどうなさるおつもりで——」

女将の声が狼狽える。

「大したことじゃない。二十分ほどで済む」

月岡は、ぷいと視線を逸らすと、「ついて来い」

有無をいわさぬ口調で命じ、門の方に向かって歩きはじめる。

顔面が蒼白となった女将と目が合ったが、どうすることもできない。

俊太は月岡の後を追った。

薄ぼんやりと灯火が照らす石畳の先に、黒光りする車が見えた。

月岡は何も話さない。

やがて、車に歩み寄ると運転席の窓をノックした。

弾かれたように運転手がドアを開け、車外に降り立った。

すかさず、後部座席のドアを開けようとするのを、

「飯食ってこい」

月岡は制した。

そして、怪訝な表情を浮かべる運転手に向かって、

「支度はできてるから」と続けていい、「鍵を置いていけ」手を差し出した。

な、何をする気なんや——。

月岡の目的がさっぱり分からない。

だが、どうやら怒られるわけではないのは確かなようだ。

安堵の気持ちを覚える一方で、今度は先を読めないがゆえの不安に駆られる。

「では、そうさせていただきます……」

恭しく頭を下げた運転手は、門の中に消えていく。

「おい」

月岡は振り向きざまに声をかけてくると、「お前、車の運転ができるんだってな」

鍵を放り投げてきた。

「は、はい」

「運転してみろ」

「あの……免許は部屋に置いたままで……」

「誰が免許見せろっていうんだよ。そんなものどうでもいい。つべこべいわずに、さっさと乗れ」

月岡は自らドアを開け、後部座席に乗り込む。

俊太は慌てて運転席に座ると、ドアを閉めにかかった。

重い――。

外車、それもベンツなんて高級車に乗るのははじめてだ。

国産車とは違い、ドアが厚い。質感も違う。

力を込めてドアを閉めると、精密機械さながらに金属がかっちりと嵌まる感触が伝わってくる。

手にした鍵を差し込んで、エンジンをかけた。排気量は三〇〇〇CC。車体もこれまで運転した車とは段違いに大きい。フロントグリルの上についたスリー・ポインテッド・スターのエンブレムが、随分先に見える。

「出せ」

背後から月岡の声が命じた。

「どこへ行けばええんですか」

「どこでもいい。勝手に走れ」

なんや、それ。無茶苦茶や——。

俊太は胸の中で毒づきながら、ギアを入れアクセルをおそるおそる踏んだ。

まるで絹の上を滑るような滑らかさで車が動き出す。ハンドルの質感、座席の座り心地、室内の静謐さ、何もかもが違う。車体の堅牢さに、守られているという安心感を覚える。

しかし俊太にはそれを堪能する余裕などない。高価な車に傷でもつければ大変なことになる。全神経を前方に集中し、夜の街をひた走る。

「お前、いい根性してんな」

月岡が口を開いたのは、車が西新橋の交差点を曲がり、大蔵省の前の信号で停まった時のことだ。

「あんな目に遭わされたのに、懲りもしねえで、なんで今夜も靴を磨いたんだ」

俊太は、一瞬間を置くと、

「そら、あない汚れた靴を見てもうたら……磨いても怒られる。磨かなんでも怒られるかもしれへん。そやったら、磨いて怒られる方がええと思うたからです」

正直にこたえた。

ふうん、と月岡は感心したような声を漏らす。

「で、俺が怒ったらどうするつもりだったんだ」

「馘やいわれたら、しょうがありませんけど、どつかれて終わるんやったら、あと二年は我慢しようと——」

「二年？　二年ってどういうことだ？」

「カンちゃんに迷惑かけるわけにはいきませんから……。わし、川霧を世話してもろうた時にいわれたんです。石の上にも三年や。どないな仕事でも、三年は辛抱せなあかんって。それに、会社いうところに、人を紹介するいうことは、その人間の人となりを保証するいうことやとも……。一年で辞めてもうたら、カンちゃんに人を見る目がなかったいうことになってしまいますやろ」

「麻生の顔を潰すわけにはいかねえってわけか」

「小さい頃から、カンちゃんにはほんま世話になっとんのです。カンちゃんの顔に泥を塗るようなことはできしませんから——」

それだけではない。麻生家が裕福だとはいっても、所詮ドヤの中での話である。あんな環境から、高校どころか大学に進み、大会社に就職するなんてことは、ドヤで暮らす人間にとっては夢のまた夢の話だ。その点からいえば、寛司はまさに〈ドヤの星〉。俊太にとっては憧れの存在だ。まして、恩もあれば、兄とさえ慕ってもいる。

寛司の将来を自分の不始末で閉ざすことがあってはならない。その一心でこの一年、仕事に励んでいたのだ。

しかし、月岡は住む世界が違いすぎる。そんなことを話しても、理解できるわけがない。

「ってことはだ。お前、あと二年したら、川霧を辞めるつもりだったのか」

揚げ足を取るかのような月岡の問いかけに、俊太は言葉に詰まった。

「辞めてどうする？　ドヤに戻るつもりだったのか？　それともトラックの運転手にでもなるつもりだったのか？」

「えっ……」

どうやら寛司は、全てを話したらしい。生い立ち、川霧に勤めるに至った経緯も何もかもだ。

俊太は思わず視線を上げ、ルームミラーに目をやった。

反応を窺うかのような、月岡の目がじっとこちらを見ている。

だが、それも一瞬のことで、俊太はすぐに視線を落とした。

「三年勤めりゃ、麻生の顔を潰さなくて済むって考えてたんなら大間違いだ」

月岡はいう。「石の上にも三年なんてのは、たとえばの話だ。人を保証するってのは、そんな簡単なもんじゃねえ。ずっと先の先まで、保証するってことなんだよ」

ってことは、わしはずっと下足番をせなならんのか。川霧の待遇に不満を抱いたことはないが、それもこの仕事をいずれ辞める時が来ると思えばこそだ。この仕事が生涯続くなんて考えたことはない。

しかし、だ。

月岡がそんな考えでいるのなら、寛司がムーンヒルホテルに勤めている限り、川霧を辞めることはできない。なぜなら、自分が川霧を辞めたら、寛司に人を見る目がなかったということになってしまうからだ。それでは、寛司の出世が閉ざされてしまう。

カンちゃんを人質に取られたようなもんやないか……。

そこに気がついた俊太は、暗澹(あんたん)たる気持ちになった。

目の前が暗くなる。ハンドルを握り締めていた手から力が抜け、思考が完全に停止する。

「どうした。信号青だぞ」

背後から月岡がいった。

俊太はギアを入れ、アクセルを踏んだ。

動揺は隠せない。クラッチを放すタイミングがずれ、車がノッキングする。

「なあにやってんだよ」

「す、すんません――」

「まっ、無理もねえか。二十歳そこそこで、下足番を一生やんなきゃなんねえのかって思ったら、夢も希望もあったもんじゃねえわな」

俊太はこたえなかった。肯定、否定、いずれにしても、もはや自らの意思で将来を決めることなどできないことを悟ったからだ。

酷い無力感に襲われる一方で、俊太は思った。

やっぱり、月岡は怒ってんのや。あれほど叱りつけたのに、懲りもせんで靴を磨いたことを……。汚れた靴をわざわざ履いてきたんは罠やったんや。カンちゃんとの関係を知った上で、一番痛いところをついてきたんや。

ほんま性質の悪いやっちゃで。こないなことといわれんなら、頭を靴でどつかれて終わってた方が、何百倍もマシや。

「テンよ——」

月岡が綽名で呼びかけてきた。

ふとルームミラーに目をやると、背もたれに身を預け、足を高く組む月岡の姿がある。目元を緩ませてはいるが、日に焼けた顔の中の目は炯々と輝いている。

「お前、車の運転が好きか？」

「そら、まあ……」

そやったら、なんやっちゅうねん。

俊太は、半ばヤケになってこたえた。

「でかい車が好きなのか?」

トラックの運転手になろうと思ったのは、別の理由があるからだが、それを説明したところで、どうなるものでもない。

「はい……」

「この車、気に入ったか」

なんやそれ。下足番には一生かかっても、縁のない車や。

「そら、なんぼ気に入っても、ベンツなんて、夢のまた夢ですわ――」

「そうか……」

月岡はそこで一瞬の間を置くと、「じゃあ、テン。お前、俺の運転手をやれ」

思いもよらぬ言葉を発した。

「えっ……そしたら川霧は――」

「俺がお前を運転手にするといえば、それで終(しま)いだ」

確かにその通りだ。

しかし、である。

「あの運転手さんはどないするんです。わしが運転手になるいうことは――」

「あいつは、所帯持ちでな。夜な夜な遊び回る俺に付き合ってたんじゃ、子供と晩飯も食えねえだろ。考えてみると、気の毒になってな。代わりを探してたんだ。だからって、あいつを馘にするわけじゃねえぞ。ムーンヒルホテルには、なんぼでも仕事がある。日勤に替えてやるだけだから、心配すんな」

あっさりいう月岡だったが、余りにも突然のことで、俊太はなんとこたえたものか、言葉に詰まった。

「所帯持ちを遅くさせちゃと思うと、酒を呑んでても落ち着かなくてな。その点、お前は独り者だ。俺も、気兼ねなく夜遊びができる」

月岡の夜遊びに毎日付き合わされるのは、どう考えても気乗りのしない仕事だが、いまの俊太には、拒むことはできない。

「そやけど、わし、免許取ってから、ほとんど運転してへんし、そないな仕事務まりますやろか」

「運転なんて毎日やってりゃ、誰でもうまくなる」

月岡は、はじめて笑い声を上げると、「川霧には、明日にでもこのことを伝えておく。明後日（あさって）からはお前が俺の専属運転手だ」

話は決まったとばかりに一方的に命じてきた。

4

「いってらっしゃいませ」

後部座席のドアを開けながら、俊太は丁重に頭を下げた。

ムーンヒルホテルの本社は、東京の芝にある。

地上十階建て、総客室数四百八十。地下一階は、巨大なショッピングアーケードとなっており、地下二階に本社機能が集中している。

従業員は通用口を使うことを定められているが、月岡もまたその例に漏れない。

建屋の一角に設けられた通用口に消えていく月岡の後ろ姿を見送った俊太は、トランクを開け毛ばたきを取り出した。

月岡の邸宅は元麻布にある。

高く堅牢な木製の門と、大谷石の塀に囲まれた敷地内は、鬱蒼(うっそう)と茂る木々に覆われ、外からは中の様子を窺うことはできない。二軒ある平屋は、住み込みの運転手のもので、他にもう一棟、まるで高原の山荘を思わせる巨大な洋館がある。そこが月岡が家族と共に住む邸宅だ。

もっとも、俊太に割り当てられた部屋は別にある。

大谷石で造られたガレージに隣接した、小さな台所がある六畳ほどの部屋だ。天井近くに明かり取りの小さな窓がひとつあるだけの粗末な部屋だが、窓ひとつない二畳に満たない女中部屋に暮らした川霧時代のことを思えば、雲泥の差だ。何しろ、便所もあれば風呂もある。俊太にとっては、これまでの人生で、最も恵まれた住環境に違いなかった。

仕事にしても、川霧時代よりも遥かに楽だ。

月岡が出社するのはいつも昼を回った辺りで、それも週に二度か三度でしかない。この時期、残りの日は、東京近郊のゴルフ場に出かけるか、あるいは葉山でヨットに興ずるかのいずれかだ。たまに、近所のテニスクラブに出かけることもあるが、こちらは歩いて三分もかからない至近距離にあるので、送迎の必要はない。

ゴルフ、ヨットの場合は、夜も明け切らぬうちに東京を発ち、帰りはそのまま夜の街に直行で、勤務時間は長くなるが、月岡が遊びに興じている間に、ゆっくりと休むことができる。

しかし、分からないのは、なぜ月岡が運転手になれと命じてきたのかだ。

ゴルフやヨットに興ずる間、月岡は常に体を動かしている。加えて連夜街に繰り出すのだから、体を休めている時間は自分よりも遥かに短い。移動中は後部座席で深い眠りに就くのが常で、運転手になって半月になるというのに、まともに言葉を交わす暇がないのだ。

分からんわ……。

月岡を見送る度に、真意を測りかねては不可解な気持ちに駆られる。

元麻布から芝まではわずかな距離だ。

それでも、黒塗りのボディの表面には、無数の土埃が付着していた。

俊太は毛ばたきを使って、表面を撫で上げるように磨きはじめた。

「おう、テンじゃないか」

背後から声をかけられて、俊太は振り向いた。

寛司である。

出かけるのか。背広を着用し、手には黒い革の鞄を持っている。

「へえっ、馬子にも衣装ってやつだな。見違えたじゃないか」

寛司は目を丸くして、頭の上から足の先まで視線を走らせる。

「へへ……。カンちゃん。わし、部長の運転手になってん」

「ああ、そのことは部長から聞いた」

「会社の支給品で、寸法が合わへんのやけど――」

小柄な俊太には、肩が落ち袖も少し余る代物だったが、生まれてはじめて着る背広は、やはり嬉しい。

俊太はこれ見よがしに両手を広げ、ポーズを取ってみせた。

「はっはっはっ」

寛司は、大口を開けてひとしきり笑い声を上げると、

「まるで奴さんじゃないか」

眦にうっすらと浮かんだ涙を指先で拭った。

「しゃあないやんか。背広なんか高うて買えへんし、まさか半纏着て運転手やるわけにはいかへんし――」

俊太は、ぷうっと頬を膨らませ、唇を尖らせた。

「まあ、人前に出るわけじゃないからな。しっかりカネを貯めて、ちゃんとした背広をつくるんだな」

寛司は、そこで一瞬の間を置くと、「よかったな、テン。夢が叶ったじゃないか。毎日ベンツが運転できるんだ。トラックの運転手なんかより、遥かにいいだろ」

目元を緩ませながら、優しい眼差しを向けてきた。

「そら、そうなんやけど――」

「けど、なんだ」

「わし、分からへんねん。なんで、部長はわしに運転手やれなんていうたんやろ」

「部長、何もいってなかったのか」

「なんや、前の運転手さんが、所帯持ちでどうたらこうたらいうてはったけど、店仕舞いした直後に何か食わせいうて川霧に来たと思うたら、帰り際にいきなり『お前運転してみい』いうて鍵渡されてな――」

寛司の目から笑みが消えた。

俊太をまじまじと見詰め、「お前、また靴磨いたのか」と訊ねてきた。

「ごつう汚れた靴を履いてきはったんで――」

「汚れた靴を、これ見よがしにか」

寛司は、問いかけるでもなくいうと、「それだな」納得するように頷いた。

「それだなって、どういうことなん?」

さっぱりわけが分からない。

俊太は問うた。

「お前は試されたんだよ」

「試された?」

「実は、あの後、部長からお前のことを訊かれてな。ほら、俺が小さい頃から面倒見てきたやつだっていっただろ。多分、それが気になったんだろうな。それで、お前の生い立ちから、川霧に入るまでの経緯を洗いざらい話したんだ」

「わしのことを？」

「悪いことをしたと思ったんだよ」

　寛司はいう。「そういう人なんだよ。あの人は……。あのな、テン。もはや戦後ではないっていわれててもな、日本はまだまだ貧しい。中学を卒業した半分以上が高校には進めない。大学にいたっては、同年代の中で百人にたった八人だ。大学を卒業すれば学士様なんていわれるが、誰もが立派な会社に就職できるかっていえば、そんなことはない。世の中には、人を色眼鏡で見る連中がたくさんいてな」

「色眼鏡？」

「いろいろあるが、立派な会社に入るためには、幾ら勉強ができても駄目なんだ」

「勉強ができても駄目って、どういうことなん？」

「生まれや育ちも見られるんだよ。まあ、詳しいことは、いつか機会があったら話してやるが、あの人は大学時代に、優秀なのにそうした目に遭って、就職に苦労する学生の姿を目の当たりにすることがあったんだ——」

　寛司は視線を落とすと、「俺もそのひとりでな……」

　苦いものを嚙むように口をもごりと動かした。

「カンちゃんが？」

「世間にはな、ドヤで生まれ育ったってだけで、端から相手にしない会社がごまんとあるんだ。特にお堅い職場はな。生まれ育った環境が、人間の性格、ものの考え方、道徳観に大きな影響を及ぼす。同じ類いの人間を集めた方が、厄介事は起きないってな」

黙った俊太に向かって、寛司は続けた。

ドヤでの自分の生き様を考えれば、それも分からないではない。

「ムーンヒルホテルに入ったのは、あの人が誘ってくれたからだっていったけど、それはなテン。あの人が、親父さん、つまり社長の生き様を見て、人の能力に生まれも育ちも関係ないってことを身に染みて感じているからだ。むしろ、逆境をバネにして、のし上がるくらいの気概がなけりゃ、真の意味での成功者になれない。経営者の立場からすれば、そんな人間を部下にした方が、どこの大会社でも欲しがるやつらより、何倍もの力を発揮する。そう考えてるからだと思うんだ」

「そしたら、わしは部長に――」

見込まれたん、といいかけた俊太を、

「ドヤ育ちのお前が、誰に命じられたわけでもないのに、客の靴を磨いてんだぞ」

寛司は遮った。「だけど、あの人は絶対に詫びの言葉を口にしない人でな。いやできない人なんだ。あの人はいずれムーンヒルホテルの神様になるんだ。神様が間違いを犯すわけにはいかないだろ？」

「そやし、あない汚れた靴を履いてきたんか」

寛司は頷いた。

「磨いてくれることを願っていただろうね。根性見せてみろともね。そして、お前は磨いてみせた。自分のやってることは絶対に正しい。信念を貫き通したんだ。だから、こいつは見どころがある、使えるやつだと思ったんだ」

「そしたら、磨かなんだら——」

「黙って帰っただろうさ」

寛司の言葉に、俊太はぞっと鳥肌だった。

靴を磨くか、磨かぬかで、己の進む道が一変していたことに気がついたからだ。いや、それだけではない。逆境に屈せず、のし上がろうという気概を持つ人間を部下にした方が何倍もの力になる。もし、自分もそう認められた人間のひとりなら、この先にどんな未来が開けるのか、その可能性に気がついたからでもある。

「テン。どうやらお前は、俺が思っていた以上の運を持っているのかもしれない」

寛司は顎を突き出し、小柄な俊太を見下ろした。「いいか、テン。ムーンヒルホテルは、これからどんどん大きくなる。前にもいったが、あの人はただ遊んでるんじゃない。世の中を見てるんだ。いま使ったカネは、その何倍、いや何百倍、何千倍にもなって、戻ってくる日が必ずやって来る。お前は、その時、ムーンヒルホテルを率いることになる人間の、若き日の生き様を、一番近いところで目の当たりにできる機会を得たんだ。こんなことは、滅多にあるもんじゃない。それは、きっとお前の将来の大きな財産になるはずだ」

寛司は、そこで俊太の肩に手を置くと、

「だからテン。何があっても、仕えるんだ。カネをもらいながら、最高の勉強をさせてもらってる。何か辛いことがあっても、そう思って耐えなきゃ駄目だぞ」

俊太の顔を覗き込んだ。

誰が、辞めるもんか——。

俊太は、胸の中でこたえながら、深く、大きく頷いた。

5

瞬く間に時が流れた。

気がつけば、運転手になって二年半。

雪の便りが聞こえてくると、俊太は急に暇になる。

月岡が頻繁にスキーに出かけるようになるからだ。

行き先は主に新潟か長野で、最低でも三日間。時には一週間も月岡は帰ってこない。

彼の専用車であるベンツは、他の役員が使うには高級に過ぎる。車の手入れといってもやることは限られているし、月岡の両親にはそれぞれ専用車がある。

待つことには慣れているが、一日中何もしないでただ六畳の部屋に籠もっているとさすがに時間を持て余す。かといって俊太にこれといった趣味はない。

そこで俊太が始めたのが読書だ。

月岡はなかなかの勉強家で、本をよく読む。

いや、車内では眠りこけているのが常だから、彼が実際に本を読んでいる姿は見たことがないのだが、頻繁に書名が書かれた紙を差し出し、「買っておいてくれ」と命じる。

それも尋常な量ではない。週刊誌、月刊誌の類いから、小説、経済書、哲学書といった書名からはどんなことが書かれているのか想像すらつかないものまで、一度に五冊、時には十冊もの本を買い込む。

本て、そないおもろいもんなんやろか――。

勉強などまともにしたことがない俊太には、さっぱり分からなかったのだが、なんせ時間を潰す手段が思い浮かばない。それに、「ムーンヒルホテルを率いることになる人間の、若き日の生き様を、一番近いところで目の当たりにできる機会を得たんだ。こんなことは、滅多にあるもんじゃない」といった、寛司の言葉があったせいもある。

月岡が何を考え、何をしようとしているのか。

常に行動を共にしているとはいえ、言葉を交わすことは皆無に等しい。ならば同じ本を読めば、その一端でも分かるのではないかと考えたのだ。

幸い、月岡は本を溜(た)めない。ある程度溜まったところでゴミとして片付けてしまう。それをそっくり頂戴し、暇にあかして読みふけるようになったのだが、最初のうちはちんぷんかんぷんだったものの、継続は力なりとはよくいったもので、内容に見当がつくようになると、これが滅法面白い。

いまや、万年床の周りは本の山で埋めつくされ、足の踏み場もない有り様だ。

その日、俊太は寝床を抜け出すと、新たな雑誌を手に入れようと部屋を出た。

時は二月。身震いするほど寒い日だった。

落葉した広葉樹と常緑樹の大木が混在する中に、門から玄関に続く小径(こみち)がある。両側に植えられた満天星(どうだんつつじ)は、秋になると燃えるような赤い葉を宿し、息を呑むほどに美しいのだが、いまは灰褐色の枝が密生するだけとなっている。

俊太は母屋の裏口に回ると、祈るような気持ちで勝手口の呼び鈴を鳴らした。

「は～い」

中から若い女性の声が聞こえた瞬間、俊太は安堵の気持ちを覚える一方で、胸が高鳴るのを感じた。

昨年の春、女中として月岡家にやって来た澤井文枝の声だったからだ。

月岡の邸宅では四人の女中が働いているが、文枝は中学を卒業してすぐに奉公に上がったので一番若い。他の三人はいずれも通いで、しかも三十歳以上だから、文枝は年齢が最も近いだけではなく、俊太にとっては身近にいる唯一の独身女性だった。

長い髪を三つ編みにしてひとつに束ね、化粧を全く施していない顔には、どこか幼さが残っているように感ずるのだが、色白の肌、涼やかな目元、何よりも鈴のように軽やかな声が、俊太は気に入っていた。

本をこうしてもらいに来るのも、読書だけが目的ではない。

文枝に会うのが、楽しみになっていたからだ。

だから、他の女中の声が聞こえた時は落胆するなんてもんじゃない。

「あっ、小柴さん」

ドアを開けるなり、文枝がいった。「本、用意してありますよ」

俊太が母屋を訪ねる目的はひとつしかない。

文枝は台所の上がり框に積まれた本の山を指差した。

紐で括られた束がふたつある。

「ありがとう」

俊太は精一杯の笑みを浮かべてこたえた。

「今日はまだあるんです。出がけに若旦那様に捨ててくれっていわれてたのを、私、括っておくのを忘れちゃってて――」

文枝はペロッと小さな舌を出しながら肩を竦めた。

その仕草が、また可愛らしい。まして、今日は二度も文枝に会えると思うと、

「そしたら、一度運んで、またすぐに――」

俊太の声はどうしても弾んでしまう。

ところが文枝は、

「こんな寒い日に二度も外に出るのは大変でしょう。私、お手伝いします」

奥へ走り本の山を両手に抱えて戻って来た。

「そ、そんな……。重いし、大変やで。外寒いし」

「私、寒いのは平気ですから」

文枝がここに住み込むようになって、あと二カ月すると一年になるが、たったこれだけの会話でも、まともに交わしたのははじめてのことだ。

それだけでも十分だというのに、わずかな距離とはいえ、一緒の時間を過ごせるとは――。

しかし、いざ外に出ると、何を話せばいいのか思い浮かばない。文枝との距離を縮める絶好の機会だと思えば思うほど、気持ちが焦り、考えがまとまらなくなる。

結局、ひと言も会話を交わすことなく車庫まで来てしまったのだが、俊太が部屋のドアを開けた瞬間、

「わあっ。本がいっぱいあるんですね」

中を覗き見たのか、文枝が驚いたようにいった。

「自分で捨てなきゃならへんさかい、どないしても溜まってまうんや。まあ、本いうても雑誌がほとんどやけど……」

「これ、全部読んだんですか？」

「一応な」

俊太はちょっぴり得意げにこたえた。「車の中では部長とふたりっきりやさかいな。なんか話しかけられても、相手にならへんかったら、格好悪いやん。わし、中卒やし、勉強は全然やったから――」

「小柴さん。捨てなきゃならないっていうなら、読み終わった本、いただいていってもいいですか？」

「そら、ええけど……」

「私、本が大好きなんです」

「そやけど、澤井さんが読むような本は、あらへん思うけど」

「本ならなんでもいいんです」

文枝は目を輝かせる。「雑誌だって、読めば世の中で何が起きているかが分かるじゃないですか。私、ここでお世話になるようになってから、本を読む機会が全然なくて――」

「そんなん、部長が捨てる本を読んだらええやん」

「だって、小柴さんが楽しみにしているんですもの、先に読んだら悪いでしょう？」

「そないなこと、気にせんでもええのに」

「気にしますよぉ」

文枝は当然のようにいう。「うち、あまりお金がなくて、新聞もとっていなかったんです。たまに、お父さんが職場から新聞をまとめてもらってくるんですけど、最初に読むのは一家の長。つまり、お父さん。でも、それも冬になると、全然もらえなくなるんです」

「冬が近うなるとって……なんで？」

「事務所のストーブの焚き付けにするからですよ。冬になる前に、杉の落ち葉を拾っておくんですけど、すぐになくなってしまうんです。雪が積もると、もう手にはいらなくなるので――」

「澤井さん、国はどこなん？」

「上越です。新潟」

文枝は懐かしそうに目を細める。「家は田んぼを借りて、米を作ってる農家なんですけど、地主さんに上納すると家で食べる分でやっと。それで、田んぼはお爺ちゃんとお婆ちゃん、お母さんの三人でやって、お父さんは町の製材所で働いてるんです。冬になると、お母さんは近くのスキー場に働きに出て、それで一家七人がなんとか暮らしてるんです」

ちょっと聞いただけでも、実家の困窮ぶりは想像がつくが、文枝の声は明るい。

「ってことは、兄弟が他にふたりいはんのやな」

「下に弟がふたり。小学校の六年生と二年生――」

文枝は静かな笑みを口元に宿す。「私は中学で終わってしまったけれど、弟たちにはせめて高校に行かせてあげたくて。だから、集団就職で東京に出て仕送りしようって思ってたんですけど、両親が反対して――」

「なんで？」

「東京は怖いところだ。悪い人がいっぱいいるって」

文枝は、ふっくらとした唇の間から白い歯を見せて、くすりと笑った。

「そやったら、なんでここに来たん？」

「若旦那様です」

文枝は涼しげな目を俊太に向けた。「お母さんは、冬にスキー場の食堂で働いてるんですけど、そこに毎年若旦那様がお越しになってて、お母さんのつくる料理をいたくお気に召して、知り合いになったんです。お母さん、若旦那様のこと、東京からスキーしに来てる普通の人だと思ってたんですね。それで、私のことを話したんです。娘が東京に出たいといってるんだけど、どうしたもんだろう。東京は怖いところなんでしょうって。そしたら、若旦那様が、だったらうちに来ればいい、住み込みに賄いつきだ、行儀見習いをさせて、うちからしっかりしたところに嫁に出してやるって。それで――」

「そやったんか」

いかにも月岡らしいと俊太は思った。

月岡の日頃の行状しか知らぬ人間には到底信じられないだろうが、そういう一面が彼にはある。

月岡は確かに気性が激しい。傍若無人な振る舞いを見せることもある。それは、月岡の姿を見た途端、恐怖に慄くかのように、顔色を変える社員たちの姿によく表われている。

　それはなぜか。

　運転手になって知ったのだが、月岡に兄弟はいない。月岡家を継ぎ、ムーンヒルホテルをさらなる発展へ導くことを宿命づけられている。なのに、絶対君主たる父親がいる限り、会社の経営には口出しができない。その重圧、もどかしさが、月岡を時に狂気とも取れる行動に駆り立てるのだ。

「澤井さん、好きなだけ本持って行き」

　俊太はいった。

「いいんですか」

　文枝は目を輝かせる。

　俊太は笑みを浮かべてこくりと頷いた。

「わし、ここで待ってるさかい」

「えっ？」

　文枝は、きょとんとした顔で、小首を傾げる。

「ひとり者の男の部屋に、一緒に入ってもうたら、何をいわれるか分かったもんやないがな。わし、暇やし。ええからゆっくり本選び」

「でも、こんな寒い中じゃ……」

「心配せんでええよ」

俊太は顔の前で手を振った。「わしの実家はすごいボロ家でな。外にいるのも同然で隙間風がひゅうひゅう吹き込む中で暮らしとったんや。冬なんて、朝起きると息がかかった布団の縁(へり)が、かちんかちんに凍ってもうててな。踵(かかと)はひび割れるわ、指には霜焼けできるわ、それでも風邪ひとつひいたことあらへん。寒さには強いねん」

「関西って、暖かいんじゃないんですか」

「関西？　ああ、わし、生まれは神戸やけど、七歳の時に横浜に出て来てん。そやけど、子供の時に覚えた言葉いうのは抜けへんもんなんやな。ずっと関西弁やねん」

「そうだったんですか」

「そやし、心配することないで。わし、ほんまに寒いのには慣れてるさかい」

本当は、こうしている間にも冷気が足下から這(は)い上がってきて、足の指先の感覚がなくなりかけているのだが、不思議なことにちっとも苦にはならない。

「じゃあ、失礼して――」

文枝は、ドアを開けたまま部屋の中に山と積まれた本を物色しはじめる。

雑誌といっても、大衆誌はもちろん経済関係のものまで種類は様々だ。

月刊誌に至っては、月岡の趣味であるゴルフやスキー、ヨット、それに山関係に加えて、政治、経済、時の事件までをも幅広く報ずる総合誌もある。

ふと、文枝は動きを止めると、一冊の本を手に取った。

小説である。

本の面白さに目覚めたとはいっても、浅学の悲しさだ。分からぬ漢字や言葉は山とある。雑誌に目を通すのがせいぜいで、読み切るまでに時間がかかりそうな小説や哲学書の類いには手が回らない。

いつか読もう。

そう思って単行本は別にしていたのだが、どうやら文枝はそれに興味を覚えたらしい。

「小柴さん。これお借りしていいですか」

「そらええけど……」

俊太は文枝が手にした本のタイトルを見て驚いた。『人間の條件』って、澤井さん、そない難しい本読めるんか」

「大ベストセラーじゃないですか。私、ずっとこれ読んでみたかったんです」

タイトルからして、何やら哲学臭い。それに、全六冊に分かれてもいる。ついぞ手を出しそびれていた本だったのだが、よりによってそれを選ぶとは——。

意外な気持ちを抱きながらも、

「その山は単行本やし、なんなら全部持って行ってもええよ」

俊太はこたえた。

「これで十分です。全部持って行っちゃったら、部屋が本で埋まって寝る場所がなくなっちゃいますから」

大邸宅とはいえ、女中部屋の広さなど知れたものだろう。あの大料亭の川霧でさえ、二畳ほどの広さしかなかったのだ。まして、女性の部屋である。鏡台や箪笥(たんす)を置けば、人ひとりの寝場所を確保するのがやっとだ。

「じゃあ、これお借りします」

六冊の本を胸に抱いた文枝は心底嬉しそうに顔をほころばせ、「小柴さん、また本を借りに来ていいですか？」と訊ねてきた。

「もちろんや」

俊太は、間髪を容(い)れず返した。「本は全部取っておくさかい、読みとうなったら、いつでも来たらええがな」

「ありがとうございます。また来ます」

文枝は、ぺこりと頭を下げると、弾むような足取りで母屋に向かって去っていく。

その後ろ姿を見送りながら、俊太は胸の中が、いままで感じたことのなかったざわめきに満たされていくのを覚えた。

それは、文枝に対する思慕の情の芽生えだった。

しかし、二十三歳になるこの時まで、女性とは全く無縁の暮らしをしてきた俊太には、その正体が分からない。

また文枝に会える。話ができる。

そのきっかけを摑めたことが、ただただ嬉しい。

そうや、小説読めば、もっと話が弾むかもしれへんな――。

俊太はふと思いつくと、部屋に入り、いままでついぞ手にしたことのなかった小説を手に取った。

6

「赤坂だ――」

運転席に乗り込んだ俊太に、背後から月岡の声が命じた。

この時間に赤坂といわれれば、目的の店は改めて訊ねるまでもない。馴染みのナイトクラブ『カリブ』だ。

「はい……」

俊太はアクセルを踏んだ。

時刻はすでに十時。

梅雨に入って久しい空からは、煙るような雨がひっきりなしに降ってくる。ワイパーがフロントガラスを撫でる度に、ヘッドライトの明かりの中に向島の料亭街の黒板塀が浮かびあがる。

月岡の体から、微かに鬢付け油の香りが漂ってくる。

雨のせいで窓は開けられない。湿った空気に混じる甘い香りが妙に艶かしく、否応なしに淫靡な想像を掻き立てる。

俊太が知る限り、月岡には特定の女性はいない。

夏はゴルフにテニス、ヨット。冬はスキーと、月岡は活動的にして健康な男だ。女性に興味を抱かないわけがないし、当然性欲もある。

週一回の頻度で向島を訪れるのは、性欲を処理するためであり、相手をするのは芸者だ。

鬢付け油の臭いを嗅ぐ度に、俊太の脳裏にはどうしても文枝の顔が浮かんでしまう。

あれ以来、文枝は頻繁に俊太の部屋を訪れるようになっていた。

少しでも長く話したいという気持ちは、俊太をますます読書に駆り立てた。

小説を読み、雑誌を読みしているうちに、知恵がつき、世の中の仕組みが分かってくる。

俊太が読み終えた本を文枝に勧める。文枝がその本を読む。会話が弾む。語り合える内容が深くなる。それがまた、新たな知識を学ぶ意欲につながった。

だが、文枝はまだ十八歳になったばかりだ。それに、頻繁に話すようになって分かったのだが、文枝は素晴らしく頭がいい。恵まれた家庭に生まれていたのなら、高校に進んでいたろうし、大学にも行けたことだろう。

つまり、自分とは頭の出来が違うのだ。

もちろん、俊太にも女性への興味もあれば、性欲もある。

だが、文枝をその対象とは、どうしても考えられない。

横浜のドヤの近くには、春をひさぐ女たちが集まる町がある。

一間ほどの粗末な家がひしめくように軒を連ね、戸口に立った女たちが男と見れば声をかける。中学に上がる頃には性に興味を抱き、何度か見物に出かけたことがあったのだが、そこにいる女といえば、濃い化粧にぺらぺらの、それも毒々しい色の洋服を着、あるいはよれた和服を着て、客を誘うのだ。

性欲の対象といえば、俊太の脳裏に浮かぶのは、そんな女たちの姿だ。

なのにこの匂いを嗅ぐ度に、文枝の顔が浮かんでしまうだなんて——。

俊太は己を恥じる。必死の思いで、脳裏に浮かんだ文枝の顔を打ち消そうと試みる。

事件が起きたのは、そんな最中のことだった。

車が浅草に差しかかったところで、信号が黄色になった。

ゆっくりとブレーキを踏み、車が止まる寸前、不意に左手から人が飛び出して来た。

ドスン。

サイドミラーの角度が変わり、もんどり打った影が見えなくなる。

速度はほとんどゼロに等しかったが、咄嗟にブレーキを深く踏み込んだせいで、後部座席で眠りについていた月岡が前のめりになり、声を上げた。

「どうした」

「人が……」

俊太はギアをニュートラルにし、サイドブレーキをかけると慌ててドアを開け、路上に降り立った。

大変なことになってもうた。よりによって、部長を乗せてる時に人を撥ねてまうなんて――。

文枝のことに思いがいっていたせいもある。それにこの煙るような雨だ。注意力が散漫になっていたのは否めない。

路上にうずくまっている男がいた。

薄汚れた肌着にニッカボッカ。ボロボロの地下足袋。つるつるの後頭部をこちらに向け、低い呻き声を上げる。

筋肉で覆われた上腕部には、墨が入っている。

浅草の近くには、東京最大のドヤがある。

風体から見て、そこで暮らす人間と見て間違いあるまい。

「大丈夫ですか」

俊太は駆け寄ると、男の肩に手をかけた。

相変わらず低い呻き声を上げながら、男はゆっくりと仰向けになる。

ぷんと酒の匂いが鼻をついた。

歳の頃は、四十代半ばといったところか。顔を歪ませる男の頬には、複数の赤い痣が見て取れる。

男は目を開けた。白目の部分が真っ赤に充血している。

「何やってんだよお！」

男は緩慢な動作で上半身を起こしながら、どすの利いた声を張り上げた。「赤で突っ込んできやがって。どこ見て運転してんだお前は！」

「信号は黄色やったと思いますが」

俊太はこたえた。

「なんだって、ごらああ！」

男は地面に右手をつくと、勢いをつけて立ち上がろうとするが、「痛え！　痛えよお……」

今度は情けない声を上げる。

「おっさん、大丈夫か」

背後から声が聞こえた。

振り向くと、いつの間にかふたりの男が立っていた。

半袖のシャツにスラックスと服装が同じなら、袖口から覗く腕に墨が入っているのも共通している。違うのは、履物が革靴か雪駄かくらいのものだが、風体からしてヤクザと見て違いあるまい。

「兄さん、見てたぜ。あんた赤で突っ込んできたぜ」

生え際を剃(そ)り込んだ角刈りの頭髪。顔だちこそふっくらとしているが、切れ長の目の中にある瞳に表情は窺えない。雪駄を履いた足下は雨でびしょ濡れだ。

「俺も見てたぜ。信号無視だ。あんたが悪い」

革靴の男が薄笑いを浮かべる。

こちらはまだ若く、俊太とさほど歳は違わないように思える。

オールバックにした頭髪をポマードで固め、口元に薄ら笑いを浮かべてはいるが、射るような視線で俊太を見据える。

なるほどなあ、そういうわけか――。

いくらなんでも、出来すぎやで。

俊太は胸の中で安堵の吐息を漏らす一方で、かつての自分の姿を思い出し、苦笑いが浮かんでしまうのを隠そうと下を向いた。

それを自分たちの思い通りに事が運びはじめたと見て取ったのか、

「おっさん、どうする。警察呼ぶか？」

革靴を履いた男が、日雇いに向かって声をかけた。

「呼んでくれ」

日雇いは即座にこたえたが、「でもなあ、警察呼んでも、補償金は処理が済むまで出ねえんだろ。体がこんだけ痛いんじゃ、当分仕事に出れねえよ。おマンマの食い上げだ」

情けない声で訴える。

「おっさん、『ヤマ』か」

「宿だって日払いだしよお。梅雨に入ってから仕事が少なくなっちまってさ。少ねえ手持ちをやりくりして、なんとか凌（しの）いできたのに、稼ぎがなくなっちまったら生きていけねえよ」

酒の匂いをぷんぷんさせよって、なあにが文無しや。

もう堪（こら）えきれない。

俊太の頬が弛緩（しかん）する。それを隠そうと、俯く角度が深くなる。

「そりゃあ、大変だな」

革靴の男は、じりっと俊太ににじり寄ると、「こんな豪勢な車を乗り回してるやつには分かんねえだろうがよ。こいつらはわずかな日銭を稼いで、いっぱいいっぱいの暮らしをしてんだ。稼ぎに出れなきゃ野垂れ死ぬ。どうすんだよ、いったいよお」

頭の上から、罵声を浴びせる。

「兄さん――」

雪駄の男の声だ。「どうだろう、あんただって警察呼ばれたら面倒だろ。少しまとまったゼニを渡して、手打ちにしねえか」

「手持ちなんかあらへんし……」

「兄さんが持ってなきゃ、後ろの人に立て替えてもらったらどうだ。ベンツの後ろでふんぞり返ってんだ。こいつの一週間分くらいの稼ぎになるゼニくらい持ってんだろ」

「テン、どうした」

背後から月岡の声が問いかけてきた。

振り向くと、後部ドアの窓から頭を外に出した月岡がこちらを見ている。

「なんでもありません。すぐに片がつきますよって――」

俊太はこたえると、ふたりのヤクザの顔を交互に見つめ、「警察呼びましょか」

きっぱりと返した。

「おい」

革靴の男の顔が白くなった。「丸く収めてやろうといってんのに、なんだその返事は。お前は、信号無視して突っ込んできたんだ。俺たちは、それをこの目で見たんだぞ」

「当たり屋やろ。あんたら、グルなんやろ」

「おい、兄さん」

雪駄履きの男が反応した。両腕をだらりと下げて拳を作る。「聞き捨てならねえことをいうじゃねえか。いうに事欠いて当たり屋呼ばわりするとは、いい度胸してんじゃねえか」

「まいったな……」

俊太は苦笑いを浮かべながら頭を掻くと、「そしたらいわせてもらいますけど、このおっさん、車のどこに当たったんや。サイドミラーやで。信号無視した車に当たるんなら、フロントと違いますのん。車の横に当たるいうんは、典型的な当たり屋の手口や」

断言した。

「こいつ、いわせておけば――」

革靴の男が腹に手をかける。

ボタンを外したシャツの下から、白いサラシが顔を覗かせる。その中の不自然な縦の膨らみはドスだろう。

簡単にカネをふんだくれると思っていたところが図星を指され、今度は恐怖の力で目的を遂げようというわけだ。

ヤクザは横浜のドヤにも当たり前にいる。彼らの社会の仕組みも熟知している。この程度のことで、お縄になればヤクザ社会では笑い者だ。まして、本当に人を刺せば、長い懲役に就かねばならないのだ。あまりにも、割に合わない。

「あのな」

俊太はいった。「当たり屋やるなら少しは頭働かせなあかんで。そもそもいうてることがおかしいやん。少ない手持ちをやりくりして、なんとか凌いでるて、おっさんようけ、酒呑んどるやないか」

「こいつ……」

革靴の男が、シャツをはだけ、サラシの中に手を入れる。

俊太はそれを無視して日雇いに視線を転ずると、

「おっさん、いうたよな。梅雨に入って仕事が少なくなってもうたって。それやったら、宿代払うんで精一杯やろ。酒を呑むカネなんぞどこにあんねん」

せせら笑いながら問い詰めた。

「てめえ、いわせておけば」

革靴の男がサラシから手を抜いた。

ヘッドライトの明かりを受けた、男の手元がキラリと光る。

ドスだ。

「止めとけ」

ドアが開く音と共に月岡の声が聞こえたのはその時だ。

月岡は、ゆっくりとふたりのヤクザに歩み寄ると、

「まっ、警察呼んでもお互い面倒になるだけだ。今日のところはこれで勘弁してくれないか」

懐から取り出した財布から札を抜き、雪駄の男に突きつけた。

男は切れ長の目を見開き、ごくりと生唾を飲む。

当たり前だ。

月岡の手に握られているのは一万円札だ。

大学卒の初任給が一万三千円の時代に、ほぼそれに相当するカネが出てきたのだ。

しかし、男はすぐには手を出さず、

「おい、お前はどうなんだ。これでいいのか」

日雇いに向かって問いかける。

「も……もちろん──」

現金なもので、日雇いは跳ねるように立ち上がると、月岡の手から一万円札を奪い取り、目を輝かせて札を宙に翳す。

「じゃあ、これで一件落着だな」

月岡は俊太に視線を向けてくると、「行こう」顎をしゃくった。

「待てよ」

雪駄の男が呼び止めた。「それはこいつの分だろ。俺たちだって、不愉快な思いをさせられたんだ。何もなしってことはねえだろう」

おそらく、月岡が万札を抜いた時に、財布の中を見たのだろう。

切れ長の目を細めながら、鋭い眼差しで月岡を見る。

俊太はそこにかつての自分の姿を見た思いに駆られ、酷い嫌悪感を覚えた。

たかり、ゆすり──。人を罠に嵌めて、金を毟り取る……。

最低や。こんなん人間のクズがすることや──。

「調子にのらねえ方がいいぞ」

月岡は、鼻でせせら笑うようにいった。

「何っ？」

「あんた、どこの組のもんだ」

「なんで、そんなこと話さなきゃなんねえんだ」

「いいたくねえならそれでもいいさ。まともなヤクザは、当たり屋なんかしねえもんだしな」

「なんだと――」

雪駄の男は、頭を傾け顎を突き出しながら、月岡の胸ぐらを掴む。

しかし、月岡に動ずる様子はない。

「ここは大門会のシマだろ」

男は、ぎょっとした顔をして固まった。「大門会の縄張りで、当たり屋やって小銭を稼いでいるやつがいるって磯川さんに教えてやったらどうなるかな」

「お、お前、親分を知ってんのか」

「磯川さんには、ちょいとばかり貸しがあってな」

「貸し？　貸しって――」

「お前のような三下が知ってどうすんだ」

頭半分ほど背丈の違う男を、月岡は睨みつける。

「それとも何か。事情を話せば、お前がその貸しを返してくれるよういってくれるってのか」

「くっ……」

返事に詰まった男に向かって、月岡は続ける。

「話をつけてくれるってんなら、任せてもいいぜ。もちろん礼はする。一万、二万のカネじゃない。大金を手に入れられるんだがどうだ、お前、やってみるか」

男の瞳が左右に揺れる。

月岡の話に乗るかどうか迷っているのではない。

考えもしなかった展開に動揺し、落とし所を探しあぐねているのだ。

「どうした？　やるのか？　やらねえんだったら、この手を放してくれねえか」

男は視線を落とし、「ちっ……」と舌打ちをしながら踵(きびす)を返すと、

「おい、行くぞ」

革靴の男を促した。

煙る雨の中に、三人の姿が消えていく。

「部長、なんでカネなんか出しはったんです。警察呼ばれて困んのは、あいつらです。ドス抜いたんかて、ただの脅しに決まってます」

俊太は抗議した。

当たり屋の手口は熟知している。弱点もだ。

自分ひとりで話をつけられるという自信もあったし、何よりも月岡の手を煩わせ、一万円ものカネをせしめられてしまったのが悔しくてならない。

ふうん、と月岡は感心したように頷き、俊太の肩を叩いた。

「ま、お前の気持ちは分からんでもないが、だったら、話がつくまで俺を待たせるつもりだったのか？　やつらだって、格好の獲物が罠にかかったと思ってんだ。そう簡単に引き下がりはしねえぞ。それじゃあ、店が閉まっちまうじゃねえか」

「そやけど……」

「時はカネなりっていってな。こんなつまんねえことに、ぐだぐだと時間を費やすほど馬鹿らしいことはねえんだ。万札一枚で時間を買ったと思えば安いもんだ」

月岡は呵々と笑い声を上げながら、自ら車に乗り込んだ。

7

「赤坂は止めだ。このまま家に帰るぞ」

車が走り出して間もなく、月岡が告げてきた。「服が濡れちまった。こんな格好じゃ様にならねえ」

濡れているのは俊太も同じだ。

たっぷりと雨を吸い込んだ上着は重く、ハンドルを握る腕にへばりつく。シートと密着している尻に至っては、下着にまで染み込んだ雨水が体温で温められ、小便を漏らしたかのように気持ちが悪い。

「分かりました」

頷いた俊太に向かって、

「しかしテン、お前、本当にいい度胸してんな。ヤクザ者相手に怖くなかったのか」

ネクタイを緩めながら訊ねてきた。

「ヤクザは、ドヤにはぎょうさんおりますし、小遣い稼ぎに当たり屋やってる日雇いは珍しゅうないんです。ドヤには車なんて滅多に入りませんけど、たまに道に迷ったのが来るんです。日雇いがぶつかる。そこにわっと仲間が集まって運転手を囲んでまうと、たいがいビビってカネを出すんです」

自分がそれをやっていたなんてことは、恥ずかしくて口が裂けてもいえはしない。

俊太はとつとつとこたえた。

「ヤクザと日雇いが手を組むのか」

「いや、それはありません。横浜のヤクザは港の人夫仕事や、興行いう立派なシノギを持ってまっさかい」

「浅草も同じじゃねえか。山谷の手配師なんて全部ヤクザが仕切ってんだし、浅草は興行が盛んだ。なんであいつら当たり屋なんかやってんだ」

「あのおっさん、カネ持たへんで、酒呑んだんとちゃいますやろか」

「ん？」

月岡が、小さな声を上げた。

「ドヤじゃ焼酎いうても何が混ぜてあるか分からへんのです。ゼニはなくとも酒は呑みたい。そないなもんを毎日呑んどったら、たちまちアル中ですわ。そやさかい、ドヤの呑み屋は一杯、一品、現金と引き換えいうのが決まりなんですわ。それは山谷も同じじゃと思うんです」

「手持ちのカネはない。かといって、体は酒を欲しがってどうしようもない――」

「浅草やったら伝票締めたところで、お勘定いう店ばっかりでしょうからね。おっさん、揉めるのを覚悟で出てきたんとちゃいますやろか」

「立派な無銭飲食じゃねえか。だったら店は警察呼ぶだろうが。なんで、ヤクザが出てくんだ」

「警察呼んだって、カネは取れしませんから」

俊太は苦笑した。「みかじめいうのもヤクザのシノギのひとつやないですか。普通は用心棒みたいな役目がほとんどやけど、カネ持ってへんちゅうことになれば、出てきてもおかしゅうないですわ。おっさんの顔に痣ができてましたけど、多分、あのふたりにどつかれた痕やと思うんです。どないしてカネを払うつもりなんやて——」

「かといって、ないカネは取れんしな。後で払いますといわれても、そもそもが日払い相手の宿暮らし。逃げられりゃ終わりだ」

「そやし、当たり屋でもやれとそそのかしたんやと思うんです。うまくカモがひっかかりゃ、その場でカネが手に入りますし、運悪くおっさんがほんまに撥ねられてもうても、病院代はもちろん、ようなるまでの生活費やらで、ごついカネがもらえます。警察かて、目撃者がヤクザいうても、現場で一部始終を見とったいわれたら、怪しい思うても無視できへんでしょうし——」

「だったら、テン。お前、撥ねちまってたらどうするつもりだったんだ」

運転手になって四年が経つが、月岡とまともな会話を交わすのははじめてだ。先ほどのいざこざで眠気が吹っ飛んだのか、驚くほどに饒舌である。

「撥ねてもうてたら、どうしようもありませんわ」

俊太はいった。「まあ、よう命張ったな思うて、警察呼んで、あとはなるようになるしかありませんわ」

「大した度胸だな。ヤクザ相手によくやるよ」

「ヤクザにもいろいろありまっさかい」

俊太はこたえた。「ちゃんとしたヤクザっちゅうのは、凄(すご)み、脅し、痛い目に遭わせるいうても、カタギ相手なら命取るようなことは絶対せえへんのです。ヤクザの戦争で相手の命を取れば勲章やけど、カタギとなればアホやいわれんのがおちですわ。罪も重くなりますし、割合わしません。むしろ、怖いのはチンピラですね。頭に血が昇ると、何をしでかすか分からしませんから」

月岡がふと黙り、もぞりと動く気配がした。ルームミラーに目をやると、腕組みをし、足を高く組んだ月岡は、俊太をじっと見つめている。

暫(しば)しの沈黙があった。

「テンよ……」

やがて月岡は呼びかけてくると、驚くべきことを口にした。「お前、経理の仕事をやってみないか」

「えっ！」

俊太は耳を疑った。

そして、すぐに思った。

経理なんてできるわけないやん。わし、中卒やで。

「もちろん帳簿をつけたり、面倒な計算をしろっていってるわけじゃない」

「そしたら、何をやるんです」

ますます意図が分からない。

「ツケの回収。まあ、早い話が借金取りだ」

「借金取り？」

「ホテルってところは社会の縮図でな。様々な客がやって来る。そして払いは全て後払い。チェックアウトの時に、一括して払うのが決まりだ。ところがな、そいつを滞納したまま払わないでいる客がたまにいるんだよ」

「カネがあらへんのに、ホテル泊まって飲み食いしたら、それこそ無銭飲食違いますのん。立派な犯罪やないですか」

「そんな単純な話じゃねえんだよ」

月岡は、軽くため息をつく。「変な話なんだが、宿泊代を滞納する客に限って上得意。古くからの馴染みか、ホテルを家代わりのようにしてる長期宿泊者でな」

「ホテルを家代わりって……そないな人いはるんですか」

「家具を揃える必要はない。掃除だって、ベッドメーキングだって毎日してくれるんだ。おまけに飯だって好きな時に食えるしな。家なんか持つより気楽だって考えてる金持ちが、世の中には結構いるんだよ」

なんと返していいものか、黙った俊太に向かって、月岡は続ける。

「ところがだ。人生なんて一寸先は闇とはよくいったもんでな。いいことばかりの一生なんてのはまずあるもんじゃねえ。仕事がうまくいかなくなると、途端に支払いが滞る。まあ、こっちにしたら、いままで大金を払ってくれてたお得意様だ。すぐに出て行ってくれとはいえねえさ。ひと月待ち、ふた月待ちしている間に、ツケは溜まる一方ってことになっちまうんだ。もっとも、そういう客の滞納金額は、全体からすりゃあ、大したことはないがな」

「全体からって……他に、何があるんです」

「宴会、会議、その他諸々──。こっちの方が深刻でな。なんせ、タチの悪いやつらばっかりなんだ」

「それって、どないなやつらなんです？」

「ヤクザ、右翼、総会屋──。さっき、あのヤクザにいっただろ。大門会の磯川ってのもそのひとりさ。経理課にはツケを回収する専門の部署があるんだが、さすがにこういった連中が相手となると、腰が引けちまって、さっぱり回収が進まねえんだ」

うわああ……。

ヤクザ以外は、言葉は聞いたことはあっても実際にお目にかかったことはないが、面倒な連中であることに違いあるまい。

「そんなやつらにホテルを使ってもらっても、ややこしいことになるのは分かってんだが、こっちも商売だ。無下にもできなくてな。それにまた、やり口が巧妙なんだ」

「巧妙って……」

「まあ、それはいずれ話してやる」

月岡は組んだ足を解き、ぐいと身を乗り出してくると、「お前の度胸を見込んだんだ。どうだテン、やってみないか」

力の籠もった声で決断を促してきた。

正直、ややこしい連中を日々相手にしなければならないのかと思うと気乗りはしないが、見込んだといわれた以上、断るわけにはいかぬ。

だが、それ以上に気になるのは、運転手を辞めてしまえば、月岡の邸宅を出なければならなくなることだ。

せっかく親しく話ができるようになったというのに、あの部屋を出てしまえば、もう文枝とは逢(あ)えなくなってしまう。

「そしたら、わし、引っ越さなならんのでしょうか」

「ホテルには寮がある。あんな車庫の陰気臭い部屋より格段にいいぞ」

「わし、あの部屋が気に入っとんのです。それに、借金取りの仕事かて、うまいことやれるかどうか分かりませんし、もし駄目やった時のことを考えると――」

「まあ、その時は、その時だ」

月岡は、そこで少しの間を置き、「まっ、どっちにしたって、あの部屋を気に入るなんてやつはそういるもんじゃねえからな。いいよ、お前がいいっていうなら、あの部屋使えよ」

軽い口調でこたえた。

よっしゃ！

となれば、もう月岡の申し出を断る理由はない。

これからも文枝の側（そば）にいられる。

沸き立つような喜びが、温かい塊となって俊太の胸の中で膨らんでいく。

同時に、さっき月岡がいった「お前の度胸を見込んだんだ」という言葉が、全く違って聞こえてくる。

わしは、部長に買われたんや。

部長の期待にこたえなあかん。

「精一杯やらしてもらいます！」

俊太は、前を見据えたまま、大声を張り上げた。

転の章

【転】

転がる。転げる。転ぶ。

1

「どうした、テン。元気がないじゃないか」

社員食堂の片隅で、正面に座った寛司が、昼食のうどんに箸をつけながらいった。

「わし、どないしたらええんやろ」

俊太は視線を落とし、丼を見つめた。

経理課に配属されて、すでにひと月が経つ。

寛司が所属している経営管理部は、経理課と同じフロアにある。何をする部署かは分からぬが、そこだけは独立した部屋となっており、寛司の姿を目にする機会はない。

出社初日の朝に、経理課に配属されたことを告げた際、「近々一緒に昼飯でも食おう」といわれたきりで、まともな会話を交わすのはこれがはじめてだ。

「誰もなあんも教えてくれへんねん」

俊太は、はあっとため息をついた。「ツケの回収先が書かれた台帳をどんと机の上に置いたきり、ほったらかしや。どないしたらええんですか聞いても、まともにこたえてくれへんし、どっから手をつけたらええのか、見当がつかへんねん」

「経理課長は池端さんか──」

「そや」

「未払金の担当は、確か──」

「滑川さんや」

寛司は、ふう〜んと考え込み、

「滑川さんは係長だったよな」

ぽつりといった。

俊太が頷くと、

「ひと月経っても、仕事のいろはも教えてくれないのか」寛司は上目遣いに俊太を見ながら、ズッと音を立ててうどんを啜る。

「そうやねん……」

俊太は箸を取り、うどんに手をつけようとしたが、食欲が湧かない。「このひと月、ずっと席に座っとるだけやねん。ほんま辛いで。旋盤工やってた頃は、ああせいこうせいいわれんのが、煩わしゅうてかなわんかったけど、相手にしてもらえるだけマシやいうことが、よう分かったわ」

「何もしないで給料もらえるなら、最高じゃないか」

「カンちゃん──」

俊太は、寛司の顔を睨みつけた。「冗談いうとる場合やないで。こっちの身にもなってみいや。みんな忙しゅうしとるのに、わしひとりだけ鎌倉の大仏さんみたいにじっとしとんのやで。ほんま、身の置き所がないっちゅうんはこのこっちゃ」

「悪い、悪い」

寛司はひとしきり笑い声を上げると、「しかしな、テン。未払金の回収がうまくいっていないから部長はお前を経理に回したんだろ。ってことはだ、いままでのやり方じゃダメだってことじゃないか。池端さんも、滑川さんも、こうすりゃ取れるって方法が見つからなくて途方に暮れてんじゃないのかな。どないしたらええんですかいわれても、こたえようがないのかもしれないぞ」

ふと思いついたようにいった。

「そうやろか……」

経理課は三十名もいる大所帯だ。

フロントやレストランから回ってくる伝票を取りまとめ、帳簿を書き、請求書を作る。現金を勘定する。山と積まれた書類の間からは、常にそろばんの音が聞こえてくる。

未払金の回収にあたるのは、経理課・渉外係だが、人員は俊太の他に、滑川悦男という三十代半ばの男がいるだけだ。肩書きは係長。つまり、俊太が唯一の部下になるのだが、仕事のやり方を説明するどころか、話しかけてくることもない。

何しろ、朝一番に電話をかけまくると、すぐに外出。戻って来るのは終業時間間際で、池端にその日の首尾を報告し、日報の作成を終えると、すぐに帰宅してしまうのだ。

「まあ、ツケを溜め込んで払わねえなんてのは、本当にカネがなくなっちまったか、あわよくば踏み倒そうという輩か、せめてそのいくらかでも払ってくださいって、こっちが泣きを入れてくるのを待ってるかだろうからな。いずれにしたってややこしい客には違いないんだ」

寛司はまたうどんを掬い上げながら、「実際、このひと月にしたって、回収できた未払金はゼロなんだろ？」と訊ねてきた。

「そうみたいやな。滑川さんの報告聞いてると、だめでしたばっかりやし……」

「やっぱりな――」

寛司の箸が止まる。「そりゃあ、滑川さんも辛いだろうな。未払金の回収なんて、後ろ向きの仕事だし、成果を上げなきゃ昇進はできない。それが会社だからな。他人をかまってるどころの話じゃないだろうな」

「人がひとり増えたんやで。まして部下ができたんやで。わしの結果は、滑川さんの結果や。早く一人前に育てな思うのんと違うん」

「それは、お前のいう通りなんだが……」

寛司は箸を置くと、眉を曇らせながら口をもごりと動かし、「実はな、お前が経理課に配属されるってことが公になった直後に、どんなやつが来るんだってちょっとした話題になったんだ」

いいにくそうに切り出した。

「なんで？」

「新卒の配属はとっくに終わってる。中途採用は珍しくはないが、それにしちゃ若すぎる。何者だってことになってな。そしたら、部長の運転手だ。しかも、ムーンヒルホテルじゃ事務職に採用したことがない中卒だ。また、部長の気まぐれが始まったって——」

つまり、歓迎せざる人間がやって来たというわけだ。

腹に重く、冷たい塊を呑んだかのような感覚が走る。

俊太は思わず目を伏せた。

「でもな、テン。そんなこたあ、これっぽっちも気にすることはないぞ」

寛司は続ける。「前にもいったろ。うちの社長は尋常小学校しか出てないんだ。いまムーンヒルホテルで働いている高卒、大卒はそれを承知で働かせてくださいってやって来たやつらなんだからさ」

しかし、寛司の言葉も、慰めにしか聞こえない。

「中卒と働くのは、我慢できへんいうわけなんやな」

俊太はいった。「滑川さんや池端さんが仕事を教えてくれへんのも、まともに言葉を交わしてくれへんのも、それが理由なんやな」

「まあ、そういう気持ちもあるかもしれんが、本当の理由は別にあると俺は思うな」

「本当の理由？」

俊太は視線を上げながら問いかけた。

「面白くないんだよ」

寛司はこたえた。「人事異動ってのはな、自分が会社からどう評価されているか、それを知る機会なんだ」

そういわれても、経理課で働きはじめてまだひと月。組織の論理など分かろうはずもない。

俊太は黙って、次の言葉を待った。

「つまり、こういうことだ」

寛司は続ける。「上司は常に優秀な部下を求めている。当たり前だよな。部下が優秀なら、上司は楽ができる。お前がいう通り、部下の結果は、上司の結果だ。誰が部下になるかで出世も違ってくる。ここまでは分かるな」

俊太は頷いた。

「会社ってところには人事異動、つまり人の入れ替えが頻繁に起こる。さて、そうなるとだ。新しい部下を迎える上司にとって、次に誰が来るのかは大問題だ。送り出す部下以上に優秀なら喜んで迎える。最低でも出す部下と同等でなければ困るってことになる。異動を命ぜられた人間も、そんなことは先刻承知だ。だから、仕事を引き継ぐ人間を見れば、自分が上司からどう評価されていたのかがおのずと分かる——」

なるほど、そういわれれば、滑川の心情が分かってくる。

「そこに、現れたのが中卒のわし。人の入れ替えやないけど、滑川さんにしてみれば、わしも軽う見られてたもんやいう気持ちになるやろなあ……」

「滑川さんだけじゃないぞ。課長だってそう思うだろうさ」

「そないな気持ちでいるんなら、いつまで経っても、わし、仕事覚えられへんやんか。どないしたらええんやろ」

ツケを払わぬ客と、どうやって会えばいいのか。交渉の仕方は。一括で払えというのか。それとも分割でも許されるのか。何ひとつ教えてもらえないとあっては動きようがない。

「それは、テン。お前が考えるんだな」

寛司はあっさりという。「だってそうだろ。部長がお前をここに配属したのは、いままでのやり方じゃ、埒が明かないと考えたからに違いないんだ。それにお前、台帳もらったっていったよな」

「うん」

「じゃあ訊くが、うちが抱えている未払金いくらあるか計算したか？」

俊太は計算が苦手だ。そろばんも弾けない。

面目ないとばかりに首を振った。

「そんなこともやってないのか」

寛司は呆れた口調でいうと、「教えられなくても、それくらいのことはできんだろう。まあいい。教えてやる。三千万円以上もあるんだぞ」

しっかりしろとばかりに、俊太を睨みつけた。

「さん・ぜん・まんって……」

その金額の凄まじさに俊太は息を呑んだ。

「回収は遅々として進まない。会社は大きくなる一方だが、未払金も増えていく。俺がいる経営管理部ってのは、会社全体の見張り役みたいなもんなんだが、だいぶ前からこいつが大問題になってるんだよ」

「そしたら、なんで人を増やさへんの？　ツケの回収は滑川さんがひとりでやってるようなもんやんか」

「ツケを溜めてるのは、ヤクザとか総会屋とか、性質の悪いやつらだらけだ。そんなの相手に、カネ払えって度胸の据わったサラリーマンがいるかよ。会社からは、早く回収しろって責め立てられるわ、相手はなかなか払ってくれないわの板挟みになって、ノイローゼになっちまった担当だっているんだぞ。滑川さんだって、大学時代に空手部だったってのが買われて担当になっただけで、サラリーマンには違いないんだ」

寛司は箸を取ると、うどんを口に運び、「まあ、部長がなんでお前にこんな仕事を命じたのかは分からんが、でも、テン。お前、カネ毟り取るのは得意だっただろ？考えようによっては、天職ってやつじゃないか」

軽口をたたいた。

「あほらしい――。そないなやつらを相手に、わしの脅しなんか効くわけないやん」

古傷に触れられて、俊太は口を尖らせた。「まして、ムーンヒルホテルいう看板背負って、交渉せなならんのやで。柄の悪いことできるかいな。そのくらいのことは、教えられんでも分かるわ」

「ははは――。まあ、そう怒るな」

寛司は笑い声を上げると、「じゃあひとつ、知恵を授けてやろうか」

目元に笑いの余韻を残しながら声を潜め、すっと顔を近づけてきた。

「知恵って……カンちゃんなら、どないするいうことなん？」

「お前、ツケってもんは全額返してもらわないと、貸し手が損をするって考えてないか」

「当たり前の話やん。千円貸したら千円返してもらう。むしろ、貸した期間が長くなればなるほど、その分の利子を乗せてもらわな割に合わへんがな」

「普通はそう考える。おそらく、経理課の連中もな。じゃあ、駄菓子屋でもなんでもいい。お前が店をやってて、六十円で仕入れたものに、百円の値段をつけてツケで売ったとしようか。ところが、客はいつまで経ってもカネを払ってくれない。さて、その時お前の本当の損はいくらになる？」

「百円で売れるもんが、びた一文のカネにもならへんかったら、まるまる損やんか」

「百円はお前の儲けが入った金額だ。問屋に払ったのは六十円。六十円払ってもらえば、お前は儲けることはできないが、損もしないってことになるだろ」

なんだか、禅問答のような話だが、寛司のいうことにも一理ありそうな気もしないではない。

「ツケの金額には当然ホテルの利益が含まれている」

寛司は続けた。「たとえばレストランでの食事や宴会料理の原価はせいぜい代金の四割程度だ。つまり、ツケの金額の四割を払ってもらえば、原価分はちゃらになる」

「それ、やっぱおかしいで。商売は儲けるためにやんのやで。利益が出えへんかったら、商売やる意味ないやん」

「もちろん、原価分だけしか回収できないんじゃ大損だ。帳簿の上では、百円のツケになってるんだ。経理上は全額入金できないと、足りない分は損金扱いにするのが決まりだ。儲けには税金がかかるが、損金処理したのはこっちの都合。損金分にも税金がかかるから、損はもっと大きくなる。だがな、ものは考えようだ。全額返せといっても、払ってもらえないうちに、ツケを背負った客が死んじまったり、会社が潰れちまったりでもすれば、全額損切りしなきゃならなくなる。会社にとって、どっちが得かはいうまでもないだろ」

「そしたら、なんで滑川さんは苦労してはんのん。そないな理屈が通るなら、苦労せんがな」

「そんな理屈をたれた人間がいなかったからだよ」

寛司はあっさりこたえると、「サラリーマン社会ってのは、減点主義でな。与えられた目標が百パーセント達成できてはじめて○がもらえるんだ。できなきゃ△、×と下がっていく。下がる度に、出世はどんどん遠のいていく。原価分が回収できれば御の字だなんて、口が裂けてもいうもんか」

またひと口うどんを啜った。

「そんなん、わしかて同じやん」

「えっ？」

寛司は目を丸くしながら俊太の顔をまじまじと見つめる。「お前は別だろ。お前に失うものがあるか？　末は課長、部長にでもなろうってんなら話は別だが、そんなことは天地がひっくり返ったって起こるわけないだろ」

酷い……と思った。

しかし、それも一瞬のことで、失うものがないというのは寛司のいう通りだ。

「つまりだ」

寛司は続ける。「どんなやり方、理屈でも、お前に限っていえば、なんでもまかり通るってことだ。だから、仕事を教えてもらえないからって、落ち込むことなんかないんだよ。滑川さんのやり方じゃ回収が捗らないってんなら、真似しなきゃいいんだ。知恵を絞って、思うがままにやればいいだけの話じゃないか」

寛司は、空いた手を伸ばしてくると、

「この頭の中には、悪知恵がいっぱい詰まってんだろ」

俊太の額を小突き、真顔でいった。「それにな、会社ってところは入る時は学歴も必要だが、そっから先は実力、いや実績が勝負だ。数字を上げたやつが一番偉いんだ。要は、もらってるカネよりなんぼ稼いだかが大切なんだ。つまりだ、滑川さんを凌ぐ成績を上げりゃ、いずれ係長、課長ぐらいには、なれるかもしれないってことだ」

2

「小柴さん。磯川様がいらしてます。大門会の……」

フロントの声が受話器から聞こえてきた。

経理課で働くようになって、三ヵ月が経つ。

もちろん、いまだ回収した金額はゼロである。

客先に電話をしたことすらないのだから、それも当たり前の話だ。

寛司は、滑川のやり方には学ぶものなどひとつもないといった。

独自の方法を考えろといった。

ならば、まず滑川のやり方を観察しなければならない。

誰よりも早く出社すると、俊太はまず台帳を開く。相手の仕事は。金額は。利用頻度は。滑川をはじめとする歴代の担当者はどんな交渉をしてきたのか。なんといって払わないのか。どこで交渉したのか——。

台帳は、ツケを溜めている客ごとにページが分けられ、未払いになっている伝票と、担当者が交渉過程を記した日報が一緒になっている。

かつての俊太なら、文書を読むなんて行為は苦痛以外の何物でもなかったが、いまは違う。

読書の習慣が身についたおかげですらすら読める。日報を読んでいると、交渉の場が頭の中に浮かんでくるようですらあった。

このやり方が駄目っちゅうことなら、真逆のことをやってみたら、どないなことになんのやろ――。

ちまちまやっててもしょうもないわ。どうせ、やるなら最大の難敵や。回収できへんでも度胸はつく。そうなれば、あとはカスみたいなもんや。

そこで狙いをつけたのが、大門会組長の磯川照夫だ。

　磯川は月に一度はムーンヒルホテルを利用する。宿泊ではない。もっぱら飲食が目的なのだが、直接会うには絶好の機会だ。

そこで、磯川が現れた際に連絡をくれるよう、フロントに頼んでおいたのだが、いよいよその時がやって来たのだ。

「すぐに行きます」

受話器を置いた俊太は、「ちょっと席を外します」

課長の池端に告げた。

滑川は、今日も午前中から出かけたままだ。

池端は返事ひとつ返すわけでもない。

何も聞こえないとばかりに完全無視だ。

逃げたらあかんで。

緊張感を覚える一方で、思い通りに事が運んだ時、池端がどんな反応を示すかを想像しながら、俊太は胸の中で毒づいた。

階段を使って地上階に上がる。扉を開けると、そこはフロントの裏にある事務室だ。

「経理課の小柴です。磯川さんは、どちらに?」

若い女性社員がこたえた。

「一階の喫茶室に――」

俊太は礼をいうと、喫茶室に向かった。

広いロビーを抜けると、窓ガラス越しに日本庭園が見えてくる。

それを背景にずらりと置かれたテーブルとソファー。

そこが芝ムーンヒルホテルの喫茶室だ。

ウエイターを捕まえて、磯川の席を訊ねた。

入り口から一番遠い席に四人の男がいる。

歳（とし）の頃は六十そこそこといったところか。短く刈り込んだ白髪。がっしりとした顎。

見るからに仕立てのいい背広に身を包んだ中肉中背の男。

それが磯川だとウェイターは教えた。

さて、ここからや。

四人の様子からは、話に花が咲いている気配が伝わってくる。

そんなところに割って入るのは無粋というものだ。まして、用件が用件である。

ここは待つしかないな。

そう決めたものの、果たして磯川がどんな反応を示すのか。

改めてそこに想(おも)いが至ると、やはり恐怖が込み上げてくる。

心臓の鼓動が速くなる。胃に痺(しび)れるような不快感があり、吐き気さえ覚える。掌(てのひら)に汗が滲(にじ)み出す。

どれくらい時間が経ったろう。

やがて、四人が立ち上がった。

伝票を持ったのは、四十を回っていると思われる、中でも一番若い男だ。

どうやら勘定を支払うらしい。

レジに向かって歩み寄る。

残るふたりを従え、磯川が喫茶室を出ようとしたその時、

「磯川様……」

俊太は意を決して声をかけた。

磯川が怪訝(けげん)な顔をしながら、足を止めた。

お前、誰だ。

射るような鋭い眼差(まなざ)しを俊太に向ける。

「私、ムーンヒルホテルの経理課の小柴と申します」

俊太は経理課に配属されてはじめて使う名刺を差し出した。

なんの反応もない。

無言のまま受け取った名刺に目をやると、「で？」というようにわずかに顎を上げた。

「磯川様にお願いがございまして」

「お願い？」

低い嗄(かす)れ声を漏らす磯川の眉間に、浅い皺(しわ)が刻まれる。「いきなりなんだ」

「お目にかかれる機会が滅多にないもので、少しお時間をいただければと——」

背後に控えたふたりの男が、あからさまに不快な表情を浮かべる。

「少々込み入った話ですので、できれば別室にお越し願えませんでしょうか」

怖い。

小便をちびりそうなほど怖い。

膝が震え力が入らない。いまにもこの場にへたりこんでしまいそうだ。

「こっちにだって都合ってもんがあんだ。いきなり現れて、顔を貸せって、無礼に過ぎないか」

男のひとりが、見下すような目つきで小柄な俊太を睨む。

「無礼は百も承知でございますが、何ぶん、急を要するお願いでございまして――」

「だったら、なおさらだ。そっちが連絡取って出向いて来るのが筋ってもんだろ」

「よさねえか」

磯川が男を制した。「無礼は承知の上だっていってんだ。よほどのことなんだろう。いいだろう、話を聞こうじゃないか」

「ありがとうございます」

俊太は深く体を折ると、「では、こちらへ――」

先に立って歩きはじめた。

地下二階に通じているエレベーターは、主に荷物運搬用に使われるもので、一般客が利用することはない。

当然、エレベーターホールも豪華な絨毯（じゅうたん）が敷き詰められているロビーとは違い、薄汚れたタイルとコンクリートがむき出しになった壁に囲まれた空間だ。

俄（にわ）かに四人の間に不穏な空気が漂いはじめる。

願い事があるといっておきながら、荷物用のエレベーターに乗せるだと？　自分がやってることが分かってんだろうな。事と次第によっちゃ、ただじゃ済まねえぞ。

本物のヤクザは、まず直情的な行動には出ない。怒りを覚えても、相手の行動を探り、状況の把握に努めるものだ。その分だけ、怒りを爆発させた時は凄まじいことになるのだが、磯川は大門会を束ねる親分だ。彼とコーヒーを飲みながら談笑するからには、残る三人も幹部か、あるいはそれに近い地位にあるのだろう。

そうした人間が、自ら手を下すことはまずない。けじめを取らせるならば、三下に命じるのが常である。まして、多くの人間の目がある場では、絶対に手を出さない。

がちゃり、がちゃり——。

エレベーターがゆっくりと、降りはじめる。

やがて、地下二階に到着すると、ドアが開いた。

「どうぞ、こちらへ」

俊太は先に立って、一行を事務所に案内した。

従業員は誰も気づかない。

経理課のすぐ近くには、応接コーナーが設けられている。

もっとも、出入りの業者を相手にする際に使うのが主だから、ソファーは客室での使用に耐えられなくなった中古品で、生地も傷んでいれば、スプリングも伸び、表面に凹凸がついた酷い代物だ。

そこに歩み寄ろうとした途端、気配に気がついた池端が顔を上げた。

「小柴君……こちらは？」

「磯川様です。大門会の……」

「い、いそかわ・さまあ？」

池端は目をむいて絶句した。みるみるなんてもんじゃない。まるで信号が変わるかのように、瞬時にして血の気が引き、真っ青になった顔面を引きつらせながら、バネ人形のような素早さで立ち上がる。

「ど、どうして、こちらに」

そう訊ねる池端の声は震えている。

「願い事があるといわれてね。日頃お世話になっているムーンヒルホテルさんにそういわれたら、無下に断るわけにもいかんだろう」

磯川は口の端を歪(ゆが)ませながら、鋭い眼差しを池端に向ける。

「き、君……。こ、こんなところにお通しするなんて、失礼じゃないか。す、すぐに部屋をお取りしなさい」

すっかり狼狽(ろうばい)した態(てい)で声を上ずらせる。

「そんなことはせんでもいい。時間の無駄だ」

磯川はぴしゃりと撥(は)ねつけ、「で、願い事とはなんだ？」

どっかとソファーに腰を下ろした。

俊太は正面の席に座りながら、池端にちらりと目をやった。

交渉の場をここにしたのにはふたつの狙いがあった。

ひとつは、日報を読んでいて分かったのだが、滑川も含め、歴代の担当者が交渉の場にしていたのは、常に相手の自宅や職場、あるいはホテル内の個室であったことだ。なるほどホテルは客商売だ。こちらから出向くのは当たり前かもしれないが、それでは敵の陣地に単身乗り込んで、戦を挑むようなものだ。まして職業は様々だが、ツケを溜めている人間は性質(たち)が悪いか、理由(わけ)ありの人間が大半を占める。心理的にどちらが優位に立つかは明らかというもので、これではいつまで経ってもツケの回収が進むわけがないと踏んだのだ。

そしてふたつ目の狙いは、交渉のやり方だ。

交渉の場面が頭に浮かぶほど日報を読み込んだとはいえ、やはり百聞は一見にしかず。実際に同席して現場を体験しておくに越したことはない。

しかし、滑川も池端も、指示を出すどころか完全無視だ。

となれば、方法はひとつしかない。

否応(いやおう)なしに交渉の場に立ち会わなくてはならない状況を作ってしまうことだ。

「わ、私、経理課長をしております池端と申します」

池端は慌てて名刺を差し出しながら、平身低頭する。

「あいにく、名刺は持っておらんでな」

磯川は面倒くさそうに受け取った名刺をちらりと見ると、後ろに控えた男に手渡した。

「き、君。ど、どうして、磯川さんがいらっしゃることをいわなかったんだ」

池端は瞳を小刻みに左右に揺らしながら慌てふためき、「私は、これから外出しなければならないんだよ」

俊太を指差し、金切り声を上げた。

「えっ……課長、同席してもらえませんのん？」

逃げんの？

目論見(もくろみ)が外れた俊太の声が裏返る。

「大事な約束なんだ。いまさら変更するわけにはいかんのだよ」

池端は視線を磯川に向けると、「本当に申し訳ございません。なんせ、入社して間もない人間ですので、仕事のやり方がまだ身についてはいないのです。ご無礼の段、この通りお詫(わ)び申し上げます。また改めてご挨拶に伺わせていただきますので……」

深々と頭を下げると、鞄(かばん)を引っ摑(つか)み更衣室に向かって早足で去って行く。

事務所の中に、異様な緊張感が走る。

誰もが、机に向かう体の角度を低くして、仕事に没頭しているふりを装いながら、事の成り行きを息を殺して窺って(うかが)いるのが手に取るように分かる。

「どういうわけかな。あんたがいうお願いってやつを課長は知らない様子だが?」

磯川が不機嫌そうな表情で訊ねてきた。

こうなれば、駆け引きはなしや。

いうだけいってみるしかないわ。

「実は、大門会様からのお支払いが滞っておりまして……」

俊太は腹を括って(くく)切り出した。

「ん?」

思い当たる節がないとでもいうのか、磯川は眉をぴくりと動かしながら小首を傾げ(かし)る。

「大門会様には、毎年六月に宴会で当ホテルをお使いいただいておりますが、昨年、一昨年の二回分のお支払いの一部が、まだ頂戴できていないのです」

「それは、何かの間違いじゃないのか」

「間違いではございません」

俊太は席を立ち台帳を手に戻って来ると、「宴席名は水無月会(みなづきかい)様とはなっておりますが、ご予約は大門会様で頂戴してございます。請求額は一昨年が百五十万円、昨年が百八十万円。そのうち入金いただけたのが一昨年五十万円、昨年分が七十万円ですから、まだ二百十万円が未入金のままなのです」

テーブルの上に広げてみせた。

磯川は黙ってそれを手に取ると、目を走らせはじめる。

俊太は続けた。

「残金分の請求書は何度かお出ししておりますし、担当者が磯川様に直接お会いして催促もさせていただいております。その際には、すぐに支払うとお約束いただいたにもかかわらず、全く入金を頂戴できていないのです。これは、いったいどういうことなんでしょう」

「ちょっと待て」

磯川は眉間に深い皺を刻むと、「わしに直接会って、請求したって？」

嗄れ声の語尾を吊り上げる。

「ええ、ここにそう書いてありますが」

俊太は台帳を受け取ると、日報を広げた。「昨年、二度ほど、浅草の事務所にお伺いして……」

「そんなことがあるはずがない」

磯川は即座に否定する。「水無月会の支払いが滞ったままになっているなんて話もはじめて聞いた。第一、わしのところには、会計を専門に見る人間がおってな。カネのことは全部任してあるんだ。あんたのところだって同じだろ。代金が未払いになってますと業者が来たら、社長が出るか？　応対するのは経理の担当者だろ？」

「しかし、現に――」

「佐々木」

俊太の言葉が終わらぬうちに、磯川は背後に控えた男に向かって声をかけた。

喫茶室で勘定を支払った男だ。「お前、請求書をもらった記憶はあるか？」

「請求書は確かに受け取りましたが、督促が来たという記憶はありません」

佐々木はこたえた。

「ムーンヒルホテルの方が、催促に来たことは？」

「いえ、一度も……」

佐々木は首を振る。

なんやて。そしたら、日報と話が違うやないか。

ってことは、滑川の野郎――。

「その請求書は、どうしたんだ」

「例年通り、幹事の方へ――」

「この二回の幹事はどこがやったんだ」

佐々木は組のものと思われる、ふたつの名前を口にした。

磯川は、「つまんねえ見栄を張りやがって――」と忌々しげに小さく漏らすと、

「水無月会は、大門会傘下が一堂に会する年一度の懇親会で、費用は一応会費制だが、この世界には見栄を張る風潮があってな。この未払いは、おそらく会費だけじゃ到底賄い切れないのを承知で、豪華な会にしようと背伸びした挙句の不始末だろう」

顔色こそ変わらぬが、こめかみをひくつかせ怒りを露わにする。

「では、改めて幹事の方にご請求申し上げれば――」

「いや、これは内輪の問題だ。ムーンヒルホテルさんに、これ以上迷惑をかけるわけにはいかねえよ」

磯川はきっぱり否定すると、断言した。「それに、仕切ったのが誰であっても、大門会の名前で開いた宴会だ。子の不始末は親の不始末だ。残金は明日にでも、わしがきっちり耳を揃えて支払うよ」

話の成り行きに息を潜めて耳をそばだてていた事務員の間から、声にならないどよめきが起きた。

「いや、失礼した」

磯川は頭を下げた。「カタギの衆に迷惑をかける。まして、ゼニを払わんなんて、わしらの世界ではあってはならんことだ。この落とし前は、きっちりつける。わしの

顔に免じて、勘弁してくれ」

磯川は両の手を太股の上に置くと、さらに深く頭を下げた。

「そ、そんな……落とし前だなんて……」

俊太は滅相もないとばかりに顔の前に両手を上げた。

「いや、親にこんな恥をかかせたからには、咎めなしとはいきませんな」

磯川は瞳に冷たい光を宿すと、「小柴さん……でしたかな」

改めて俊太の名を口にした。

「はい――」

思わず姿勢を正した俊太に向かって、

「先ほど課長がいってたが、あんた、新入社員か」

訊ねてきた。

「はい。入社して三カ月になります」

「それにしては、大した度胸の持ち主だが、相手の立場ってもんを考えた方がいいな」

磯川がポケットから取り出した煙草を咥えると、佐々木がすかさずライターを差し出す。「いまもいったが、わしらの世界は見栄も大事だが、それ以上に面子ってもんを大切にする。どんな考えで、ここに連れ込んだのかは分からんが、これだけの人の前で不始末を質(ただ)される身にもなってみろ」

磯川は、そこで一旦言葉を区切ると、ふうっと煙を吹きつけてきた。

揺らぐ空気、煙草の臭いの中に、〈子〉とは別に俊太に向けられた磯川の怒りが籠もっているようだった。

背中に嫌な汗が滲み出してくる。

「はい……」

俊太は身を硬くしながらうなだれた。

「まあ、今回の件はうちの身内がしでかした不始末だ。なかったことにしてやるが、こんなことをやってたんじゃ、まとまる話もまとまらない。こじれちまって、二進(にっち)も三進(さっち)もいかなくなっちまうってことにもなりかねないぞ。それじゃ、あんただって困るだけだろ」

「はい……」

確かに磯川のいうことに間違いはない。

面子を何よりも大切にするのが、ヤクザだ。

これまでの担当者の交渉のやり方では埒が明かないのなら、全て逆のやり方で行ってみればという単純な発想で、磯川をここに通したのだが、それも相手による。読みを間違えれば逆効果だ。

磯川は、火を点(とも)したばかりの煙草を灰皿に突き立てると、

「度胸ってもんはそう簡単に身につくもんじゃない。天性のもんだが、あっても知恵が足りなきゃ無鉄砲。ただの馬鹿だ。せっかく、度胸を天から授かったんだ。生かせなかったらもったいないぞ」

話は終わったとばかりに、席を立った。

「お言葉、肝に銘じて――」

俊太は、立ち上がると深く体を折った。

磯川は三人の男を引き連れて、事務所を出て行く。

深いため息が漏れた。

膝から力が抜けていく。

もはや自分の席に戻る気力もない。

俊太は、ソファーにどさりと座ると、じっとりと額に浮かんだ脂汗を手の甲で拭った。

磯川は約束を守った。

翌日、大門会の未払金、二百十万円は現金で支払われた。

3

磯川の一件を機に、未払金の回収は俊太の独壇場となった。

歴代の担当者は分からぬが、滑川が日報に嘘を書いていたことが発覚してしまったのだ。まして、最も回収が難しいと目されていた磯川が、いとも簡単に耳を揃えてツケを支払った。それも、配属されてたった三ヵ月しか経っていない中卒の俊太の交渉によってだ。

磯川の言葉を借りれば、まさに面子を潰されてしまったというやつだ。

だからといって、滑川や池端の接し方が変わったというわけではない。

相変わらず無視を決め込み、ふたりが話しかけてくることは皆無である。

しかし、俊太は構わなかった。

「相手の立場を考えろ」

磯川がいったひと言は、それから俊太が取り組んだ交渉に大いに役立った。

職業、地位、台帳に記された顧客情報を分析し、交渉の場、方法を変えるようにしたのだ。

面子のある人間は、まず個室。それでも埒が明かなければ、事務所に連れ込む。従業員が耳をそばだてる傍らで、改めて支払いが滞っている理由を自らの口で語らせる。面子を大切にしている人間にとっては、まさに生き恥を晒すようなもので、これを繰り返していると、カネがないわけではないが、他に優先しなければならない払いがある。あるいは、本当に困窮しているといった具合に相手の懐具合が分かってくる。

性質の悪い人間を事務所に呼び入れると、池端が逃げ出そうとするのは相変わらずだったが、大抵の場合は交渉の場に同席させた。

そこで大いに役立ったのが、寛司から授かった知恵である。

どう頑張っても取れない客の場合、「せめて、原価分だけでも頂戴できませんか」とコストを割らない程度に融通をきかせるのだ。

もちろん、会社は損金として処理しなければならないわけだから、最終的に判断するのは経理部長である。だが、それも池端の承認があればこそ。つまり、それでよしとするか否かの社内交渉は、全て池端の役目となる。

そして、もうひとつ、寛司の知恵が役立ったことがある。

経費の使い方だ。

未払金の中には、現存する会社のものも少なからずあった。

それもほとんどが中小企業なのは、オーナー経営者が多いからだ。会社のカネをどう使おうと自分の勝手。公私に区別をつけることなく、勘定を全て会社のツケに回す。ホテルにとっては誰であろうと払ってさえくれればいい話なのだが、当の本人が死んでしまったりしようものなら厄介なことになる。

「社長が個人的に使ったカネだ」と会社が支払いを拒むのだ。

確かに法的には正しい。

そこで、経理を担当する人間を接待する。

ムーンヒルホテルには、超一流のレストランがいくつもある。個室を取り、豪勢な食事と酒を与え、「法的にはそうかもしれませんが、道義的責任はあるでしょう」と諭すのだ。

オーナー経営者が会社のカネは俺のカネと考えているなら、雇い人にしてみれば、会社のカネは会社のカネであって、自分のものではない。支払ったところで、自分の懐が痛むわけではない。

もっとも、値が張る接待である。時には、五十万円のツケを回収するのに、五万円もの経費を使うのだから、池端は文句をいう。

そこで、寛司が授けてくれた知恵がものをいう。

「自分とこのホテルで接待してんでっせ。料理や酒の原価なんて、四十パーセントもいかへんでしょう。五万円の経費で五十万円回収できたら、安いと思うんですが」

そう返すと、池端はぐうの音も出ない。

それがまた、実際に未払金の回収実績に表われてくるのだから池端には面白かろうはずがない。まして、中卒の俊太に遠くおよばない滑川にしてみればなおさらのことだ。

相変わらず人間関係は最悪だったが、もはやそれも気にならない。

未払金の回収は電話ひとつで済むものではない。席にいることはほとんどなく、ふたりと関わる時間が皆無に等しかったせいもあるが、それ以上に、「会社ってとこは実力、実績が勝負だ」といった寛司の言葉があったからだ。

ところが——。

滑川が突然机の引き出しを開け、中の書類を整理しはじめたのは俊太が経理課に配属されて二年が経った頃のことだった。

滑川は上機嫌のようだった。

中卒の、それも業務経験もなければ、指導ひとつしていない俊太が着々と未払金の回収を進めていく一方で、滑川の実績は上向く気配がない。

焦りもすれば、屈辱感も覚えて当然なのだが、そんな様を見せたのも最初のうちだけだ。俊太が存在しないかのように無視し続け、客先に出かけては日報を書くという日々を淡々と送っている。

なんぞ、ええことでもあったんかいな——。

もっとも理由を訊ねたところで、いまに至ってもなお、まともな会話を交わしたことのない滑川が、こたえてくれるはずもない。

未払金はひとつ片づければ、またひとつと次から次へと発生する。

今日も、これからそうした客のひとりと約束がある。

俊太は、「出かけてきます」と、池端に声をかけ、部屋を出たところで不意に便意を覚えた。

今日の交渉案件は、結婚披露宴の費用をいまだ払わぬ客で、自宅への訪問だ。

客先で用をたすわけにもいかないし、駅の便所は行列ができていることが多い。時間に遅れるわけにはいかぬ。

俊太は、便所に入ると個室のドアを閉めた。

外に人の気配を感じたのは、トイレットペーパーに手を伸ばしかけたその時だ。

小便をしているのだろう。便器に当たる放尿の音が聞こえはじめたところに、またひとり、便所に入って来る人の気配がした。

「おう、滑川」

滑川？

どうやら、先に入ってきたのは滑川らしい。

「お前、営業に転属になるんだってな」

男がいった。

「ああ、新規顧客か。新規顧客開発課だ」

「新設部署か。オリンピックに向けて、うちも新しいホテルをばんばん建てたからな。開催期間中は満室だが、オリンピックは祭りだ。終わっちまえば潮が引くように人も消え失せる。新規顧客の獲得は、うちにとっては最重要課題だ。栄転じゃないか」

滑川が栄転やて？

なんで、そないなことになんねん。

三ヵ月後に迫ったオリンピックには世界中から人が集まって来る。もっとも選手は専用の宿泊施設を利用するからホテルを必要としないが、なんといっても四年に一度のスポーツの祭典だ。世界各国から報道陣がやって来れば、観戦目的の外国人もやって来る。まして日本初のオリンピックであることに加えて、開催の同じ月に新幹線が開業するのだ。日本各地から、東京目指して人が押し寄せるのは目に見えている。

ホテルにとっては、絶好の商機到来。ムーンヒルホテルも開催に向けて、四つの新たなホテルを開業したばかりである。

「ようやく、借金取りから解放だ」

滑川が、せいせいしたようにいう。「三年だぜ。長かったよ」

「実績が買われたんだろ」

実績？　実績ってなんのことや。

そんなもん、あいつにはこれっぽっちもあらへんで。

男は続ける。

「未払金、すごい勢いで片づけたんだってな。カネを払わないなんてのは、理由ありの客ばっかりだろうに、そんなややこしいやつらを相手にして、よくやったよ」

「やっぱりさあ、仕事ってもんには、なんでもコツってもんがあんだよ」

滑川は自慢気にいう。「それを摑むまでには、試行錯誤の連続。苦労したけどさ。毎日そればっかりやってると、見えてくるものがあるんだよな」

声が弾んでいるのは、先についた雫を切っているせいばかりではあるまい。

「まっ、コツっていっても大したもんじゃない。とどのつまりは交渉力ってやつだがな」

手を洗おうとするのか、滑川の声が洗面台に向かって移動する。

「なるほどなあ。それで新規顧客開発課なわけだ」

「もっとも、これもまた楽な仕事じゃなさそうだけどな」

滑川の声が蛇口から流れる水の音に重なる。「なんせ、ゼロから始める仕事だからな。これでいいって、ゴールもない。どこまで数字を伸ばすかが勝負だ。考えようによっちゃ、未払金の回収なんかより、ずっと難しいかもしれないな」

「それこそ考えようってもんだ」

男も用を足し終えたようだ。「何もないところから始めるってことは、マイナスはないってことじゃないか。客をひとつものにする度に、プラスが増えていくだけだ。大口を掴もうものなら、大手柄。でかい相手をものにするためなら、定価で使ってくださいってわけにもいかないし、値引きだって提示できんだろ。条件交渉に持ち込めば、これまでの仕事で身につけた交渉力が生きてくる。未払金の回収に比べたら、大口のひとつやふたつ、取ってくるのは簡単な話だろ」

「そうなればいいんだがな」

滑川が苦笑混じりにこたえる気配が伝わってくる。

「しっかし、持つべきものは部下だな」

男がいった。「お前が抜群の実績を上げたおかげで、池端さんの評価もうなぎ上りらしいぜ。今回のお前の栄転にしたって、月岡部長直々の人事だっていうからな。池端さんも、近いうちに昇進するんじゃないかって、もっぱらの噂だ」

月岡部長って……。

一瞬にして頭から血の気が引いていく。その勢いは凄まじく、今度は血液が逆流し、頭に血が昇ってこめかみが激しく収縮を繰り返す。

そうか……。そういうわけか……。

あの滑川がなぜ栄転できたのか、その絡繰りがいま分かった。

俊太にとって、経理部長は雲の上の存在だ。未払金の回収に成功しても、部長に報告するのは池端なら、接待に使う経費を認めてもらう交渉をするのも池端だ。

池端はそれを全て滑川と自分の手柄にしたのだ。コスト分だけでも、あるいは接待費を使っても、全額取り損ねるよりもマシだという理屈も、さも自分たちが考えたかのように話したのだ。

しゃがんだままの俊太の拳が震え出す。

もちろん、怒りを覚えたせいもある。しかし、それ以上に、これだけの成果を上げても評価されない。その理不尽さが我慢ならなかった。

なあにが、実績や。数字を上げたやつが一番偉いんや。

そんなん、真っ赤な嘘やんか。

アホらしゅうてやってられへんわ。

もう辞めたる。こんなんなら、部長の運転手をやっとった方がまだマシやった。

そうや、わしがいのうなったら、未払金の回収は、またうまいこといかんようになる。そうなれば、池端の昇進なんぞ、吹っ飛んでまうに決もうとるわ。

ふたりが便所を出て行く気配がする。

俊太は、ドアを開けて個室を出た。

洗面台の前に立った瞬間、鏡に映る己の顔が目に入った。

怒りが収まる気配はない。

血が昇った顔には赤みが差し、血走った目には悔しさと屈辱のあまり、うっすらと涙が浮かんでいる。

どこかで見たことのある顔だと思った。

番を張り、喧嘩に明け暮れていたドヤ時代、ぶちのめされた挙句に、土下座して許しを乞う相手が、決まってこんな表情を浮かべていたことを俊太は思い出した。

紛れもない敗者の顔だ。

『ええんか、お前。ここでケツを割ってもうたら、負けを認めることになるんやで。尻尾巻いて、退散すんのも同然なんやで。お前、そんなんで、ほんまにええんか』

俊太は鏡の中の自己に問うた。

『ええわけないやろ』

もうひとりの自分がこたえる。

『そやろ。そら、池端は出世できへんようになってまうかもしれへんで。そやけどな、部下が中卒やいうだけで一緒に働くのが面白うない思うてる人間と、しかもその部下の手柄を横取りするようなクズと心中してまうなんて、アホらしい思わへんか？　仕事は借金取りかもしれへんけどな、お前は中卒でムーンヒルホテルの本社事務職で働くようになったはじめての人間なんやで』

『そやけど、こんなんがずっと続くのか思うたら、アホらしゅうてやってられへんで』

『お前、この仕事始めてどんだけ経つねん。たった、二年やそこらやんか。こっから先、何年生きななならん思うてんねん』

『……』

『ドヤで喧嘩ばっかりやってた頃を思い出してみい。そら、喧嘩にも頭使わなならんで。そやけどな、ガチンコの勝負いうことになったら、最後に物をいうんは力や。力で相手を叩き伏せんことには、勝てへんねん』

『……』

『会社も同じちゃうか？　これは喧嘩やで。確かにいまの形勢は不利かもしれへん。そやけどな、この喧嘩はこの先何十年と続くんや。どこで挽回の機会が転がり込んでくるか分からへんのやで。それを、鼻っ柱に一発食らったくらいで、キャインいうて引き下がるんか。勝てるかもしれへん相手を道づれにして、喧嘩を終わらせるんか』

『……』

『勝たな意味ないで。止めを食ろうたわけやなし。なに眠たいこというてんねん』

自問自答を繰り返すうちに、俊太の腹が固まってくる。

そうや、まだ勝負は終わってへんがな。

先は長いんや。会社にいる限り、この戦いはずっと続くんや。

負けるわけにはいかへん。挽回の機会は必ずある。ここはじっと辛抱するしかないで。

俊太は大きく息を吸い込むと、蛇口から流れる水を手で掬い、ざぶざぶと顔を洗った。

掌が顔を撫でる度に、怒りが収まる。屈辱感が失せていく。

再び鏡に映った己の顔に、もはや敗者を窺わせるものは何もない。

負けてたまるか！

俊太は胸の中で雄叫びを上げながら、鏡の中の自分に向かって大きく頷いた。

4

「小柴さん。今回は本当にありがとうございました。お母さん、ものすごく喜んでくれて、お陰様で、親孝行ができました」

本を借りに訪ねて来た文枝が、俊太の部屋の前で頭を下げた。

文枝は土曜日の午後になると、決まって俊太の部屋を訪ねては、本を物色して持ち帰る。その際には、一週間の間に読んだ本の感想を語り合うのが習慣となっていたのだが、「小柴さん。ムーンヒルホテルって、いくらで泊まれるんですか」と文枝が訊ねてきたのは、七月も半ばを過ぎた頃のことだった。

「そら、ぴんからきりまでやけど、ムーンヒルホテルは一流やさかいな。安い部屋でも、千五百円からやな」

俊太は正直にこたえた。

「千五百円！　そんなにするんですか？」

文枝は目を丸くして絶句する。

無理もない。大卒の初任給が一万九千百円である。

文枝が幾らもらっているかは分からぬが、三食付きの住み込み女中の給料など知れている。

「やっぱり無理か……」

文枝はため息をつくと、少しがっかりしたように肩を落とす。

「無理って、どないしてん」

俊太は訊ねた。

「もうすぐお盆じゃないですか。私、今年は里に帰るのを止めて、お母さんを東京に呼ぼうかと考えていたんです」

住み込みの文枝には決まった休日はない。その代わり盆と正月にまとまった休暇が与えられる。もっとも、正月は元日の早朝から会社の重役たちが新年の挨拶に押しかけ、社長から屠蘇を振る舞われるのが習わしだ。酒が出れば、お節が供され宴会となる。それが終日続くのだ。

通いの三人の女中には、いずれも家庭があるから、年末にお節の準備に追われはするものの、正月の三が日は仕事を休む。

結局、酒の準備をし、料理を上げ下げするのは文枝ひとり。彼女が正月休みを取って、新潟の実家に帰省するのはそれからとなる。

しかし、盆は違う。

旧盆を挟んだ八月十三日から二十日までは、休みが与えられ、十二日の夜行で文枝は田舎に帰る。

「母は、一度も東京に来たことがないんです。宮城(きゅうじょう)を訪ねるのは母の夢ですし、私がどんなところで働いているのか、どれほど大事にされているのかを自分の目で見れば、きっと安心するだろうと思って」

なるほど、そういうわけか。

「かといって、文枝ちゃんの部屋に泊まるわけにはいかへんもんなあ」

女中部屋の広さは知れている。布団をふたつ敷く余裕があるわけもないし、ひとつの布団に寝たのでは、新潟から来た母親には東京の蒸し暑い夜は酷に過ぎる。

「やっぱり無理か……。背伸びしないで、上野の旅館かどっかに宿を取って、私も一緒に泊まろうかしら」

文枝は明るい声でいうが、やはり残念そうだ。

「諦めんのは早いで」

俊太はいった。「ムーンヒルホテルには、夏の間は従業員割引いうのがあってな、家族は半額で泊まれんねん。それ使うたらええやん」

「家族って、私は――」

「社長の家に住み込みで働いてんのや。家族みたいなもんやんか」

俊太は声を弾ませると、「わしに任しとき。あんじょうしたるさかい」

胸を張った。

「でも、夏休みの時期って、ホテルはいっぱいなんでしょう？　そんなところに、半値で泊まったら迷惑なんじゃ――」

「それがなあ、そうやないねん」

俊太はこたえた。「ホテル業界には〈夏枯れ〉いう言葉があってな。夏はみいんな海や山に出かけてもうて、客がおらへんようになってまうんや。部屋はガラガラやし、家族割引なんちゅう制度ができたんも、社員でも誰でもええ、少しでも客を入れようっちゅうことから始まったらしいで」

その言葉に嘘はない。

もっとも、従業員のほとんどは、都内かその近郊に住んでおり、いかに部屋が空いているとはいえ、わざわざ身銭を切ってホテルに泊まろうという物好きがいるわけがない。第一、ホテルは職場である。どこへ行っても同僚の目があるとなれば気も休まらないし、周辺の状況は熟知しているから観光というわけにもいかぬ。

確かに文枝は家族ではないが、たとえ半額でも泊まってくれる人間がいるのはホテルにとっては有り難いことこの上ない。それに、寛司に頼めばなんとかなるだろう、という思いもあった。

果たして、俊太に相談を持ちかけられた寛司は、「いいよ。俺の方から、手配しとくよ」ふたつ返事で引き受けた。

かくして文枝の母親は上京し、ムーンヒルホテルに一泊した上に、念願の宮城見物を果たすことができたのだ。

「親孝行できてよかったなあ。千五百円が八百円になっても、高い出費には変わらへんけど、それこそ生きたカネの使い道いうもんやで」

「それがね、小柴さん」

文枝は、少し戸惑った顔をする。「宿泊代、結局タダになったんです」

「タダ？　タダってどういうこっちゃ？」

「若旦那様です」

文枝はこたえた。「ホテルで一泊して、宮城見物に出かけた後で、お母さん、ここにご挨拶に上がったんです。大旦那様はお留守でしたけど、若旦那様がいらして、それはもう親切に応対してくださって。それで、どちらにお泊まりかと訊ねられて――」

「ホテルに泊まったいうたんや」

「そしたら若旦那様、なんでそれを早くいわないんだ。文枝は家族同然だ。宿泊料を取るなんてことはできない。東京にいる間中は、好きに使ってくれって、その場ですぐにホテルに電話なさって」

「へえっ。そらよかったやないか」

俊太は眉を開いた。

「それで、二泊目からは上野に宿を取ってたんですけど、そっちをお断りして、結局ムーンヒルホテルに三泊もさせていただいたんです」

文枝はそこで突然姿勢を正すと、「ごめんなさい！　せっかく小柴さんにいろいろしていただいたのに、こんなことになってしまって」

深く頭を下げた。

「そんな、謝ることなんかぜ〜んぜんあらへんがな」

俊太は慌てて顔の前で手を振った。「文枝ちゃんの日頃の仕事ぶりの賜物や。部長は、ほんまは情に厚い人やさかいな。親孝行したいっちゅう文枝ちゃんの気持ちを察してくださったんや」

放蕩三昧の日々を送っていても、文枝にとっての八百円がどれほど大きな額であるか、そこに思いが至らぬ月岡ではない。まして、稼いだカネの多くを故郷にいる弟の学資に充てていることは、月岡とて重々承知だ。

こういう心遣いに触れる度に、俊太はますます月岡が好きになる。

「で、どやった、はじめてのホテルは」

俊太は、胸が温かくなるのを感じながら話題を変えた。

「夢みたいなところでした」

文枝は一転して顔を輝かせた。「若旦那様、レストランも手配してくださったんですよ。私は、フォークやナイフの使い方をここに来てから教わりましたけど、母はそんなもの使うのは、生まれてはじめてですから、すっかり戸惑ってしまって。でも、ボーイさんがお箸ご用意しましょうかって。恥ずかしかったけど、お料理を食べはじめたら、もう美味しくて夢中になっちゃって――」

ははは――。

あまりにも素直な感想に、俊太は笑い声を上げた。

「ムーンヒルホテルの料理は、ほんまに評判がええんや。わしもはじめて食うた時には、世の中にこんな美味いもんがあったのかと、びっくりしたもんや」

「それに、お部屋も素敵だし、ベッドに寝たのもはじめてなら、プールまであるんですもの」

文枝はすっかり興奮した態でいう。「まるで自分がおとぎの国っていうか、お姫様になったような気分になっちゃって、泊まるだけじゃもったいない。外出するのが、嫌になっちゃって」

「基本、ホテルは泊まる場所やで。高いホテルに来る客いうんは、快適な眠りを得るために来はんのや」

「そんなのもったいないですよ」

文枝は真剣な眼差しになると、「もったいない」を連発する。「だって、そうじゃないですか。ホテルだろうが、旅館だろうが、目を瞑(つぶ)っちゃえばどこで寝たって同じでしょ？　プールサイドの長椅子に座って、冷たいものを飲んで、日光浴しながら本を読んでたら、一日なんてあっという間ですよ」

珍しく熱い口調でいう。

「たまにそれらしきお客さんもいはるけど、大抵は外人。それもご婦人やね」

俊太は笑みを浮かべながらいった。「旦那さんは昼間仕事やし、外に出ようにも言葉が通じへんからね。それで仕方なく——」

「まるで、アメリカ映画の世界ですよ。女の子って、そういうのに憧れるんですよねえ」

俊太の言葉など耳に入らぬとばかりに、文枝はうっとりした目つきになる。

「男にはよう分からんけど、そんなもんなんかなあ」

俊太は、小首を傾げながらそう返すと、「文枝ちゃんのような人が世の中にぎょうさんいれば、夏枯れなんか起きへんやろに……」

ふと漏らした。

5

木々が鬱蒼（うっそう）と生い茂る月岡邸には、夏場になるとヤブ蚊が湧いて出る。

九月に入った最初の日曜日の夜。点々と灯（とも）る裸電球が路地を薄暗く照らす中、月岡邸の門前には通りを窺う俊太の姿があった。

蒸し暑い夜だった。

こうしている間にも、噴き出した汗が首筋を伝い、ワイシャツの襟を濡（ぬ）らしていく。人の気配を嗅ぎ取ったヤブ蚊が、甲高い羽音を立てながら俊太に襲いかかる。

こんな時間に、門前に立っているのにはもちろん理由がある。

月岡の父、ムーンヒルホテルを一代で築き上げた龍太郎（りゅうたろう）が亡くなったのだ。

突然の死だった。

龍太郎は、休日を自宅で過ごすことは滅多にない。

英雄、豪傑色を好むというが、どうやら龍太郎もその例に漏れないらしい。外に妾（めかけ）を囲っており、土曜と日曜の夜は別宅で過ごすのが常だからだ。

何しろムーンヒルホテルグループを率いる総帥である。家庭内においても、龍太郎が絶対君主として振る舞っていることに変わりはない。

まして、妾を囲えるのも甲斐性と地位があればこそだ。この件に関しては、夫人はもちろん、月岡も黙認状態であるらしく、家庭内に波風が立っている様子はない。

異変が起きたのは、今日の昼過ぎのことだ。

万年床に寝そべって、本を読んでいた俊太の耳に、サイレンの音が聞こえたかと思いきや、門の前で止まった。

月岡邸の門には、腰をかがめてくぐらなければならないほど小さな通用口が設けられている。普段、鍵はかけられておらず、防犯上の理由から、戸を開けるとベルが鳴り響く仕掛けがついている。

そのベルの音が聞こえると同時に、慌ただしい足取りで邸内に入って来る複数の人の気配がある。

何事だ？

俊太は跳ね起きると、ランニングシャツにズボンという格好で外に出た。

そこで目にしたのは、白いヘルメットに白衣を着用した救急隊員が、門扉を開けようとしている姿である。

門の外に横づけされた救急車から、担架が運び出される。

「何かあったんですか」

俊太の問いかけに、

「月岡さんのお宅は？」

救急隊員が逆に訊ねてきた。

俊太がこたえるよりも早く、

「こちらです！」

満天星の植栽の向こうから、文枝の切迫した声が聞こえた。「早く！　早く、来てください！　旦那様が――」

旦那様って、社長か？　いったい何が起きたんや？

しかし、月岡の邸内に間借りしているとはいえ、俊太にとって龍太郎は雲の上の存在だ。邸宅に上がり込むわけにはいかない。

状況が把握できぬまま、ただ佇むだけの俊太の前を、しばらくすると担架に乗せられた龍太郎が通り過ぎ、救急車に運び込まれて行く。

毛布をかけられ横たわる龍太郎は、顔を歪め弱々しい呻き声を上げる。

意識があるのかどうかは、傍目には分からないが、尋常ならざる様子である。しかし、付き添う夫人の敦子は、取り乱す様子もなく、龍太郎と共に救急車に乗り込んで行く。

それを見送る文枝と三人の女中に向かって、敦子は淡々とした口調でいった。

「光隆にすぐに連絡を取ってちょうだい。お父様が倒れたって」

ドアが閉まった。龍太郎を乗せた救急車は、再びサイレンを鳴らしながら、走り去って行く。

それを不安そうに見つめる文枝に向かって、

「社長、どないしはったん」

俊太は問うた。

「昼食を召し上がった直後に、急に頭を抱えてお倒れになったんです。痛い、痛いとおっしゃって……。でも、すぐに意識がなくなってしまって——」

文枝は顔面を蒼白にして、声を震わせる。

「部長に連絡いうても、今日は葉山に出かけてはんのと違うん?」

この時期、月岡はヨットに興ずるのが常だ。

「そうなんです」

果たして文枝は頷く。

「海に出とったら、連絡つかへんで」

「どうしましょう」

文枝は困惑を露わにする。

「しょうがない。ハーバーに連絡を入れて、港に帰って来るのを待つしかないがな」

俊太はそういうと、「ハーバーの電話番号は知っとるさかい、わし、連絡しとくわ」部屋に取って返し手帳を持つと、女中たちと一緒に月岡の邸宅に向かった。

思った通り月岡は、朝一番から沖に出たままで、帰港するまで連絡が取れないという。

月岡とようやく連絡が取れたのは、午後六時。それより二時間前の午後四時に、龍太郎は亡くなっており、午後十時を過ぎたいまも、月岡は帰って来ない。

龍太郎の訃報は、直ちに関係者に知らされたらしく、夕刻に遺体が自宅に運び込まれると、会社の役員を中心とする弔問客がひっきりなしに訪れるようになり、俊太は案内役を買って出た。

遅いなあ。何やってはんのやろ……。

会社の偉いさんが、続々駆けつけて来てはんのに、跡取りがまだって、示しつかへんで。

俊太は気が気ではなかった。

ただでさえ社内での月岡の評判は最悪だ。これまで波風ひとつ立つことなく会社が回ってきたのは、父親の存在があればこそ。龍太郎が亡き者となったいま、月岡がムーンヒルホテルグループを率いることになるのは、間違いないのだが、だからこそ最初が肝心なのだ。

なのに、よりによって葉山とは……。

あまりにも間が悪すぎる。

どれくらい時間が経っただろう。

ウインカーを点滅させながら、路地に入って来る車のヘッドライトが見えた。

その特徴的な形は間違いない。

月岡のベンツだ。

門の前で車が止まると、俊太は運転手が降りるより早く駆け寄ってドアを開けた。

「部長……」

なんといっていいのか分からない。

俊太は語尾を濁した。

「おう、テン。何こんなところで突っ立ってんだ」

意外なことに、月岡は少し驚いた顔でいう。

「何って……部長が帰って来はらへんから――」

口籠もった俊太に向かって、

「なに慌ててんだ、お前。危篤だってんならともかく、知らせを聞いた時には死んじまってたんだ。急いだってしょうがねえじゃねえか」

月岡は平然という。

「それにしたって、遅すぎますがな」

「海に出た途中で、佐島に寄って飯を食ったんだよ。久々に『浜の屋』で魚が食いたくなってな。それで、ハーバーに戻るのが遅くなっちまったんだ」

月岡は、よくクルーズの途中で近くの漁港に立ち寄り、馴染みの店でビールを呑みながら昼食を摂る。浜の屋はその中の一軒で、佐島漁港に揚がる地魚を供する月岡お気に入りの店だ。

「ったく、変わったことをすっからだ」

月岡はいった。「いつも通りに、別宅に行ってりゃこんな目にも遭わなかったろうに、柄にもなく本宅でおとなしくしてたりするから死神に取り憑かれたんだ。いや、死神に呼ばれたのかもな」

実の父親が死んだいうのに、なんてことをいうんや。

バチが当たんで。

そういいたくなるのを堪えて、

「部長……。会社の偉いさんが、続々と駆けつけて来てますんやで」

俊太は精一杯、声に非難を込めた。

「だろうな」

相変わらず月岡は他人事のようにこたえる。「グループの絶対君主が死んだんだ。

まして、役員連中は親父(おやじ)の覚えめでたいやつらばかりだからな。ここぞとばかりに嘆き、悲しみ、忠犬ぶりを見せつけんだろさ」

忠犬ぶりって——。

あまりの言葉に、俊太は黙った。

「てめえのこれからが気になってしょうがねえんだよ」

月岡は鼻を鳴らした。「親父がいなくなっちまえば、代を継ぐのは俺だ。何をしでかすか分からねえ、ドラ息子が全権を掌握すんだ。そりゃ、気が気じゃねえだろうさ」

月岡は三十五歳になったばかりだ。

後継者になることを宿命づけられているとはいえ、グループを率いるには若すぎる。第一、部長とはいっても名ばかりで、仕事は片手間、日々放蕩の限りをつくして遊び呆(ほう)けているのだ。

いずれ月岡が社長に就くとしても、龍太郎の薫陶を受けた番頭に経営を任せ、その下で経験を積ませでもしなければ、危なくて経営など任せられないと誰もが考えているだろう。

ところがである。

「まあ、こっから先は、あいつらの心配してる通りになるんだがな」

月岡はニヤリと笑った。

「えっ?」

「確かにいまの役員連中は、ある意味優秀だ。親父を支え、グループをここまで成長させた功労者でもある。だがな、出店計画、新規事業、何を取っても方針を打ち出すのは親父で、あいつらは指示を待っているだけ。親父の指示を百パーセント実現することに専念してきただけで、自分から事業を考えたことは一度たりともない。つまりだ」

月岡は、そこで一瞬言葉を区切ると、「親父がいなくなっちまったら、何をやったらいいのか、皆目見当がつかない。そんなやつらに会社の舵取り(かじとり)を任せたら、グループの成長は止まっちまうってことになる」

厳しい口調で断じた。

「そ、そしたら――」

そこで月岡は改めて俊太の目を見据えてくると、「テンよ。ひとつ教えといてやる。事業、いや会社の経営ってのはな、足を止めたら終わりなんだ。十分儲かる商売をものにしたなんて安心してたら、その商売が廃れちまえば会社はたちまち傾く。これが駄目でもあっちがある。二の矢、三の矢を用意しておかねえことには、生き残れねえんだよ」

暗がりの中で瞳を炯々(けいけい)と光らせた。

そこに父親を失った悲しみを感じさせるものは微塵(みじん)もない。

むしろ、いよいよ自分の時代が来た。

煮えたぎる野心と希望、そして喜びすらも露わにする。

そういえば……。

龍太郎と一緒に救急車に同乗した敦子も、取り乱す様子がなかったことを俊太は思い出した。

俊太は七歳の時に父親を亡くした。

戦時中のことである。戦死は名誉であるとされ、人前で涙を見せることは禁忌であった時代だ。ささやかな葬儀の際には毅然(きぜん)と振る舞った母親だったが、夜中にふと目を醒(さ)ました時に、隣の部屋から聞こえてきたのは嗚咽(おえつ)である。襖(ふすま)の間から見た、体をふたつに折り、背中を震わせる母の姿はいまでも目に焼きついている。

なのに、敦子といい、月岡といい、この反応はいったいどういうことなのか。

俊太はそこに、月岡家の闇を垣間見(かいまみ)た思いがした。

「これから会社は大きく変わるぞ」

月岡はいった。「俺にもいろいろ考えはある。やりたいことも山ほどある。だがな、これからは俺のいうことを聞いてりゃいいってわけじゃない。考える力がないやつにはそれなりの仕事しか与えない。出世するのは、ここを働かせるやつだけだ」

月岡は、こめかみを人差し指でつつくと、邸宅に向かって歩きはじめた。

白の開襟シャツに半ズボン、同色のデッキシューズという出立ちは、亡くなった親と対面するには、あまりにも不釣り合いに過ぎる。こんな姿で現れれば、重役たちがどんな思いを抱くかは明らかというものだが、月岡はいささかも気にする様子はない。

その後ろ姿を見送りながら、「ムーンヒルホテルグループに新しい帝王が生まれた」と、俊太は思った。

6

龍太郎の葬儀は盛大に執り行われた。

告別式の会場となった青山葬儀所には、財界はもちろん、政界の重鎮たちが参列し、生前の龍太郎の権勢を物語るものであったという。

龍太郎の跡を継いで社長に就任したのは、もちろん月岡である。

もっとも、それに際しては、「いくらなんでも若すぎる」、「役員を経験してからでもいいのではないか」といった異論が重役たちから噴出したらしい。

しかし、ムーンヒルホテルグループは、月岡家が全株式を握るオーナー企業だ。未亡人となった敦子は、断固として耳を貸さない。また月岡も社長就任を望んだとあっては、どうすることもできない。

「テン。実はな、俺、転勤することになってさ」

寛司がそう切り出したのは、月岡が社長に就任して半年、久しぶりに共にした昼食の席でのことだ。

「転勤って……カンちゃん、どこ行くん？」

俊太は口元に運びかけた箸を止めた。

「それがなあ、ハワイなんだよ」

「ハワイって……あのハワイ？」

「他に、どんなハワイがあんだよ」

寛司は苦笑すると、トンカツをひと齧(かじ)りし、飯をかき込んだ。

「なんでハワイなん？　うちはハワイなんかにホテル持ってへんやん。そないなところへ行って、何すんねん」

「部長……いや、社長がいうには、日本人が海外旅行に出かける時代がもうすぐやって来る。その時、真っ先にどこへ行くかといえば、憧れの地ハワイだ。ところが、現地にあるのはアメリカのホテルだけ。従業員もアメリカ人だ。当然、英語しか通じない。それじゃあ、観光客だって不便だ。日系のホテルがあれば、日本からの観光客を一網打尽にできるって――」

「そしたら、ハワイにホテルを造るんか？」

「いや、ホテルを造るのはまだだいぶ先だ」

寛司は首を振った。「とりあえず、アメリカのホテルと提携を結んでな、そこに勤務しながら、現地の事情、観光地、イベント、その他諸々を調べて、将来うちがホテルを建設する際に、スムーズに事が運ぶようにしておけってんだ。場合によっちゃ、自前で建てなくとも買収って手もあるっていってな」

「日本人が海外旅行って……そんな時代がほんまに来るんやろか」

事が海外となると、話があまりにも壮大すぎて、俊太にはぴんとこない。

第一、海外への観光渡航はひとり年一回に制限されており、頻繁に出かけられるのは外交官か商社マン、あるいはパイロットや船員といった限られた職種に従事する人間だけだし、べらぼうな費用がかかる。

「社長は、一歩も二歩も先を考えてる人だからな。常人には理解できないのは当然なんだが――」

寛司はそこで、ひと呼吸置くと、「ここだけの話だがな、いま、役員会は揉めに揉めて大変なことになってるんだ」

顔をぐいと近づけ、声を潜めた。

「カンちゃんのハワイの件でか?」

「そうじゃない。社長、新しいホテルの建設計画をぶち上げたんだよ」

「新しいホテルの何が悪いん? 先代の社長かて、どんどん新しいホテル建てて事業を拡大すんのに一生懸命やったやん」

「問題は場所だ」

寛司はいった。「なんせ、社長がぶち上げたのは新潟の山の中と、湘南(しょうなん)のホテルにでっかいプールをいくつも造るってことでな」

「新潟の山の中、湘南にプールって……」

役員が驚くのも無理はない。

確かに龍太郎は次々にホテルを建設したが、場所は都市部に限られる。

それが、新潟の山の中、湘南の海っぱたのホテルにプールとはどういうわけだ。

「分からないか? 新潟はスキー。湘南は海——」

そら、どっちも社長の趣味やん。

そういいかけた俊太を遮って、寛司は続ける。

「実は、だいぶ前から、社長、この計画の可能性を密(ひそ)かに探ってたんだ。スキー人口は確実に増え続けている。冬になると、上野駅はスキーを抱えた客でごった返す。その一方で、肝心の宿泊施設はお寒い限りだ。海だって同じだ。東京に住んでる人間が海水浴っていやあ、湘南に出かけるが、こちらもまた宿泊施設は整備されていないし、宿が取れたとしても、シーズン料金でバカ高い」

「そら、当たり前や。山に客が押し寄せんのは、スキーができる冬だけやし、海にしたって冬の海は何もすることあらへんやんか。人が集まる季節が稼ぎ時や。思いっきりふっかけようちゅう気にもなるで」

そこで、俊太ははたと気がついた。「そやけど、カンちゃん。そないなところにホテル建てても、スキーは冬限定や。夏は客が来いへんし、海に人が集まんのも夏の間だけやん。それ以外の時期は開店休業いうことになってまうんと違うん」

「だから、役員は全員猛反対。頭でもおかしくなったんじゃねえかってな」

寛司は意味ありげな含み笑いを浮かべると、トンカツを摘んだ箸を止めた。「だがな、社長だってなんの考えもなしに、そんな場所にホテルやプールを造ろうってわけじゃないんだ。たとえば新潟の場合は、夏の間は軽井沢のような避暑地にしようと目論んでんだ」

「軽井沢？」

もちろん、地名は知っている。

しかし、東京の金持ちが別荘を構え、暑い東京を抜け出して快適な夏を過ごす場所という程度の認識しかない。

「春は新緑、秋には紅葉、スキー場の雪が解ければゲレンデは野原になる。そこにテニスコートを造ったら、数日とはいえ別荘族の気分が味わえる。まして、新潟の山の中だぞ。土地代にしたって、東京に比べりゃただみたいなもんだ。それどころか、年間を通して人が集まるようになれば、地元にもカネが落ちるし、雇用も生まれる。町の方から、頭を下げて、是非ホテルを建ててくださいってことになんだろが。用地の買収だって簡単だし、ホテルの総建設費だって安くつく」

はっとした。

一聴しただけで、筋の良さに気がついたからだ。

「さすが社長や」

俊太は唸った。「遊び呆けているふりをしながら、見るところはちゃんと見とるっちゅうわけや」

「で、一方の湘南なんだがな」

寛司はその間に口に入れたトンカツを咀嚼しながらいった。「あのホテルは、オリンピックのヨット競技の選手村になったところだ。知名度はあるし、夏の間は客集めには苦労せんのだが、問題はそれ以外の時期だ」

「そやけど、海の傍にプール造ってどないすんねん。東京の人は海で遊ぶために湘南に行くんやで」

「普通はそう考える。だが社長は違うんだ」

寛司はニヤリと笑った。「夏の間、浜辺は海水浴客でごった返す。砂浜に寝転びゃ砂だらけ。海の家を使えば結構なカネを取られる。子供連れに至っては、迷子にならないか、溺れやしまいかと親も何かと神経使うだろ？　その点、プールなら話は別だ。砂まみれになることもない。監視も行き届いている。子供用のプールだって造るんだ。溺れる心配もない。そこに一日いくらの料金を取って、日帰り客を入れる。ホテルに宿泊すればもちろん利用料はタダ。ちょっとした別荘族の気分を味わえるってわけだ」

「なるほどなあ……」

その着眼点、その発想に俊太は舌を巻くばかりだ。

「もはや戦後ではないっていわれて随分経つが、日本の社会はものすごい勢いで変化してんだ。考えても見ろよ。いまの社会を動かしてんのは、政治も経済も戦前、戦中生まれの人間だが、これから先はその世代が顔を顰(しか)めて見てた太陽族なんていわれてた連中が、世の中の中心になっていくんだぞ」

太陽族とは、石原慎太郎が芥川賞を受賞した小説『太陽の季節』の影響を受けた若い男女が、既成の秩序を無視して奔放無軌道に行動するようになったことから生まれた言葉だ。

『男女七歳にして席を同じゅうせず』という戦前、戦中の教育を受けた世代には当然受け入れられるはずもなく、若者の変質ぶりを嘆く際によく用いられる。

寛司は続ける。

「それにな、あと数年もすれば、戦後のベビーブーム世代が、どんどん社会に出て来るだろ。こいつらは戦争を知らない。戦後の民主主義、復興景気の中で育ってきた連中だ。価値観も違えば、ものの考え方も違う。当然、遊び方もカネの使い方だって違う。そんなやつらが、ごまんと湧いて出てくるんだ」

「そやな。学校が足らへん。教室は満杯やって、雑誌の記事を読んだことがある。確か、昭和二十二年から二十四年までの三年間だけで、八百万人以上の子供が生まれたんやなかったやろか。それが、太陽族みたいになったら、世の中様変わりするやろな」

「それが、役員連中には分かんねえんだよ」

寛司は眉を上げ、あからさまにため息をついた。「社長がプールをっていい出したのは、何もしなけりゃ、春、秋、冬の間は収益が落ちるのは目に見えている。ならば、夏の間に他の三シーズン、ホテルが満室になるくらいの収益を上げる手段を講じなけりゃならないだろ？　だから有料プールなんだよ」

「客室の数は決まっとるけど、プールにはあらへんもんな。客が来れば来るだけ儲けは大きくなるっちゅうわけや」

「利用料だけじゃない。一日いれば昼飯も食う。おやつも食べる。帰りに夕飯もっていう客だっているだろさ。湘南がプール代ならスキー場はリフト代。客の分だけ日銭が入る。スキーしに来てリフト使わねえやつはいないからな」

「すごい計画やんか。なんで反対されなあかんねん」

「ホテルはただの宿泊施設。遊びを提供する場所じゃないって考えてんだよ」

寛司は、忌々しげに吐き捨てた。「いまの役員連中は、先代社長が右っちゃ右、左っちゃ左、いわれるがままにしてきただけだからな。つまり、自分で考えるってことを忘れちまってんだよ」

――親父がいなくなっちまったら、何をやったらいいのか、皆目見当がつかない。そんなやつらに会社の舵取りを任せたら、グループの成長は止まっちまうってことになる。

俊太は、龍太郎が亡くなった夜、月岡がいった言葉を思い出した。

寛司は続ける。

「だけど、あの人には見えてるんだ。これから先、日本にどんな時代がやって来るのか、何が望まれるようになるのかがな。俺をハワイに送るのも、その布石を打つためだ」

「ハワイかあ……。カンちゃん、遠いところへ行ってまうんやなあ」

職場で話を交わす機会は滅多にないのだが、寛司がいなくなってしまうとなるとなんだか心細くなる。

俊太はぽつりと漏らした。

「あの世に旅立つわけじゃあるまいし、辛気臭いいい方すんじゃないよ」

寛司は俊太の額を小突くと、「まあ、いくら役員連中が反対しても、新潟も湘南も、結局は社長の思うがままになるんだ。面白くなるぞ。これから会社はどんどん変わる。変化についていけない人間は、あっという間に振り落とされちまうようになるぞ」

瞳を輝かせた。

「で、いつハワイに出発するん」

俊太は訊ねた。

「三ヵ月後だ」

「そらまた、随分先やんか」

「あっちで働くには、ビザが必要でな。他にもいろいろと準備しなけりゃならないことが山ほどあるし――」

「ビザ？」

「まあ、滞在許可証のようなもんだ。長いこと帰って来られないからな」

寛司はこたえると、「それに俺、嫁をもらうことになってさ」

珍しく顔を赤らめた。

「嫁って……カンちゃん、結婚するん？」

「俺もいい歳だからな。それに外国での一人暮らしはさすがに不便だし、帰って来てからなんてことといってたら、相手が婆さんになっちまう。それじゃ、可哀想だろ」

「そんな人がおったん？」

「三年前から付き合ってたんだ。先代社長の秘書をやってた、上島さんだ」

社長室は近づいたことすらない遠い場所だが、秘書となれば才色兼備、さぞや美しい女性なのだろう。

「カンちゃん、おめでとう！」

俊太は素直に祝福の言葉を口にした。

「なんせ、急に決まったことでな。まして、いきなりハワイで暮らすんだ。とにかく、やんなきゃならないことが山ほどあって大変なんだが、披露宴はここでやることになったから、テン、お前も出てくれよ」

「えっ！　わしを呼んでくれはんのん」

「当たり前だろ」

寛司は頷いた。「お前は、俺の親友の弟だ。兄弟も同然じゃないか」

「カンちゃん――」

寛司の言葉が胸に染みる。

社長就任早々、ハワイに転勤を命じたことからも、月岡が寛司を高く評価していることは明らかだ。将来、自分の右腕として、ムーンヒルホテルグループの経営の一翼を担うことになる、そうも思われているはずだ。

それが職場では相変わらず同僚と見なされてもいない自分を一世一代の晴れの場に呼んでくれる。しかも、兄弟同然とまでいってくれる。

俊太は、目頭が熱くなるのを覚えながら、

「カンちゃん、披露宴のカネは大丈夫なんやろな。わし、カンちゃん相手にカネの回収せなならんようになるのだけはごめんやで」

わざと憎まれ口を叩いた。

「あっはっはっは――」

寛司は大口を開けて、ひとしきり笑うと、「心配すんな。まあ、そうはいっても祝儀を当てにしているところはあるが、払い切れなきゃ給料から天引きすりゃいいだけだろ。お前の世話にはならないよ」

箸を持ち直し、トンカツを口に運んだ。

「そしたら、祝儀は精々きばらしてもらうわ。カンちゃんの門出やしな」

「餞別も忘れんじゃねえぞ。所帯持つとなると、思ったよりもカネがいるんでな。小銭でもあるに越したことはないからな」

寛司もまた、軽口を叩くと、再び大口を開けて笑った。

典の章

【典】
儀式。礼式。しきたり。

1

「参ったな。今度は客集めか――」

池端が眉間に深い皺を刻み、うんざりするように呻いたのは、月岡が社長に就任して九ヵ月が過ぎた、昭和四十年六月のことだった。

相変わらず池端は俊太を相手にしない。

回収の実績を、滑川の後任として転属してきた丸山とふたりで分け合い、手柄とするのも変わりはない。

それでも俊太がそのことを寛司にすら打ち明けなかったのにはふたつの理由があった。

ひとつは、喧嘩は当事者同士で決着をつけるもの。他人の力を借りた時点で、負けを認めたも同然だ、という矜持があったからだ。

もうひとつは、職場の全員が池端と同じ目で自分を見ていることが明らかだからだ。

未収入金の回収は、全て自分の業績だということを主張したところで、人事権を握っているのは、池端であり、彼の上司である。評価を下すのもまた同じだ。そして彼らは、俊太がどれほどの実績を挙げようと、評価する気持ちなど端から持ち合わせていないのだから、やるだけ無駄というものだ。

しかし、それでも俊太がめげることなく未収入金の回収に精を出したのは、彼らの目的が〈異物〉である自分を排除することにある。つまり、実績を落とす、あるいは音を上げるその時を待ち望んでいることを、知っていたからだ。

喧嘩は勝たなければ意味がない。彼らの思い通りになるのは、負けるということだ。自分がこの部署に居続けることが、勝負が続いている唯一の証なのだ。

池端はガリ版刷りの回章を丸山に手渡した。

それに素早く目を走らせた丸山は、

「総セールスキャンペーン、ひとり十泊って……しかも全社員？」

口をあんぐりと開けて絶句する。

「どうなってんだ、いったい――」

池端は苦々しく舌打ちをする。「社長が交代した途端、とんでもねえ田舎にホテルをぶっ建てるなんていい出すわ、海っ端にプールを造るなんていい出すわ、今度は全社員に営業やれって、大丈夫かよ」

「殿ご乱心ってやつですかね」

丸山は顔を顰め、ため息をつく。「確かに、夏枯れにはどこのホテルも頭を痛めてますけど、夏は帰省や旅行に東京を離れる人が多いからじゃないですか。地方の人だって、故郷に帰って来る人たちを迎えるから旅行は控える。だからホテルの利用者が激減するんです。しかも、ひとり十泊だなんて、東京勤務の人間にそんなノルマを課したって、どこに声をかけるかっていったら、東京、あるいはその近郊の友人、知人でしょう？　東京に住んでる人間が、都内のホテルにわざわざ高いカネ払って泊まるわけありませんよ」

「まったくだ――」

池端もまた、困り果てたように頭髪をてろりと撫で上げる。「宿泊料は半額だって書いてあるが、用もないのにホテルに泊まる酔狂な客なんかいるわけないよ。これ、目標が達成できなきゃどうなるのかは触れてないけどさ、社長のことだ。できなきゃ、できないで――」

「心配しなくても大丈夫ですよ」

丸山は、小馬鹿にしたように薄ら笑いを浮かべる。「十泊どころか、二泊だって取ってこられるやつなんていませんよ。全員目標が達成できなきゃ、罰なんか下せませんから」

ふたりとも、俊太が回収した未収入金をそのまま自分の実績とすることに味をしめ、楽を決め込むことに慣れてしまっている。

まして、全社員に下された目標である。どうやら丸山は、未達の人間が圧倒的多数を占めるとなれば、「できませんでした」で済むと端から踏んでいるらしい。

「ちょっと、それ、見せてもろうてえぇですか」

俊太はいった。

丸山は見向きもせずに、回章をぽんと放り投げた。

内容は池端がいった通りだ。

七月、八月の二ヵ月間をセールス強化月間とし、宿泊料は半額。ウエルカムドリンク付き。ひとり十泊の予約を確保しろとある。

対象、手段に関しての記載はない。

つまり、どうやって十泊の客を確保するかは、個人の才覚次第というわけだ。

面白いやんか。

俊太は素直にそう思った。

未収入金の回収実績には、池端とその上司の手が加わるせいで、正当な評価を得られないでいるが、この案件は違う。宿泊客をものにできれば、それが自分の実績となるのだ。

しかし、そうは思ったものの、夏枯れが起きるのは、この時期東京を離れる人間が多いことに最大の原因があるのは、ふたりのいう通りだ。たとえ半額にしたところで、ホテルに泊まるだけのことに、大金を使う人間は滅多にいるものではない。

どないしたもんやろ。

思案に暮れた俊太の脳裏に策が浮かんだのは、その日の仕事を終え、元麻布の門の前に立った時のことだった。

そや！　ひょっとしたら……。

俊太はいま来た道を引き返すと、広尾の商店街にある文房具屋に飛び込み、二十枚の模造紙とポスターカラー、筆を買った。

晩飯もそこそこに、買ったばかりの道具を用意すると、夜を徹して絵筆を走らせた。

『ムーンヒルホテルの夏の大キャンペーン。通常一泊千五百円が七百五十円に。ウエルカムドリンク付き。プール利用可能。世界が認める一流ホテルで、優雅な夏のひとときを』

二色のポスターカラーを使い、模造紙に書き込むと、最後に『ご予約、お問い合わせは経理課、小柴まで』と自分の名前と電話番号を記した。

二十枚のポスターを書き終えた時には、窓の外は薄明るくなっていた。

一睡もしていないにもかかわらず、眠気が訪れる気配は微塵もない。

それどころか、一刻も早く家を出てセールスを始めたい。時間が経つのが、ことのほか遅く感じてしかたがなかった。

やがて、頃合いの時間がやって来る。

俊太は出来上がったポスターを手にして家を出ると、そのまま真っ直ぐ新宿に向かった。

池端も丸山も、俊太の動向には無関心だ。連絡を入れずとも、勝手に未収入金の回収に励んでいる。そう考えるはずだ。会社をまる一日空けたところで、どうということはない。

「おはようございます。突然で申し訳ございません。私、ムーンヒルホテルの小柴と申します。総務の方にお目にかかれませんでしょうか」

新宿の有名デパートの通用口で、俊太は警備員に名乗った。

面談の約束を取り付けていない突然の来訪である。断られてもしかたがないのだが、ムーンヒルホテルの名前が効いたのだろう。俊太は、すぐに事務室に通された。

応対したのは、三十歳そこそこの若い社員で、俊太が「社員食堂にこれを貼らせていただけませんか」とポスターを見せながら申し出ると、その場で快諾した。

新宿で三軒のデパートを回った俊太は、今度は大手町、丸の内の銀行の本店を訪ね歩いた。

もちろんデパート、銀行を狙ったのには理由がある。

若い女性社員が大勢働いているからだ。

発想のきっかけは文枝の言葉である。

昨年の盆、母親を東京に呼んだ際、文枝はこういった。

『プールサイドの長椅子に座って、冷たいものを飲んで、日光浴しながら本を読んでたら、一日なんてあっという間ですよ』

そしてこうもいった。

『まるで、アメリカ映画の世界ですよ。女の子って、そういうのに憧れるんですよねえ』

工場とは違い、デパートや銀行は盆の間でも休みにはならない。おそらくそこで働く女性たちは分散して夏休みを取るはずだ。盆に帰省できなければ、親戚には会えない。となれば、今年は帰省を取り止め、東京で夏休みを過ごそうという女性も多いのではないか。

もし、文枝のいうように、ホテルのプールサイドで優雅なひと時を過ごすのが女の子の憧れだとしたら。しかも半額で、それが叶うとなれば、十泊どころか、二十泊、いや三十泊程度の予約は集まるのではないかと考えたのだ。

だが、俊太の読みは間違っていた。

翌朝、九時の始業時間を迎えた途端、俊太の机の上に置かれた電話が鳴った。

「ムーンヒルホテル、経理課でございます」

「あの、小柴さんをお願いしたいのですが」

若い女性の声である。

「私です」

「社員食堂に貼ってあったポスターを見たんですが、半額でムーンヒルホテルに泊まれるんですか？」

「もちろんです」

「でしたら、八月七日、八日の二泊、二名で予約したいんですが」

早々の予約である。

それからは大変なことになった。

受話器を置けば、また電話が鳴る。

それこそ息をつく間もない。

昼前には予約が六十泊を超し、昼食どころの話ではない。

予約を書き込んだ紙が、みるみるうちに高く積み上がっていく。

それを目の当たりにした、池端と丸山の驚きようったらない。いや、課内全員の目が俊太に釘付け（くぎづ）けになった。

それは、想像を絶する反響だった。

半額という価格もあったろう。文枝がいうところの、『女の子の憧れ』もあったろう。しかし、俊太はひっきりなしにかかってくる電話に対応しながら、ある確信を抱くようになっていた。

月岡の先見の明である。

ホテルは単なる宿泊施設ではない。休日の過ごし方、遊び方、カネの使い方、日本人の生活様式が確実に変化してきているのだ。

かつて、寛司はいった。

『あの人は、世の中を見てるんだ。社会ってもんは、人の集まりだ。そして事業ってもんは、人の欲をどうやって掻き立てるか、夢を叶えてやるか。そこに成功の鍵が潜んでる。それが最もよく表われるのが無駄ガネを使う場所だ。そこで、どれほどのカネが動いているのか、人が何を欲しているのか。あの人はそれを見てるんだ。会社に籠もっていたら、そんなもの見えやしないからな』

あの言葉は本当だったのだ。

放蕩三昧のドラ息子を演じながら、月岡は人の動向を、世の中の変化を、冷静に観察していたのだ。その投資が、いよいよ実を結ぼうとしているのだ。

凄い人だと思った。

そして、月岡の考えを実証するきっかけを作りつつあるのが自分であることに、俊太は胸が張り裂けそうな喜びと興奮を覚えた。

電話は午後になっても鳴り止まない。

終業時刻を迎えた頃には、予約件数は二百泊を超えた。

呆然（ぼうぜん）とする池端と丸山を尻目に、俊太は山となった紙を手にすると、予約管理課に向かった。

「これ、七月と八月の予約です」

「はあっ？」

紙の束を見た男性社員が、何のことだとばかりに怪訝（けげん）な顔をする。

「全部キャンペーンのお客さんですわ」

俊太は、どさりと紙の束を机の上に置いた。

「キャ、キャンペーンって……昨日始まったばかりじゃないか。たった一日で集めたの？　いったい、何件あるの？」

男は、目を剝（む）いた。

その反応が愉快でならない。

「二百十八泊ですわ」

俊太は誇らしくなって胸を張った。

「二百十八泊って……どうしたら、そんなことができるんだ。他にキャンペーンのお客さんの予約は、まだ一件も入っていないんだよ」

宿泊予約を受け付け、客室状況を管理する担当セクションの人間が知らぬところで、予約が殺到していたのだから、驚愕(きょうがく)するのも無理はない。

「へへへ――。ちょっと営業かけまして……」

どんな手を使ったのかなんて、誰が教えるもんか。「もちろん部屋は空いてるんでしょうね」

俊太は訊(たず)ねた。

「そりゃあ、まだまだ空きはあるけど……しかし、これ……凄(すげ)えな――」

絶句する男を前に、

「まだまだ予約は集まりまっせ。明日もぎょうさん持ってきまっさかい、楽しみにしとってください」

確かな手応えを感じながら俊太はいい放った。

2

「小柴くぅ〜ん」

池端が気味の悪い声で呼びかけてきたのは、翌々日の早朝のことだ。

二日目の反響は、初日を上回る凄まじいものだった。

電話は途切れることなくかかってくる。それが全て予約の申し込みだ。

俊太の机の上には、瞬く間に予約の紙が積み上がっていく。

同僚たちは、呆然とした面持ちで、対応に追われる俊太をただただ眺めるばかり。

とても仕事どころの話ではない。

獲得した宿泊数は、二百六十四にもなった。

初日と合わせれば、実に四百八十二泊。

二日目の朝には、噂はすでに全社に広がっていて、勤務時間中にもかかわらず、前代未聞の出来事をこの目で見んと、俊太の席を遠目に窺う社員は引きも切らずという有り様になった。

その様子を目の当たりにした、社員たちの反応ったらない。

ある者は目を丸くし、ある者は驚愕のあまり、口をあんぐりと開ける。またある者は、信じられないとばかりに首を振る。

そして、それは彼らの焦りにつながった。

仕事の合間を縫って、友人、知人に電話をかける。あるいは、「誰か、夏休みをうちのホテルで過ごす人はいないか。宿泊料が半額になるんだが——」。おそらくは、夫人か親類縁者だろう。小声で交わす会話がフロアのあちらこちらから聞こえるようになった。

　しかし、簡単に予約を獲得できるなら、そもそも夏枯れが起きるわけがない。

　その間にも俊太の電話は鳴り止まず、刻一刻と予約を記した紙の山は高さを増していくのだから、焦りはますます募るばかりだ。

　こら、まだまだ行けるで。しばらくは、未収入金の回収を休み、予約の獲得に集中や。

　俊太は、いつもよりも早く出社すると、電話の前で身構えた。

　そこに、池端が現れ、声をかけてきたのである。

　名前を呼ばれるのはいつ以来のことか。まして、こんな猫撫で声で話しかけられるのは記憶にない。

「なんでしょう」

　こたえた俊太に向かって、

「あのさ、君にちょっと頼みがあってさ」

　池端は媚びるように、上目遣いで俊太を見る。

「頼み……ですか?」

「あのさ、君が取った予約。十泊分、回してくれないかなあ」

　誰が聞いているというわけでもないのに、池端は小さな声でいった。

「回すって……」

それが何を意味するかは、改めて訊ねるまでもない。

自分が獲得したことにさせてくれといっているのだ。

「小柴くぅ〜ん。頼むよぉ。お願いだからさぁ」

池端は腕を伸ばすと、俊太の手の甲に己の掌を重ねてきた。

じっとりと湿った肌の感触。体温を感じた瞬間、俊太は鳥肌が立った。同時に猛烈な嫌悪感がこみ上げてきた。

なるほど、たとえキャンペーンであろうとも、目標未達はサラリーマンにとって大きな減点材料だ。まして、池端は管理職だ。組織において、率先して規範を示さねばならない立場にある。

だが、日頃俊太の存在を徹底的に無視してきたばかりか、実績は自分と丸山、かつては滑川のものとしてきたくせに、今回ばかりは上司の差配で手柄を横取りできないと見るや、掌を返して擦り寄ってくる。

その根性が許せない。

さもしいと思った。お前にはプライドっちゅうもんがないのか、とも思った。

「そりゃあ、部下が実績を挙げるのは嬉しいよ。誇りでもある。でもねえ、どう頑張っても、なかなかいい返事がもらえなくてさ。課長が未達ってわけにはいかないだろ？　察してくれよ。悪いようにはしないからさあ」

部下が実績を挙げるのが嬉しい？

誇りだと？

どの口がいうてんねん。

俊太は、そう返したくなるのを堪(こら)えて、

「悪いようにはせえへんて、どないしてくれますのん」

すっと手を引いた。

「次の定期人事異動で、君を係長に推挙するよ」

昇進は上司の評価に大きく左右されるが、課長の判断ひとつで決まるものではない。

「空手形は困ります」

「いや、絶対に係長にするから」

池端は声に力を込め断言する。「実は、部長も予約の確保に難儀していてね。君が想像を絶する予約を集めていることを耳にして、分けてくれないかっていってるんだ」

「部長が？」

「私とは立場が違うからね。できれば、二十泊……」

こいつら、揃(そろ)いもそろって、ほんま、しょうもない――。

最低や。最低のやつらや。

恥っちゅうもんがないんか。

もはや、呆(あき)れるばかりで返事をする気にもなれない。

それを同意した反応と取ったのか、池端は紙袋の中から、ひとつの包みを取り出し、俊太の前に置いた。

「これは？」

「私と部長からの気持ちだ」

池端は媚びたような笑いを顔に浮かべると、「舶来もののウイスキー。ジョニーウォーカーの赤ラベル。君、少しはやるんだろ？」

指で杯を呷(あお)るような仕草をする。

かつては、酒を呑(の)まなかった俊太であるが、未収入金を回収するにあたっては、ホテル内のレストランで客と飲食を共にすることもしばしばだ。独酌は滅多にしないものの、酒がかなりいける口であることは、自分でも気がついていた。

ジョニーウォーカーは、舶来物のウイスキーの代名詞のような代物で、黒ラベルなら一万円。赤ラベルでも五千円もする庶民には縁のない高級品だが、ふたりで五千円の出費で、三十泊分の予約を買えるなら安いものだ。

「まっ、ええですわ。そしたら、三十泊分は、部長と課長に回しましょ」

釈然としない気持ちを抱きながらも、俊太が申し出を呑んだのは、昇進に魅力を覚えたからではない。まして、ジョニ赤に魅せられたからでもない。

哀れを覚えたからだ。

己の保身のためならば、出世のためならば、とことん無視してきた人間にでさえ、臆面もなく頭を下げる。

歯を食いしばって、耐えてきたのはいったいなんやったんや。

わしが喧嘩してきた相手は、こないに情けないやつらやったんか。

俊太はそこにサラリーマンの真の姿を見た気がした。

同時に、哀れを通り越して、虚しくなってきたのだ。

「ありがとう、小柴君。恩にきるよ」

池端は満面に笑みを宿すと、心底ほっとしたように肩の力を抜いた。

人の口に戸は立てられないとはよくいったものだ。

俊太があっさりと予約を回したことは、瞬く間に広がった。

池端は、自分よりも位の高い役職者に恩を売る絶好のチャンスと踏んだのだろう。

各部署の課長、部長、果ては役員までもが俊太の元に手土産を持ってやって来ては、「頼むよ」と耳元で囁く。

果ては丸山、滑川までもが「五泊でもいいから」と懇願する。

もう、どうでもよくなった。

手揉みせんばかりの低姿勢。卑屈な笑いを宿しながら、「小柴くぅ～ん」と、声をかけられる度に、俊太の虚しさは増すばかりだ。

喧嘩に勝ったという喜びどころか、こんな職場に身を置く自分が嫌になった。

辞めたろか。

心底そう思った。

十日目には、予約件数は千五百泊を超えた。

夏枯れの時期に、これほどの予約件数を獲得したのは、ムーンヒルホテル始まって以来の快挙だ。だが、誰もがその功績が俊太のものであることを知っていながら、表立って賞賛する人間は唯のひとりも現れなかった。

当たり前だ。

存在を無視し続けてきた俊太から、客を分けてもらったなどとは口が裂けてもいえるわけがない。

まさに、喉元過ぎればなんとやら。〈異物〉に屈したとあっては、プライドが許さないというわけだ。

係長になったところで、何が変わるいうわけやなし、カンちゃんもハワイへ行ったまま帰ってきいへんし、偉くなるのは決まってんのや。辞めたところで、カンちゃんには迷惑かからんやろ。

会社を辞める。

その思いは日増しに高まっていく。

だが、辞めたところで、何をやるかのあてはない。

それともうひとつ。俊太には、躊躇（ちゅうちょ）する理由があった。

いや、こちらの方が、より重大なことだ。

文枝である。

ムーンヒルホテルを辞めれば、月岡の家を出なければならなくなる。週に一度とはいえ、文枝と本のことについて語り合うのは、俊太にとって唯一の楽しみになっていた。会社を辞めるということは、あの時間を失うということだ。月岡の家を出てしまえば、彼女会いたさに月岡邸を訪ねるわけにもいかぬ。

文枝のことを考えると、俊太の心は千々に乱れる。

もっとも、このまま会社にいたところで、文枝との関係にこれ以上の進展があるとも思えない。

仕事は男子一生の問題である。同じ敷地内にいるだけで、居住空間を共にしているわけじゃなし、なぜ、この期に及んで文枝のことが気になるのか――。

自分でも理由が分からぬまま、悶々（もんもん）とした日々が流れた。

3

「小柴さん。社長がお呼びです。すぐおいでください」

呼び出しがあったのは、キャンペーンが始まってから、ちょうど三週間が経った日のことだった。

さすがにこの頃になると、予約の電話はぐっと減ってはいたが、俊太の獲得宿泊数は実に二千泊を数えるまでになっていた。二位が役員、部長クラスの二十泊だが、これは俊太が獲得した分を回したもので、正味の第二位は十六泊だから、いずれにしてもダントツの一位である。

呼び出しは内線を通じてのもので、周囲に気づく者はいない。

上着を着用した俊太は、社長室に向かった。

社長室は同じ地下二階にあるが、事務所とは従業員エレベーターを挟んだ反対側にあり、普段は分厚い木の扉で閉ざされ、許された者だけしか立ち入ることはできない。

なんやろ――。

この扉に手を触れるのははじめてだ。まして、月岡とは同じ敷地の中で暮らしていても、滅多に見かけることはない。会話を交わすのだって、龍太郎が亡くなった夜以来のことだ。

俊太は扉の前で深呼吸をすると、恐る恐る押し開けた。

目を疑った。

暖色灯の柔らかな光に照らされた廊下に敷き詰められた真紅の絨毯(じゅうたん)。両側に並ぶドアは役員の部屋か。

突き当たりにはひときわ大きなドアがあり、その前には秘書が控える部屋が設けられている。

普段働いている職場とは、何もかもが大違いだ。

その豪華さ、重々しさに、俊太は圧倒された。

ドアをひとつ隔てたところに、こんな空間があったとは——。

その場に佇(たたず)んだ俊太に向かって、

「小柴さん？」

廊下の奥から秘書が呼びかけてきた。

二十代半ばといったところか。

やはり社長秘書である。

名前を口にしただけに過ぎないが、声の柔らかさ、丁重さ、日頃耳にしている女子社員のものとは大違いだ。

「は、はい……」

俊太は、緊張のあまり、掠(かす)れた声でこたえた。

「どうぞ、こちらへ。社長がお待ちです」

俊太は足を踏み出した。

分厚い絨毯の感触が、足の裏から伝わってくる。ともするとよろけそうになる。まるで雲の上を歩いているかのようだった。

ノックの後に、秘書がドアを開きながら、

「小柴さんがお見えになりました」

俊太の来訪を告げた。

「おう。入れ」

中から月岡の声が聞こえた。

秘書が穏やかな笑みを湛(たた)えながら、入室を促す。

「し、失礼いたします」

俊太は咄嗟(とっさ)に頭を下げた。

運転手時代には、狭い空間の中でふたりきりの時間を共有するのが日常だったが、職場、それも社長室でとなれば話は違う。

ムーンヒルホテルにおいて、月岡は絶対君主。神同然の存在だ。社長室は神殿そのもの。いまそこに足を踏み入れるのだと思うと、体が動かなくなる。

「何そんなところで突っ立ってんだ」

頭を下げたままの俊太に向かって、月岡はいう。

「は、はい……」

「いいからさっさと入れ」

俊太の視界に見えるものは、己の革靴のつま先と、絨毯だけだ。

「どうした。顔を上げろ」

俊太は、おそるおそる顔をもたげた。

執務席に座る月岡と目があった。

背もたれに体を預け、まるで品定めをするかのように俊太の表情と服装を見る月岡の目元は緩んでいる。

どうやら、悪い話ではなさそうや──。

幾分肩から力が抜けるのを感じながら、

「あの……、何か──」

俊太は訊ねた。

「そんなところに突っ立ってねえで、もっと近くに来い」

命ぜられるまま、俊太が歩み寄ると、

「テン。よくやった！」

月岡は、そこではじめて白い歯を覗かせながら満面の笑みを浮かべ、満足そうにひとつ大きく頷いた。

「えっ？」

「夏のキャンペーンのことだ」

月岡はいった。「お前ひとりで、二千泊以上も獲得したんだろ。しかもたった三週間の間にだ。全社員合わせても、二千五百泊ちょっと。ほとんどお前ひとりで予約を取ったも同然だ。でかした！　本当によくやった！」

「いや、他の人たちも――」

「他？　他って誰のことだ？」

ひょっとして、社長は全部お見通しなんやろか。

俊太はこたえに窮した。

「まあ、確かに二十泊、三十泊って取ってきたやつがいるようだが、それ、お前から回してもらったんだろ？」

なんで知ってはんのやろ。

誰か、社長にご注進に及んだ人間がいるんやろか。

「なに鳩が豆鉄砲を食らったような顔してんだよ。そんなの予約票を見りゃ一目瞭然だ」

月岡は口元を緩ませながら、ふんと鼻を鳴らした。「夏の予約の確保には、散々頭を悩ませてきたんだ。それがキャンペーンを打った途端、あり得ない数の予約が舞い込んだ。何が起きたのかと思うじゃないか。それでな、どんな客層が申し込んできているのか、予約票を取り寄せて、その全部に目を通したんだ」

「目を通したって、社長がですか？」

「当たり前だ」

月岡は当然のようにこたえる。「そうしたら面白いことに気がついてな。予約者の大半は女性のふたり連れ。それも連絡先の電話番号が、共通しているもんがかなりある。これはいったいどういうことだと思ってな、調べさせたんだよ。直接その番号に電話をさせてな」

殺到する予約の対応に追われて、そんなことには気がつかなかった。

やはり、目のつけどころが違う。

俊太はただただ感心して、月岡の顔をまじまじと見つめた。

「そうしたら、銀行やデパートの女子社員寮だっていうじゃねえか」

月岡は続ける。「それでぴんときたんだよ。まとまった予約を取ってきたやつの予約票には例外なくその番号が混じってる。役員や部課長クラスの人間が、銀行やデパートの女子社員からどうやったら予約をもらえんだってな」

「はい——」

溜まりに溜まった日頃の鬱憤を晴らしたい気もしないではなかったが、月岡が真実を知っている以上、改めて話せば愚痴になる。

俊太は、曖昧な返事をしながら目を伏せた。

「うちはいま、新しいホテルの建設計画をいくつも持っているだろ？　それで銀行の人間とは頻繁に会う機会があってな」

月岡はいう。「で、聞いてみたんだよ。おたくの銀行の女子行員から多くの予約をいただいているが、何かあったのかと。そしたら、本店の食堂にうちのキャンペーンポスターが貼ってあって、予約は小柴にって書いてあるっていうじゃないか」

そこまで聞けば、月岡がなんのために自分を呼び出したのかは明白だ。

俊太は背筋に粟立つような感覚が走るのを覚えた。

「どうやら、お前は俺が考えていた以上に、才のある人間のようだ」

その言葉だけでも、有り難いのに、月岡が次に口にした言葉を聞いて、俊太は我が耳を疑った。「随分前の話だが、磯川さんがいってたよ。いい部下を持ったな。小柴という男はなかなか見所のあるやつだって」

「お前、磯川さんを事務所に連れ込んで、未払金を払ってくれって、社員のいる前で迫ったんだってな」

「磯川さんが？」

「いや……あれは……」

いまにして思えば、怖いもの知らずというか、なんというか——。

俊太は顔が熱くなるのを感じながら思わず頭に手をやった。

「翌年も、大門会の宴会があっただろ」

「はい——」

「予約に先立って、磯川さん自ら電話をかけてきてな。不始末を詫びた上で、また宴会を引き受けてくれるだろうかっていってきたんだ。そこでお前の話が出たわけだ」

月岡は、そこで少しの間を置くと思いもかけない言葉を口にした。「よく耐えたな」

「えっ？」

月岡は顔から笑みを消し、俊太をじっと見つめる。

「手柄をずっと横取りされてきたんだろ？　それでもひと言も文句を漏らすことなく、仕事に励んだ。そんなやつはなかなかいるもんじゃない」

「社長……知ってはったんですか——」

「お前が経理課に入った途端、未収入金の回収実績が跳ね上がった。それまで、遅々として進まなかったものがだぞ」

月岡は苦笑する。「しかも、人事考課を見れば、回収は全て池端と滑川がやったことになっている。おかしいだろ。そんなことができるなら、とっくの昔に実績を挙げてるはずだ。その謎を解いてくれたのが磯川さんだったのさ」

月岡は、執務机の上に置かれたマグカップに手を伸ばすと続けた。

「情けなかったね。部下の手柄を自分のものにする。まあ、組織にはありがちな話ではあるが、才ある者を引き立てるのが上司の務め、器量ってもんだ。こんなことを平然とやるやつは、うちの会社にはいらない。かといって、池端は経理畑一筋で来た人間だ。首をすげ替えようにも、後任者が見当たらない。そこで、まず滑川を飛ばしたわけだ」

「飛ばしたって……栄転とちゃうんですか？」

「ペケはどこへいってもペケだ。まして、新規の客を摑（つか）んでくるのが仕事だぞ。オリンピックに合わせて東京ではホテルの開業ラッシュ。終わった途端、客の奪い合いだ。考えようによっちゃ、こっちの方が遥（はる）かに難易度が高いだろが」

なるほど、そういうわけだったのか。

あの人事の背景に、そんな動きがあったとは――。

「それにな、池端の所業を放置しておいた理由はふたつあってな」

月岡はマグカップに口をつけると、執務机の上に戻した。「ひとつは、手柄の横取りを窘めるのは簡単だが、それで職場の連中のお前を見る目が変わるかっていやあそんなことはない。ますます悪くなるばかりじゃないのか。そう思ったからだ」

「わしを見る目って――」

「そりゃあ、俺が問いつめりゃ、詫びを入れ態度を改めるだろうが、人の心根、本性なんてもんは、そう簡単に変わるもんじゃないからな」

その通りだろう。

俊太は黙って、次の月岡の言葉を待った。

「さて、そこでふたつ目だ」

月岡は再び、背もたれに身を埋めると、「お前が、どれほどの度量を持った人間なのか。それを見てみたくなったのさ」

肘掛けに腕を乗せ、胸の前で指を組んだ。

「度量……ですか？」

「この理不尽な仕打ちに、泣き言をいわずどこまで耐えられるか。阿呆らしくてやってられないと、手を抜くのか。投げるのか。あるいは辞めるといいだすのか。それをずっと見ていた」

「ずっと？」

「そう、ずっとだ」

「そしたら、わしが、もし――」

月岡のこたえを聞くのが怖かった。

言葉が続かない。

俊太は生唾を飲み込んだ。

「俺は泣き言をいう人間が嫌いでな。チクリや愚痴も聞きたくはねえんだ。そこまでの人間だったか。それだけのことだったろうな」

月岡は、いとも簡単にいった。

全身が総毛立つ。

掌にいやな汗が滲（にじ）み出てくる。

早まったことをしなくてよかった――。

心底そう思った。

理不尽な仕打ちに耐えてこられたのも、喧嘩に負けるわけにはいかない、その一心でのことだった。寛司にさえ、打ち明けなかったのも、他人の力を借りれば負けを認めたも同然だと考えていたからだ。

しかし、月岡は見ていたのだ。素知らぬふりをしながら、自分の働きぶりを、ずっと観察していたとは――。

る」

「だが、もう十分だ」

月岡は唇を真一文字に結ぶと、「これから先、未収入金の回収は、全てお前に任せる」

俊太の目を見据え、力の籠もった声でいった。

「任せるって……わし、ひとりでやれいうことですか？」

「経理課から、未収入金回収業務を独立させて、新たに課を設ける。テン、お前はその課長だ」

「か、課長って……わしがですか？」

平社員と課長の間には、係長、課長代理とふたつの職位がある。それがいきなり課長となれば、三階級の特進である。

「もちろん、部下はつける。ホテルの軒数が増えるに従って、未収入金の額も増える傾向にあるからな。お前ひとりじゃ手にあまる。とりあえず部下をふたり、丸山はそのひとりになる」

「丸山さんが？」

これまでの経緯を考えると、丸山がどう思うか。いや、丸山だけではない。三階級特進なんてことになれば、周囲の人間たちだって反発するに決まっている。

今度は、喜びよりも不安の方が先に立つ。

「テンよ――」

　そんな内心を見抜いたかのように月岡は改めて名を呼ぶと、「親父が死んだ夜にいったよな。これから会社は大きく変わる。考える力がないやつにはそれなりの仕事しか与えない。出世するのは、ここを働かせるやつだけだって」

　こめかみを指先でつついた。

「はい……」

「お前の部下になるのは年上だ。世間でいうところの学もある。そいつらをどう使って結果を出すか。これから先、お前はそこに知恵を絞らなけりゃならん」

「はい……」

「使われる立場から、使う立場へ。部下には生活がかかっている。お前の評価ひとつで人生は大きく変わる。だがな、それはお前の部下だけじゃない。社員全員、つつがなく生活ができるのも、会社がちゃんとした業績を挙げればこそだ。それは、全員が経営者の期待通り、いやそれ以上の働きをしてはじめて可能になる」

「はい……」

「課長になる以上、自分ひとりが結果を出せばいいってわけにはいかん。これからは部下を管理し、課としての結果を求められるようになる」

　月岡はそこで少しの間を置くと、「テン、お前は小さいながらも一国一城の主になるんだ。小さな出城だ。だがな、城は城だ。そして、この城はお前の手腕ひとつで、いくらでも大きくすることができるんだ」

きっぱりといった。

一国一城の主。

お前の手腕ひとつでいくらでも大きくすることができる。

月岡の言葉を聞いた瞬間、俊太は血が煮えたぎるような興奮を覚えた。

もはや、周囲の反応がどうあろうと構わない。

結果を出せば、城はどんどん大きくなる。

小さいながらも、城を手にしたいま、俊太の中でもはやそれは夢ではなく、己の才覚次第で実現できる目標となった。

月岡は功に報いる男である。世の流れを読み、未来を見据える力もある。

この人について行こう。何があっても期待にこたえなければならない。

そう決心した。

「ありがとうございます！　精一杯働かせてもらいます！」

次の瞬間、俊太は大声を張り上げ、深く体を折っていた。

「ところで、テンよ」

月岡の声が頭上から聞こえた。

頭を上げた俊太に、

「しかしお前、なんでまた、あんな目の覚めるようなアイデアを思いついたんだ。銀行やデパートの社員食堂にポスターを貼るとは、本当に感心したよ」

月岡は訊ねてきた。

「それは……ふみ……いや、澤井さんが——」

本を借りるために、文枝が俊太を訪れていることは、月岡も知らぬはずだ。特別な関係にあるわけではないが、やはりそれを口にするのはなんだか気恥ずかしい。

俊太は俯きながら、語尾を濁した。

「澤井？　ああ、文枝のことか？」

「去年の夏に、澤井さんのお母さんが上京しはったやないですか。あの時、澤井さんから、お母さんをムーンヒルホテルに泊めてあげたいんやけど、なんぼするんですかと訊かれまして。それでわし、カンちゃん、いや、麻生さんに相談して、半額で泊めてもらえるように手配したんです」

「しかし、あの時は、全部タダで泊めるよう、俺が手配したが？」

「はい。そりゃあ澤井さん、ものすごい喜びようで。社長には感謝してもしきれない。いいお家に奉公に上がった。ホテルに三泊もさせていただいた上に、豪華な食事にプールなんて、まるで映画の世界や。女の子は、ああいう世界に憧れるんやといわはりましてーー」

「なるほどな。女の子はああいう世界に憧れるか……」

ふむ、とこめかみに指を当て、月岡は呟いた。

「ふかふかのベッド。プールサイドで冷たいものを飲みながら、ゆっくり読書ができるなんて夢のようやったといわはりまして。正直、わし、そん時はぴんときいへんかったんです。ホテルなんて、泊まるだけの場所で、休日を楽しむ場所とは違うやろと思うとったんです」

「出張者は仕事があるし、観光目的の宿泊客にしても、昼は名所に出かけちまうからな」

「社長から、ひとり十泊いわれて、どないしたら達成できるのか、考えを巡らすうちに、ふと頭に浮かんだのが澤井さんの言葉やったんです」

「しかし、なんで銀行やデパートだったんだ?」

「銀行もデパートも、盆の時期でもずっと開いてます。交代で休みを取れば、帰省しても親族一同に会えへん人もぎょうさんいるやろし、友達にも会えへんやないですか。それなら、今年は田舎に帰るのを止めとこう。そう考える人も結構おるんちゃうかとーー」

「結構いるか」

月岡は身を起こすと苦笑する。「それが結構なんてもんじゃない。蓋を開けてみりゃ、二千泊以上って凄い数字になっちまったってわけだ」

「いや、驚きました。まさか、こないなことになるとは――」

「テンよ」

月岡は執務机の上に身を乗り出すと、口調を改めた。「お前は、とてつもない市場を掘り当ててくれたよ。正直いって、若い女性が夏休みのひと時をホテルで過ごすなんて、俺も考えたこともなかったからな。半額にしただけで、これほどの集客があるとなれば、来年はキャンペーンの内容をさらに充実させてお得感を増してやれば宿泊客はひきも切らず。夏枯れなんて言葉とはおさらばだ」

喜びと、興奮で胸が張り裂けそうだ。

だが、感情を表に出すのも気恥ずかしい。

俊太は頭に手をやると、

「でも、こないな結果になったのも、社長が澤井さんをホテルに泊めてくれはったからで――」

どうしても弛緩してしまう口元を隠すように顎を引き、上目遣いに月岡を見た。

「俺が泊めてやらなくとも、お前が手配したんだろ？　結果は同じじゃないか」

月岡はそういうと、「しかし、文枝はどうしてお前に頼み込んだんだ。そんなに親しい仲なのか」

ふと思いついたように訊ねてきた。

「いや……それは――」

俊太はなんと返したものか、一瞬言葉に詰まったが、「それはですね――」月岡が読み終えた本をもらい受けて、読んでいること。文枝も読書が好きで、自分が読み終えた本を、借りに訪れることを正直に話して聞かせた。

「なるほど、そういうわけか」

月岡はうんうんと頷くと、「文枝は賢い娘だ。気働きもできるし、よく働く。本当なら、高校、大学で学びたかったろうが、弟たちをせめて高校にやりたい一心で女中奉公に出たんだ。文枝は絶対に幸せにしてやらんといかん。そろそろ、いい相手を世話してやろうかと、お袋と話していたんだ」

ぽつりと漏らした。

胸が疼（うず）いた。

重く、痺（しび）れるような衝撃が全身を走った。

「ええ相手って……」

俊太は思わず問うた。

「決まってるじゃないか。結婚相手だよ」

月岡は、当然のようにこたえる。「あいつも、もう二十一歳だ。行儀作法、習い事も十分に学ばせた。どこへ出したって恥ずかしくない。文枝をもらった男は幸せ者だ。もっとも、文枝に去られるとなると、うちは困るんだがな」

そ、そんな——。

文枝が嫁に行く。

それも月岡がこれぞと見込んだ男との縁談となれば、文枝が断るはずもない。

文枝が手の届かぬところへ行ってしまう。

週に一度。本の貸し借り際に、会話を交わすだけの関係だが、それが断たれてしまうと思うと、あのひと時が自分にとって、どれほど大切な時間だったか。文枝と会い、話ができることをどれほど楽しみにしてきたか。そして、それが何に起因するものであったのか。

俊太は、その正体を、いま悟った。

好いていたのだ。文枝を愛おしく思っていたのだ。

月岡に認められた喜びも、昇進の喜びも、一気に消え失せた。

肩から力が抜けていく。

俊太は悄然として、その場に佇んだ。

「どうした」

月岡の呼びかけに、俊太ははっとなって視線を上げた。

「い、いえ……」

必死に笑顔を作ろうとするのだが、うまくいかない。

なんだか目頭が熱くなって、月岡の顔が滲んで見えはじめる。

「どうしたんだ、お前。泣きそうな顔をして――」

月岡の目がまじまじと俊太を見つめる。

「な、なんでもありません！」

俊太は大声を張り上げ、「課長への昇進、しかと承ります！ ご期待にこたえるよう、粉骨砕身仕事に励みます！ 本日はありがとうございました！」

深々と一礼し、この場を辞そうとした。

「待て、テン」

背後から月岡の声が聞こえた。足を止め、振り向いた俊太に向かって、「粉骨砕身とは難しい言葉を知ってるじゃないか。それも読書の成果か」

月岡は探るような眼差し(まなざ)しを向けてくる。

言葉を返せば、涙が溢(あふ)れる。

俊太は、歯を食いしばった。

「お前、ひょっとして」

俊太は目を伏せた。

「そうか、そうだったのか。お前、文枝のことを好いているんだな」

もはや、月岡の顔をまともに見ることができない。

俯く角度がどんどん深くなる。

「あっはっは――。こいつあいいや」

月岡の高笑いが聞こえた。

「社長……わしは――」

なぜ反論しようとしたのかは分からない。

しかし、言葉とは裏腹に、顔を上げた俊太の目からついに涙がこぼれ落ちた。

「いたよ。文枝に最適な男が」

月岡は笑いの余韻を顔に残しながら、嬉しそうにいった。「灯台下暗しとはよくいったもんだ。お前なら、文枝を安心して嫁にやれる。文枝だって日頃の付き合いを通して、お前の人となりはよく知っているだろうしな。釣書見せられて、どうだっていわれるよりは決心もつきやすいだろう」

文枝ちゃんがわしの嫁になる――。

そんなことは、いままで一度も考えたことがなかった。

まさかこんな展開になるとは、想像だにしていなかった。ついさっきまで、人の浅ましさ、会社社会の不条理に嫌気がさし、絶望感に駆られていたのが嘘のようだ。一瞬の間に己の人生が激変していくことに、俊太は戸惑った。

その一方で、もし、そうなるのなら、文枝とこの先の人生を一緒に歩めるならば、どんなにいいだろうと思った。

しかし、問題は――。

「文枝ちゃんは、わしのような男でも、ええいわはるでしょうか」

ことは縁談である。切り出したら最後、断られれば文枝との縁が完全に切れてしまう。

今度は、文枝の反応が気にかかる。

「文枝ちゃんときたか」

月岡はにやりと笑うと、「まあ、相手あってのことだからな。文枝がうんという保証はできんが、俺が勧める男だ。文枝だって真剣に考えるさ。まあ、この件は俺に任せておけ」

力強く頷いた。

4

発令

財務部に新たに経理管理課を設ける。

それに伴う人事異動は次の通り。

旧　財務部経理課

新　財務部経理管理課　課長　小柴俊太

新設部署の設置と俊太の昇進が公表されたのは、月岡から内示を受けたひと月後のことだったが、それよりも早く、この人事は社員の誰もが知るものとなっていた。

全てのことが月岡の意のままになるとはいえ、現場を預かる責任者には事前に意向が伝えられる。担当役員から部長へ、部長から課長へと、前代未聞の昇格人事が広まったことは、周囲の人間が俊太を見る目の変化で分かった。

もっとも、あからさまに異を唱える者はただのひとりとしていなかった。

何しろ、夏のキャンペーンにおいては管理職のことごとくが、俊太の世話になった上に、池端に至っては、係長にしてやるとまでいったのだ。

目標を達成できたのは、自分が獲得した予約を回してやったからだと俊太に漏らされようものなら、彼らの面目は丸潰れだ。

いや、それ以前に、これまでの未収入金の回収も、予約の獲得も、全て俊太の功績だったことを月岡に知られたことを悟ったに違いない。そうでなければ、平社員の三階級特進などあり得ないからだ。となれば、月岡にどんな沙汰を下されるのか、そちらの恐怖の方が先に立ち、俊太の昇格どころの話ではなかったせいもあるだろう。

これまで身を置いた経理課の隣に、新たに設けられた三つの机。上座は俊太の席で、残るふたつはその前に部下が向き合う形で置かれた。

職場ではそれを〈島〉と呼ぶ。

小さな〈島〉だ。しかし、それは俊太にとって、己の力ひとつで手にした紛れもない〈城〉だ。

わしはやるで。この城を、どんどん大きゅうしてみせるで。

そのためには、まずは部下に存分に働いてもらわなければならない。

部下になったのは、ひとりは丸山、もうひとりは入社三年目の中井という男だった。

〈異物〉とみなしてきた俊太に仕えることになった丸山の心中は察するに余りある。実際、はじめて席に着いた丸山の顔には、屈辱、嫉妬、怒りと、おおよそ人間が持つ負の感情の全てが滲み出ていた。

それは中井にしても同じだ。

もっとも、こちらはまだ社歴が浅い。年齢も俊太の方が上である。しかし、中卒の課長に大卒が仕えることに、割り切れなさを感じているのは、やはり顔に表われる。

そこで就任早々、俊太はふたりを前に大演説をぶった。

「いろいろ思うところはあるでしょうが、課を預かる立場となった以上、最初にはっきりいわせてもらいます。これからのムーンヒルホテルは、成果を挙げた人間しか昇進できません。あなたたちだって、人生を賭けて、ムーンヒルホテルに入ってきたんやと思います。そして、縁あって私の部下になった以上、あなたたちにはこの会社で働いてよかったと思えるようになって欲しいと心から思うてます。そやから、業績はきちんと評価します。交渉の仕方が分からん。相手が言を左右にして、支払いに応じん。困ったことがあるなら、なんでも相談してください。わしができることなら、どないなことでもやらせてもらいます」

だが、人の感情というものは、そう簡単に変わるわけではない。

特に丸山の場合は、俊太の下で働くことになった現実をどうしても受け入れられないらしく、ふてくされた態度をあからさまにして隠そうともしない。

しかし、それでも俊太は構わなかった。

部下を育てるのが管理職の仕事のひとつであることは重々承知していたが、育つつもりもない人間には何をいっても無駄だと割り切ったのだ。

俊太はいままで以上に未収入金の回収に没頭した。

そして毎週月曜日の朝一番に設けた課内会議では、前週の回収状況をふたりの前に突きつけた。二週間経っても、三週間経っても、ふたりの実績はゼロ。回収金額の全てが俊太のものだった。

変化が現れたのは、ひと月が過ぎた頃のことだった。

「課長。どうやったら回収が捗る(はかど)のか、教えてください」

中井がそういって頭を下げてきたのだ。

数字は嘘をつかない。

会議の度に回収実績の差が開く一方では、早晩厳しい沙汰が下る。それでは、自分の将来が台無しになってしまうことに中井は気がついたのだ。

俊太は交渉の場に中井を同席させ、自ら編み出したノウハウを徹底的に教え込んだ。

ひと月もすると、中井は自ら動きはじめ、わずかながらも実績が挙がり出した。

だが、丸山に変化は現れない。

それどころか、態度はますます頑（かたく）なになるばかりだ。

俊太に差をつけられ、中井にも差をつけられる。

ムーンヒルホテルの人事考課は年一回。あと半年も経たないうちに、その時が訪れる。

丸山は投げたのか。いったいどうするつもりなのか――。

さすがに、気がかりになってくる。

そして、もうひとつ。

俊太には気になってしかたがないことがあった。

文枝のことだ。

盆休みに帰省して以降、文枝はぱたりと俊太の部屋を訪れなくなった。

思い当たる理由はひとつしかない。

縁談だ。

おそらく、月岡は文枝に話を持ちかけたのだ。

この四年余、本を通じて親しく会話を交わしてきた仲とはいえ、ただ同じ敷地に住み、月岡のもとで働く人間同士。文枝が自分との関係をその程度にしか考えていなかったら、いかに月岡の勧めとはいえ、「小柴と所帯を持たないか」といわれたら面食らうに決まっている。断ろうにも、なんといっていいのか言葉に困る。

そう思いはじめると、考えは悪い方へと流れていくばかりで、家に帰っても本を読む気にもなれず、ただただため息をつくばかりだ。

ひそやかにドアがノックされたのは、そんなある日のことだ。

すでに十月も半ば。

課長に昇格して、三カ月が経っていた。

誰やろ。こないな時間に——。

枕元に置いた目覚まし時計を見た。

時刻は十時半を過ぎている。

こんな夜遅く、まして部屋を訪ねて来る人間に心当たりはない。

俊太は怪訝な気持ちを抱きながら、「はい」と返事をすると、立ち上がった。

ドアを開いた瞬間、俊太は「あっ」と声を上げそうになった。

部屋から漏れる明かりの中に立っていたのは誰でもない、文枝である。

「あ、あの……申し訳ありません……こんな時間に……」

文枝は視線を落とし、か細い声でいった。

「え、ええねんで。まだ寝るには早いし、ちょうど本を読んどったとこやさかい」

俊太は咄嗟に嘘をいった。「それより、どないしてん？　あっ、本か？　しばらく来いへんかったもんな。遠慮することあらへんで、好きなだけ持って行き。わし、外に出てるさかい」と早口でいい、つっかけを履こうとした。

「そうじゃないんです――」

文枝はその場に佇んだまま、頭を振る。目は相変わらず伏せたままだ。

「そしたら――」

文枝の顔は、困惑と緊張の色がありありと浮かんでいたし、暫くぶりに、しかもこんな時間にここを訪れるとなれば、用件はひとつしかない。

「社長から、話があったんやね……」

俊太は問うた。

文枝は、こくりと頷いた。

断りに来たんや――。

瞬間、俊太はそう確信した。

文枝からは喜びや照れというものが感じられなかったし、第一、承諾するなら自分に直接はいうまい。月岡にだろう。だが、ことは自分の一生のことである。それは俊太にとっても同じだ。だから、断るにしても自分の口で返事をせねばならない。少なくとも、それが自分を伴侶にしたいといってくれた男に対する礼儀なのだと、考えたのだろう。

文枝というのは、そういう女なのだ。

「びっくりさせてごめんな」

俊太はいった。「文枝ちゃんのような人なら、なんぼでもええ人が見つかるやろに、わしのようなもんをどうやって社長にいわれたら、困ってまうわな」

文枝は黙ったまま、微動だにしない。

俊太も言葉が続かない。

ふたりの間に重苦しい沈黙が流れた。

「小柴さん――」

沈黙を破ったのは文枝だった。「本当に私なんかで、いいんでしょうか」

「えっ?」

その意味が俄(にわ)かには理解できない。

俊太は小さくいった。

「私は、新潟の小作人の娘ですよ。家だって貧乏だし、学校だって中学しか出ていないんですよ」

「そないなこというたら、わしかて横浜のドヤ育ちや。学校かて中学しか出てへんがな」

「でも、小柴さんは、働きぶりが認められて三階級特進で課長になったんでしょう?」

文枝ははじめて顔を上げた。「若旦那様、おっしゃってました。あいつは、見所のあるやつだ。いつか必ず大きな仕事をする。俺の右腕になるかもしれない男だって」

　家族同然とまでいった文枝の相手に見込んでくれたのだ。月岡が買ってくれているのは間違いあるまいが、自分で肯定するのは傲慢に過ぎる。

「そないな才がわしにあるかどうかは分からへんけど、一生社長に仕えよう、精一杯働こうと心に誓ったんや。わしを取り立ててくれた社長の恩に報いるためにも――」

「社長の右腕になるかもしれないってことは、偉くなるってことじゃないですか。そんな人の奥さんが、私のような――」

「文枝ちゃん」

　俊太は文枝の言葉を遮ると、「そら、ちゃうで。わしが社長に褒められるような仕事がでけたんは、文枝ちゃんのお陰なんや。なんで、そないなアイデアを思いついたんだって社長に訊かれて、わしいうてん。文枝ちゃんの言葉がヒントになったって……。そしたら社長、文枝には、そろそろ、ええ相手を世話してやらないわはって――。わし、文枝ちゃんが遠くへ行ってまう。手の届かんところへ行ってまう思うたら、はじめて気がついてん。一緒にこれからの人生を歩めたらどないええやろ。文枝ちゃんと一緒になれたら、もっともっと頑張れる思うてん……。そやし、わし――」

　思いの丈を打ち明けた。

文枝の目がじっと俊太を見つめてくる。

「ごめんな」

俊太はいった。「勝手にそう思われても、迷惑やもんな」

「そんな……迷惑だなんて……」

文枝の目に変化が現れた。

何かを決意したような眼差しだ。

「もう一度訊きます。本当に、私でいいんですか」

ゆっくりと、声を震わせながらも、ひと言ひと言に文枝は力を込める。

まさか——。

しかし、どう考えても悪い結末が待っている問いかけとは思えない。

心臓の鼓動が速くなる。息が上がりそうになる。

俊太は、軽く息を吸い込むと、

「これからの人生を一緒に歩めたら、どんなにええか。そう思っていることに変わりはない。わしは、文枝ちゃんを嫁にしたい。心底そう思うてる」

文枝の目を見つめ、断言した。

沈黙があった。

虫の鳴き声に交じって、自分の心臓の音が、耳の奥ではっきりと聞こえる。

文枝は、顔にかかった髪をそっとかき上げると、

「小柴さんのお気持ち、直接お聞きしたくて――」

はじめて笑みを浮かべた。

「そ、そしたら……」

文枝は、恥ずかしそうに俯くと、

「不束者ですが、よろしくお願いいたします」

そういい残すと、踵を返して母屋へ続く小径を小走りに駆けて行く。

い、いま、なんていうた。

不束者ですが、よろしくお願いいたしますって……わしの嫁になってくれるいうことやんか！

喜びが塊になって、胸の中で膨れ上がっていく。

感情の高ぶりに、ともすると歓喜の雄叫びを上げそうになるのをすんでのところで堪えながら、俊太は文枝の後ろ姿を見送った。

5

それからちょうど一年。ふたりは晴れの日を迎えた。

それは、ささやかな祝宴だった。

普段は会議や小さな宴会に使われるムーンヒルホテルの一室である。中央に置かれた純白のクロスで覆われたテーブル。上座に並んで座る俊太と文枝を囲むように、小柴、澤井両家の家族が席につく。

もっとも、俊太の家族は母の民子(たみこ)だけだ。寛司はいまだハワイだし、入社した経緯が経緯である。同期はいないし、披露宴に呼ぶほど親しい同僚もいない。

それは文枝も同じで、東京に出て来て以来、ずっと月岡の家で住み込みの女中として働いてきたのだ。

もちろん、中学時代の同級生の中には、集団就職で上京した者も少なからずいたはずである。しかし、六年も経つと職場を離れ、連絡がつかなくなった者や、故郷に戻った、あるいはすでに結婚し、子育てに追われている者さえいるという。

そして、こうもいった。

「私は、本当にいいところに奉公に上がった。東京はやっぱり怖いところなのね」

確かに〈金の卵〉と持て囃(はや)され、甘い言葉に大志を抱き、上京してみたところが想像とは大違い。劣悪、かつ過酷な労働環境に耐えられず、夜逃げ同然に姿を消す若者は少なくないらしい。

だとしてもだ。ひとりも呼べる人間がいないというのは奇妙に過ぎる。

花嫁衣装を身にまとう。それは、女性にとって、一世一代の晴れ姿だ。ひとりでも多くの人に見てもらいたい。それが女心というものだろう。

「なんぼでも、呼べるだけ呼んだらええがな。費用のことなら、どないでもなるさかい」

実際、仕事ひと筋で来たせいで、俊太の手元にはまとまったカネがあった。

まして、式の費用は後払い。祝儀をもらえば式の費用はそれでかなりの部分が賄える。そうも考えていた。

ところが、頑として文枝は、家族だけにしたいという。

ドヤとは違い、田舎では親類縁者のつながりは濃密だ。近隣の人たちも呼ばねばなるまい。

だが、それも文枝にいわせると、

「お盆か正月に帰省した時に、改めてお膳を囲めばいいじゃない。第一、旅費に宿泊費をどうするの？　負担してもらうわけにはいかないし——」

ということになる。

おそらくは、俊太の側の出席者は母ひとりということを知って、文枝は自分の側もそれに極力近づけようと気を遣ったに違いない。

そんな心遣いをする文枝が、ますます愛おしくなる。

文枝の両親、祖父母、そしてふたりの弟たち。合わせて出席者十一名の小さな宴だ。仲人もいない、主賓もいないという、異例ずくめの披露宴である。

ホテル内の神殿で文金高島田に角隠し、豪華な打ち掛けをまとった文枝は、ことのほか美しかったが、自分で仕立てた淡いピンクのワンピースに着替えた姿もまた格別だ。

式が始まる前には、ムーンヒルホテルの豪華さに気圧されていた文枝の家族も、身内だけの宴の場に移ってからは、すっかりリラックスした様子である。

黒服のボーイが現れると、それぞれのグラスにシャンペンを注いだ。

未成年者なのでふたりの弟たちはジュースである。

「お義父さん、乾杯の音頭をお願いします」

俊太はすぐ傍に座る、義父となった庄一を促した。

庄一に会うのは、結婚の承諾をもらいに新潟の実家を訪ねて以来のことだ。

文枝は貧しい農家だといったが、実際に訪れてみると、大きな茅葺屋根の二階建ての旧家で、築年数こそだいぶ経っているものの、ドヤのあばら家で暮らしていた俊太からすれば、屋敷である。

新潟に向かう列車の中で聞いたのだが、「小柴と一緒にならないか」と月岡から話があったのは、昨年文枝が盆の帰省をする直前のことであったという。

「若旦那様から、縁談をいただいて――」

続いて俊太がどんな人間であるのか、どんな仕事をしているのか。全てを聞き終えた庄一は、

「若旦那様が、これぞと見込んでくださった男に間違いはあるまい。有り難く、その話を受けたらいい」と背中を押したという。

盆休みを機に、しばらく俊太の部屋を訪れなくなったのは、決意を固めるための時間だったのだ。

もちろん、民子のもとも訪れた。

「おかん、わし、今度この人と結婚することになってん」

文枝を紹介した時の母の喜びようったらない。

目を細めながら文枝を見つめ、

「まあ、こないええお嬢さんが、俊太の嫁に来てくれはるなんて……。信じられへん

わ。あの、どうしようもない、俊太にこんな日が来るとは……」

滂沱（ぼうだ）の涙を流し、両手で顔を覆うと、その場で体を折って号泣した。

無理もない。勉強はそっちのけで、喧嘩に明け暮れ、就職先を早々に辞めると、日雇い稼業。挙句は当たり屋で小遣い稼ぎだ。

まさに、親の心子知らず。息子の将来を案ずる気持ちを忖度（そんたく）することもなく、悪行三昧の日々を送っていたのだ。

それが、一流ホテルの課長になり、そして文枝という立派な嫁をもらう日が来ようとは、想像だにしていなかったに違いない。

立ち上がった庄一は、グラスを手に持つと、

「俊太君、文枝……結婚おめでとう」

早くも感極まったように、声を詰まらせる。

焼けた肌。額に深く刻まれた皺。グラスを持つ指先は太く、特に親指の爪は異常に分厚く、全面に黒い汚れが染み付いている。四十六歳という年齢よりもふた回りは歳（とし）老いて見えるのは、長年肉体労働に従事してきた証である。

「正直、文枝を東京に出すにあたっては、随分迷ったものです。でも、こんな立派な婿さんに出会った……あのまま地元にいれば、俊太さんに出会うこともなかった。文枝……尽くさなければならねえぞ。俊太さん、不束者ですが、文枝をよろしくお願い

します」

庄一は、文枝に呼びかけ、俊太に深々と頭を下げると、「学がねえもんで、うまいことはいえません。だから挨拶はこれくらいにして、新潟では、めでたい席では天神囃子を歌うのが決まりなもんで――」

咳払いをし、喉の調子を整えると、歌いはじめた。

「めでたきものは　大根種　大根種　花が咲きそろうて　実のやれば　俵かさなる

――」

朗々と声を上げる庄一の目から涙が溢れる。「花が咲きそろうて　実のやれば　俵かさなる」

歌い終えた庄一は、涙を拭うと、

「というわけで、乾杯！」

グラスを翳した。

「乾杯！」

一同が一斉に声を上げ、飲み物を口にする。

瞬間、庄一が「ん」と微妙な表情を浮かべ、グラスに目をやる。

結婚式での乾杯の酒といえばシャンペンだが、それも都会での話だ。

庄一にとっては、はじめて口にする酒の味であったのだろう。

それは、義母の友子、祖父母、そして民子も同じで、皆一様に困惑を隠せない。

「すいません」

俊太は、すかさずボーイを呼ぶと、

「あの、ビールと日本酒をお願いします。大至急」

小声でいった。

「俊太さん、気を遣わなくていいのよ。お父さん、お酒入ると歌が止まらなくなるから」

「いいじゃないか。身内の集まりだ。賑やかにやろうよ」

「いまの歌だって、おめでたい席で歌うのには違いないけれど、余興前の序盤にやるものなのよ。それに、中歌、最後には締めくくりの膳上げだってあるんだから」

「じゃあ、あと二回聞けるわけだ」

眉を顰めながらも、どこか嬉しそうにいう文枝に向かって、俊太は微笑みを返した。

やがて、ボーイが酒を運んで来る。

「さっ、お義父さん、おひとつ――」

庄一は待ってましたとばかりに、盃を受ける。

文枝の結婚を心底喜んでいることは間違いない。

庄一は実直な男である。朴訥で、口下手だが、優しい心根の持ち主だ。それは、文枝を見ているとよく分かる。しかし、やはり父親というものは、娘を嫁に出すとなると一抹の寂しさを覚えるものなのだろう。

喜びと安堵、そして寂しさと、相反する感情の揺らぎを紛らわすのに酒は打ってつけだ。盃はいつの間にか、コップに変わり、庄一は杯を重ねていく。

今宵の料理は、ムーンヒルホテル自慢のフレンチのフルコースだ。

最初の一品が出て来た途端、一度洋食を経験している友子を除いては、はじめて口にするものだけに、フォークとナイフを前にしてすっかり困惑した態で固まってしまったが、酔いが回りはじめた庄一が、箸を使って口にいれ、

「おお！　美味いなあ。こんな美味いものを食べるのは、はじめてだあ！」

と感嘆の声を上げるや、皆一様にそれに倣った。

それを機に、場は俄かに盛り上がった。

家族だけの宴が幸いした。

誰もが、料理に舌鼓を打ち、よく食べ、よく呑み、よく話し、よく笑った。

「こんな機会でもなかったら、一生食べることはないと思ってフランス料理にしてもらったんだけど、みんなに喜んでもらえて、本当によかった」

文枝が耳元で囁いた。「でも、さすがねえ。前に、レストランでいただいた時と全く同じ。宴会のお料理でも、味が同じなのねえ」

庄一が突然立ち上がったのはその時だ。

「宴たけなわとなったところで、中歌をご披露させていただきます」

やんややんやの拍手が沸き起こる。

民子もすっかり打ち解けて、心底楽しそうだ。

「こないえぇお嬢さんが、俊太の嫁に来てくれはるなんて……」と号泣した民子は、花嫁衣装姿の文枝を見て、「ほんま奇麗やわあ」という言葉を何度も口にした。宴席の場で着用しているワンピースが、文枝の手作りであることを知ると、「まあ、そないなことまでできはるんですか」と驚愕し、「ほんま、俊太にはもったいない。あんた、文枝さんを大切にせなあかんで。絶対に幸せにしたらなあかんで。麻生のぼっちゃんへのご恩もな」と、悪行三昧の日々を送っていた昔の姿を思い出したのか、真顔で念を押す。

だが、論より証拠だ。

一流ホテルの豪華な内装。黒服に蝶ネクタイを着用したボーイ。見るからに高価な食器に、磨き抜かれ、銀色の眩(まばゆ)い光を放つフォークやナイフ。おそらくは、映画でしか見たことのない世界の中に身を置き、最上等の料理を食し、美味い酒を呑んでいる。しかも、ここは俊太の職場であり、課長を任されているのだ。

念を押したのも、母親ならではの心情の表われというもので、民子も改めて我が子の望外の出世ぶりに安堵したに違いない。

それは、文枝のふたりの弟たちも同じである。

宴が始まると同時に、相次いで俊太の席に酒を注ぎにやって来た。

高校三年の長男は文彦（ふみひこ）、中学二年の次男は武彦（たけひこ）。文枝の仕送りがなければ、ふたりとも進学は叶わなかったほど貧しい家である。姉の晴れ舞台だというのに、袖口の縫い目がほつれ、肘も抜けそうに弛緩した学生服を着用していたが、それを恥じ入る素振りは微塵もない。

「俊太さん、よろしくお願いいたします」

丁重に頭を下げ、両手で徳利を持ち、酒を注ぐ。

文彦に至っては、

「姉ちゃんのお陰で、もうすぐ卒業だ。まだ、みんな元気だし、俺、卒業したら働くから。姉ちゃんに代わって、武彦の学費は俺が面倒みるから。幸せになってな。これまでありがとう、姉ちゃん」

と、文枝に向かって祝いの言葉と共に決意を述べた。

「だが子でござる　めめがよい　めめがよい　蕎麦（そば）の種だやら角がある　人の子でする　種だやら角がある　人の子でする――」

ボーイが近づいて来たのは、中歌が終わった直後のことだ。

「電報が届いております」

二通の電報を差し出してきた。

一通は、英文が記されたもので、一目見てそれが寛司からのものであることが分かった。

「カンちゃんや。祝電くれはったんや」

しかし、祝いの言葉が書いてあることに違いはなくても、英語とあっては何が書いてあるのか皆目見当がつかない。「そやけど、わし、英語分からへん……。文枝ちゃん、分かるか？」

受け取った文枝は、文面に目を走らせると、

「俊太さん、これ、ローマ字よ」

くすりと笑った。

ローマ字かて同じこっちゃ。

顔が熱くなるのを感じながら、俊太は、

「なんて書いてあるん？」

さりげなく訊いた。

「テン、結婚おめでとう。心からお祝いするよ。あの町でくすぶっていたお前が、こんな日を迎えるなんて、嬉しくてしかたがない。式に出られないのが、本当に残念だ。

いつか日本に帰ったら、嫁さんと一緒に飯を食おう。そこで、改めてお祝いしよう。テン、本当におめでとう」

寛司の優しさが心に染みる。あの時、寛司に出会わなかったら。寛司が拾ってくれなかったら。いまの自分もなければ、文枝という伴侶を得ることもなかったのだ。

そこに思いが至ると、俊太の胸中は、寛司への感謝の念でいっぱいになる。

目頭が熱くなるのを覚えながら、俊太は二通目の電報に目をやった。

『ヒロウエンガオワリシダイフタリデ八〇七ゴウシツニコラレタシ　ツキ』

ツキって誰や。

小首を傾げた俊太だったが、ツキがつく名前といえば、月岡以外に思いつかない。それに、文枝を連れて八〇七号室に来いというのだ。絶対に間違いない。

なんやろ——。

文枝を家族同然とまでいった月岡だが、さすがに臨席を仰ぐのは憚られた。平からいきなり課長に。異例の昇格を遂げたのも、月岡の命があればこそ。そんな人間の結婚式に出席すれば、他の社員にどう思われるか分かったものではない。

式の日取りが決まった時点で、

「身内だけの式にしようと決めまして」

そう告げたのは文枝だったが、どうやら月岡も同じ気持ちであったらしい。

「そうか」とひと言いっただけで、それ以上は何もいわなかったという。

そうはいったものの、やはり月岡は直接文枝に祝いの言葉を述べたかったのだ。宴席に出ることはできないまでも、晴れの門出を祝ってやりたいのだ。

「文枝ちゃん、これ――」

俊太は電報を差し出した。

受け取った文枝は電文に目を走らせると、

「これ、若旦那様ね」

はっとしたように、目を向けてきた。

「あかん。しこたま呑んでもうた。酔いを醒ましておかな――」

俊太は目の前に置かれたグラスを手に取ると、一気に飲み干し、「すんません、水のお代わりをください」

ボーイに向かって告げた。

6

宴は庄一の膳上げの歌で終わった。

今夜は全員がムーンヒルホテルに宿泊だ。

双方の家族を見送ったふたりは、そのまま八〇七号室に向かった。

すでに時刻は午後七時を回っている。

社長に就任以来、月岡は遊びをぴたりと止めた。

日曜日にはゴルフに出かけることもあるらしいが、それも仕事がらみで、ほとんどは休日返上で、現場の視察に出向くのを常としていると聞く。

ムーンヒルホテルの勢いは増すばかりで、日本各地の基幹都市、観光地で建設計画が目白押し。その視察のために、忙殺されているらしい。

今日は土曜日で仕事は昼までだが、ふたりのためにこんな時間になるまでホテルに残っているのだ。

部屋の前に立ったふたりは、どちらからともなく顔を見合わせた。

文枝が緊張した面持ちで頷く。

俊太は呼び鈴を押した。

「おう、入れ。鍵は開いてるぞ」

果たして月岡の声がこたえた。

「失礼いたします」

俊太はそういいながら、ドアを開いた。

部屋はツインルームで、窓際に小さなテーブルとふたつの椅子が、他に鏡台の前にひとつ椅子がある。

窓際の席に座る月岡が、俊太の姿を見るなり噴き出した。

「テン、お前——」

タキシードを着るのははじめてだ。

姿見に映った己の姿を見た時の違和感ったらない。

一世一代の晴れ姿どころか、まるで盆踊りの仮装行列のように様にならない。繁華街を練り歩く、サンドイッチマンの方が着慣れているだけに、まだマシだ。

「しゃ、社長……そない笑わんでも——」

俊太は、恥ずかしさのあまり下を向いた。

「悪い、悪い。そんなつもりじゃないんだが——」

笑いの余韻を引きずりながら、そういう月岡だったが、「ほう」と次の瞬間、感嘆の声を上げた。

月岡は、嬉しそうに背後に立つ文枝を目を細めて見ている。

「文枝、奇麗だぞ」

月岡は、しみじみとした口調でいう。「それに幸せそうだ」

「はい――」

文枝が、短くこたえた。

「さあ、そんなところに立ってないで、こっちへ来い」

月岡は立ち上がると、自らふたつの椅子を並べ、「そこに、座れ」

と命じた。

ふたりが並んで座ったところで、

「披露宴が終わったばかりだってのに、呼び出してすまなかったな」

月岡はいった。

「いえ、そんな――」

俊太は慌てて首を振った。

「家族同然の文枝の門出だ。一緒に祝ってやりたかったんだが、俺とお前は社長と課長だ。他の社員の手前もあってな」

「十分承知しております」

「だがな、そうはいうものの、やっぱり祝いのひと言をいいたくてな。それで、あんな電報を打ったんだ」

月岡はそういうと、「テン、文枝、おめでとう。これから先は、ふたり手を携えて、幸せな家庭を築き上げていくんだぞ」

優しい眼差しで、ふたりを見た。

「ありがとうございます」

俊太と文枝が同時に頭を下げると、

「さて、そこでだ」

改めて切り出した。

どうやら、ここからが本題らしい。

月岡はふたりの顔を交互に見ながら、

「新居も決まった。家財道具も式の費用も、一切合切テンが用意したと文枝から聞かされたが、何か足りないものはないのか？」と訊ねてきた。

「いや、当面生活に必要なものは全部揃うてます。運転手やってた頃から、社長の家に住まわせてもろうたおかげで、家賃はずっとただでしたし、暇な時は本を読んでましたし、社長に養われていたも同然やったもんで……。それに、正社員にしてもろうた上に、課長になってからは、給料が格段に上がりまして、貯金が貯まる一方で

「――」

「貯金は貯まる一方か……」

月岡は苦笑すると、「文枝、お前はどうなんだ。テンにはねだることはできねえが、こんなのがあったらいいなあと思っているものはないのか？　服でもなんでもいい。この際だ、あるならいってみろよ」

穏やかな声で促した。

「いいえ、何も――」

文枝は滅相もないとばかりに首を振る。「奉公に上がって六年間、いろいろ習い事をさせていただいたおかげで、大抵のことは自分でできるようになりました。ほら、このワンピースだって、自分で仕立てたんですよ。若旦那様にお祝いの言葉をいただけただけで十分です」

「やれやれ、出来が良すぎるのも困ったもんだな」

月岡は眉を上げ、頭髪を掻き揚げると、「しかしなあ、それじゃあ困るんだ。文枝は月岡の家から嫁に出す。支度は一切合切、こちらで揃えてやる。そうお袋とも話してたんだ。俺たちの出る幕がねえじゃねえか」

一転して真顔でいった。

「はあ……」

若い夫婦の新所帯に必要なものなど知れたものだ。何を望んだところで、月岡にとっては、出費のうちにも入らぬ額だろう。

だが、所帯を持つからには、全てのものは自分の甲斐性で賄う。

それが、男の矜持だと俊太は考えていた。

「社長。そないなお心遣いをいただけただけでも、わしらには十分すぎます。それに、欲しいものがないいうのはほんまのことで――」

「欲のねえやつらだな。俺が、こんなことをいうのは、これっきりだぞ」

「いや、そないいわれましても……」

俊太は困り果てて、思わず文枝と顔を見合わせた。

「なあ――」

文枝もその通りだとばかりに頷く。

「そうか、欲しいものはない、か――」

月岡はそこで少しの間を置くと、「文枝、お前には、弟がふたりいたよな」

唐突に訊ねてきた。

「はい」

「お前、うちに奉公に上がったのは、弟たちを高校に行かせてやるためだったんだよな」

「はい」

「上は何年生だ」

「高三です」

「下は？」

「中二です」

文枝は問われるがままにこたえる。

月岡は足を組むと、「上の弟はもうすぐだが、下はまだまだあるな。学費はどうすんだ？」

「上は高三か……」

背もたれに身を預けた。

「わしが払います」

俊太はすかさず返した。

文彦は文枝に代わって武彦の学費の面倒を見るといったが、元よりふたりにそんなことをさせるつもりはない。

賄い付きの住み込みで、寝食に困らないとはいえ、女中の給料ではひとり分の学費を仕送りすれば、手元に残るカネは知れたものだが、それでも下の弟を高校にやるだけの蓄えはあると文枝はいった。

幸い、ふたりともずば抜けて優秀で、上の弟は地元では最優等の公立高校に進学し、弟もまた同じ高校に合格するのはまず間違いないという。

課長クラスになれば、高校生の子供を持つ社員も少なくない。公立高校ならばいまの給料から学費を捻出するのは十分可能だ。

「それも甲斐性のうちや。それに、これからはわしの稼いだカネで、生活してかななられねん。財布は全部預けるさかい、文枝ちゃんがうまいことやってくれたらそれでええやん」

そういって、文枝を納得させたのだ。

「そうか、テンが面倒見るのか」

月岡はひとりごちるようにいうと、「しかし、ふたり分となったら、どうなんだ？」

改めて訊ねてきた。

「ふたり分といわはりますと？」

意味が分からない。

思わず問い返した俊太だったが、それを無視して、

「文枝、上の弟の成績はどうなんだ」

月岡は文枝に視線を転じた。

「学年でも上位と聞きます」

「確か、上の弟さんは、地元の最優等の高校に進んだんだったよな」

「はい」

「大学に進ませてやりたいとは思わないのか」

「さすがにそれは――」

文枝は困惑した態で首を振る。

「テン、お前はどうなんだ？」

「いや……その」

高校にすら行っていないのに、大学なんて考えもしなかった。

第一、文枝の口からも、大学の〝だ〟の字すら聞いたことがない。

こたえに詰まった俊太に代わって、

「あの……上の弟は、跡取りなんです。長男は家を継ぐものと、決まっていて――」

文枝がこたえた。

「別に大学を出たからって、家を継げないわけじゃないだろ？　何をやるにしたって学は邪魔にはならないぞ。それに、ご両親はまだまだお元気なんだろ？　農業をするにも、人手がなくて困ってるってわけじゃないんだろ？」

「それはそうですが……」

「だったら行かせてやれよ」

「でも……」

「学費のことなら心配するな。俺が面倒を見てやる」

「えっ！」

俊太と文枝は同時に声を上げた。

「大学に進めないと分かっていながら、手を抜くこともなく勉強に励むなんてことは、誰にでもできることじゃない。大学で学びたい。弟たちだってきっとそう思っているに違いないんだ」

「でも……」

「それになあ、文枝。さっきもいったが、俺は、お前をうちから嫁に出そうと思ってたんだ。家財道具一式、衣装も揃え、布団も誂え、結納返しだなんだってやってたら、大変なカネがかかるんだぞ。それをお前らときたら、ぜ〜んぶ自分たちで済ませた上に、式だって身内だけのこぢんまりとしたもんにしちまった。それじゃあ、俺の出る幕がねえじゃねえか」

文枝は黙った。

俊太もまた、なんと返していいものか言葉が見つからない。

たぶん月岡は、最初からこの話を持ち出すためにここに呼んだのだ。

ふたりの弟たちへの学費の支援。

それに勝る祝いはないと決めていたのだ。

そう思った瞬間、俊太はかつて川霧で靴を磨いた挙句に頭を殴られ、それでも懲りず再度靴を磨いた自分を、なぜ月岡が専属運転手に起用したのか。その理由を解説した寛司の言葉が脳裏に浮かんだ。

――磨いてくれることを願っていただろうね。根性見せてみろともね。そして、お前は磨いてみせた。自分のやってることは絶対に正しい。信念を貫き通したんだ。だから、こいつは見どころがある、使えるやつだと思ったんだ。

状況こそ違うものの、俊太はそこに月岡の思いを垣間見た気がした。

大学への進学は叶わぬことを知りながら、勉強を怠らない。ふたりの弟たちは、姉が遂げられなかった高校進学への夢を託されていることを、そしてそれが文枝の仕送りがあって、可能になったことを十分すぎるくらいに知っている。姉の思いにこたえなければならない。その一心で勉強に励んでいることを――。

不憫だと思ったのではない。

月岡は、そこにふたりの弟たちの可能性を見たのだ。

「なあ、文枝」

月岡は優しく呼びかけた。

「はい……」

「お前をうちで預かることにしたのはな、実はお母さんの作る飯がことのほか美味かったからなんだ」

「はい……」

「スキー場の飯なんて、高くて不味いってのが相場だが、お母さんのは別物だ。こういう仕事をする人の娘なら、間違いはない。そう思ったんだよ。なんせ、うちのお袋は、家事の方はさっぱりだし、全部人任せだからな」

「そんな……田舎料理ですから……」

月岡は、それにこたえず続ける。

「お前が、うちに来てからは、毎年実家から米を送ってくれてるよな？」

「はい……」

「美味いんだ、これが。ピカイチだ。たかが米、されど米だ。土地柄、水、味の決め手は様々だが、ほら、歌にもあるだろ？　八十八たびの手がかかるってさ。手を抜かず、丹誠込めて作っている。それがよく分かるんだ」

「……」

「日頃のお前の働きぶりを見る度に、飯を食う度に、なるほどと思ったよ。お前の家族がどんな人たちなのか、どんな育てられ方をしたのかってな」

文枝はますます身の置きどころに困るとばかりに、身を小さくする。

「世の中は学が全てじゃない。実際、うちの親父にしたって、尋常小学校出だったんだ。才を生かせば、のし上がるチャンスは幾らでも転がっている。それが社会だ」

月岡は淡々という。「だがな、文枝。学がなけりゃ就けない仕事も世の中にはごまんとあるんだ。もちろん、学があっても認められなければ就けない仕事も幾らでもあるが、学、それも高い学を身につければ、人生の選択肢が限りなく広がっていくのは確かなんだ。だから、身につけておくに越したことはないんだ」

「それは分かります。ですが……本当に良くしていただいた上に、そんなことまでしてもらったら、どうやってご恩を返せばいいのか――」

文枝の心が揺らいでいるのが手に取るように分かる。

月岡のいうことに間違いはないし、文枝にしたところで、弟たちを大学にやりたいのは山々であったろうが、自分の蓄え、俊太の給料ではとても学費は捻出できない。大学への進学なんて、夢のまた夢と考えていたのが、全く予期しなかった形で実現しようとしているのだ。

「恩か」

月岡はすっと身を起こすといった。「じゃあ、こうしよう。ふたりとも、大学進学のチャンスは一度だけ。つまり浪人は許さない。現役で合格するのを条件とする。落ちれば長男は家を継ぐ。次男の場合は、合否が決まる頃には就職しようにも募集は終わってる。その時には、うちで働け」

「しゃ、社長。ふたりとも、えらい出来がええんでっせ。両方合格してもうたら、文枝ちゃんがいうように、それこそどうやってご恩を——」

「その時は、テン、お前が返せばいいじゃねえか」

月岡はいとも簡単にいい放ち、ニヤリと笑った。「可愛い女房の弟たちの恩だ。義兄が返す。つまり、いままでにも増して、ムーンヒルホテルのために、俺のために身を粉にして働けってこった」

なるほどそう来たか。

ふたりは家族になったのだ。女房の恩は亭主の恩。亭主が恩を返すべく、仕事に邁進できるのも、家庭を支える女房の働きがあればこそ。ふたり手を携えて円満な家庭を築いていけと月岡はいっているのだ。

「それにな、テン」

月岡は続ける。「お前は、去年の夏は大変な数の予約を獲得してくれた。今年は営業部が規模を拡大して全面展開した結果、連日大入り満室だ。誰も解決できなかった夏枯れって問題を、お前は解決してみせたんだ。あのアイデアを思いついたのは、文枝の言葉がきっかけだったっていっただろ?」

「はい……」

「だったら、文枝にも功がある。あれが、うちにどれだけの利益をもたらしたか。それを考えれば、ふたりの学費なんて安いもんだ」

月岡の思いが身に染みる。

有り難さに胸がいっぱいになり、視界が霞む。

突然、文枝が顔を覆うと嗚咽を漏らした。

それが、文枝のこたえだ。

「社長！　ありがとうございます！　このご恩、わし、一生かかっても返せるかどうか分からへんけど、一生懸命働きますさかい、有り難く――」

それ以上、言葉が続かない。

俊太は、タキシードの袖で、ついに溢れ出した涙を拭うと、深く頭を下げた。

何がなんでも、恩に報いなあかん。

わしは、この人に一生ついていく。

俊太は固く心に誓った。

7

ひゃあ。ほんま、結婚は一世一代の大事業やな。身内だけの式でも、ごついカネがかかんのや。

式場を借り、家族で会食をしただけだというのに、請求書を前にした俊太は、改めてその金額に驚いた。

式を挙げるにあたっては、当然見積もりを取っており、追加の料金は会食時の酒代程度のものだ。それに、社員がムーンヒルホテルで式を挙げる際には、少しばかりだが割引もある。まして、部屋の使用料も半ドンの土曜日と、日曜日では違いがある。利用者の少ない土曜日はさらに安くなるのだ。式の開始を午後四時としたのは、この時間なら文枝の家族は当日の早朝新潟を出れば、式に間に合うし、宴席でしこたま酒を呑んでもホテルへの宿泊は、当日の一泊だけで済む。ふたりで話し合って、節約に努めたというのに、耳を揃えて支払う段になると、やはり高い。

「そしたら、明日支払いに来ますさかい。ほんま、お世話になりました」

俊太は請求書を背広の内ポケットの中に入れながらいった。「しっかし、結婚式ちゅうのは、ごついカネがかかるもんやね。これじゃあ、勘定払えんようになる人が出て来るわけですわ。当てにしとった通りに祝儀が入らなんだら、手元にカネは残っとらへんやろし、万歳するしかないもんなあ」

「小柴課長にはご苦労をおかけしております」

そうこたえたのは、宴会を担当する部署の若い女子社員だ。胸の名札には北野とある。

「式の前に、新居を用意せなならんやろ。家具に寝具、家電製品も揃えなならん。それ、全部現金と引き換えの納品やもんね。そんなんやっとったら、式当日までにはカネなんか手元になんぼも残らへんようになってしまいますわな」

「まあ、その通りなんですが、やっぱり結婚式は一世一代の晴れ舞台ですからね。皆さん、どうしても背伸びをしたくなるんですね」

二十二、三歳といったところか。北野はいかにも接客のプロらしい、穏やかな笑みを口元に宿す。

「そらな、テーブルの上に飾る花にしても、五百円単位でどんどん見栄えがして行くんやもん。カタログ見せられて、どれにしましょういわれたら、ワンランク高い方がええ。そう決めた途端に、もうワンランク上の花に目が行ってまうのが人間や。料理かて同じやろし、気がつけば予算オーバー。まさに、祭りの後、いや後の祭りっちゅうことになるわけや」

「それが売り上げの向上につながるわけですから、会社にとっては悪い話ではないと思いますが？」

つまり、値段に応じていくつもの選択肢を用意しているのは、式を挙げる当事者の、よりいいものをという心理を掻き立てるためといいたいらしい。

「実際、ご相談をさせていただいているとよく分かるんですが、披露宴の内容の主導権を握るのは、まず百パーセントご新婦さんなんです。披露宴の主役は花嫁さんですからね。花嫁衣装を着るのも、女性にとっては最初で最後。一世一代の晴れ舞台なんですから、金額を理由に、この花でいいじゃないか、衣装だってこれでいいなんて、新郎さんはいえませんからね」

なるほどなあ、と俊太は思った。

というのも、未収入金が発生する部門は様々だが、結婚式関連のものが少なからずあるからだ。

当然、当事者と会って支払いを催促するわけだが、その時に大半が口にするのが、「手元にカネがない」ということだ。

新婚生活を始めるにあたって、必要なものは全て現金と引き換えだが、式、披露宴の支払いは違う。申し込み金として五万円を納めるだけで済む。

ムーンヒルホテルで行われる式、披露宴の平均費用はおよそ五十万円。未納が十五組発生すれば、年間六百七十五万円。俊太はもちろん、ムーンヒルホテルにとっても、頭の痛い問題である。

もっとも、いかにして式の単価を上げるか。カタログで格差を見せつけることで、客の見栄と欲望を掻き立てるのが結婚式商売のミソだ。毛頭否定する気はないが、それにしてもだ——。

「結婚式って、えらい儲かる商売なんやろね」

俊太は、自腹を切ってはじめて分かった素直な感想を口にした。「それにうまいこと値づけしてはるわ。タキシードにしても、花嫁衣装にしても、着るのは式、披露宴で一度きり。二度と着るもんやないしね。そら、借りて済まそういう気になりますわな。たった一度、それもなんぼも着いへんのに、高い服を仕立てられるくらいの料金取るんやもの」

「確かに、貸衣装は貴重な収益源です」

北野は頷く。「一生に一度しか着ないものに、大金を使う人はそうはいませんからね。でも、それは言葉を換えると、自前ではとても着ることができない高価な衣装を着られる。夢が叶うってことでもあるんです。だから、こんな値段でも皆さん借りてくださるんです。それに、新婦の親にしてみれば、娘の晴れ舞台ですからね。少しでも、いい衣装を着せてやりたい。そう思うのが親心ってものじゃないですか。花嫁さんが、この程度でいいっていってるのに、お母様の方が、一ランク、二ランク上の衣装をお選びになるケースも少なくないんですよ」

いわれてみればというやつだ。

婚礼にまつわる費用の一切合切を、俊太は全て自分の蓄えで賄ったが、それは、双方の家に経済的余力がなかったからだ。

母の民子は、相変わらず賄い婦の仕事で生計を立てており、援助こそ必要としないものの、自分の生活を支えるのがやっとといったところだ。澤井の家にしたって、文枝の仕送りがなければふたりの弟たちを高校にやれないのだ。

その点、ホテルで式を挙げるような人間は違う。

何しろ、男性は二十五歳前後。女性は、それよりも若く、二十一、二歳が結婚の平均年齢だ。社会に出てさほど時が経っていないわけで、蓄えなど知れたもの。結婚は最後の親掛かりというのが、世間では当たり前なのだ。

費用の未納が、まま発生するのも、そこに原因がある。

見合い、恋愛、いずれにせよ、結婚は本人同士の合意なくしては成立しないが、家同士がつながることを意味する。特に、当事者の親にとっては、相手の家がどんな家庭か、家柄や資産状況までをも気にするものだ。

もちろん、面と向かってそんなことを口にする親はいまい。特にカネについてはなおさらだ。だから時として計算違いが発生する。

相手が裕福な家だと思っていたところが大違い。逆に借金を抱えていて、二進も三進もいかない。酷い時には、双方の家が同じ状態にあるという場合もある。

祝儀は相場があるが、出席者にしたって新郎、新婦の同年代が多数を占める。相場通りの祝儀を包めぬ人も出てくるわけで、かくして、式場の費用、貸衣装代、花代、ホテルへの支払いが焦げ付いてしまうということになる。

「それに、結婚式は大抵休日に行われますでしょう」

北野は続ける。「宴会や会議は平日に集中しますから、もし結婚式がなかったら、休日の宴会場は開店休業。一年のうち、五十二日、プラス祝日分が遊んでしまうことになるんです。もちろん、調理場だって満室、フル稼働に対応できるよう、設備も人員も調えているわけですから、大変な損失になるんです。その点からいっても、結婚式はホテルにとっては、大切なビジネスなんですよ」

「調理場も大変やろね。大きな式になれば、何百人いうのもあるやろに、頃合いを見計らって、出来立ての料理を出さなならんのやもんな。みんな、こない美味いもんははじめて食うたいうて、大感激してはったもの」

「小柴さんの場合は、宴会のお料理とはちょっと違ったでしょうから、なおさらでしょうね」

ところが北野は、意外なことをいう。

「宴会の料理と違うって……それ、どういうことなん？」

「土曜日は、ほとんど結婚式はありません。それに、出席者数も十一名様でしたから、日頃レストランでお出しするお料理と全く変わらない手順で調理したんじゃないかと」

「そしたら、普通は――」

「何百名様分のお料理をひとつひとつ作ってたら、とても時間内にお出しすることなんてできませんよ。温め直してお出しするだけってところまで事前に仕上げておくんです。そうすれば、あとは流れ作業。片っ端から盛り付けをしていけばいいんですから」

「そしたら原価率も違ってくるんやろね」

俊太は訊ねた。

「そりゃそうですよ」

北野は即座にこたえる。「宴会にせよ、披露宴にせよ、だいぶ先から予約をいただいてるんです。食材だって大量に仕入れるんですから、納入価格の交渉だってできますし、コックさんだって、ひとりで何十人分って料理をまとめて作れますからね。ところがレストランはそうはいきません。お客様全員が同じお料理を注文するとは限りませんし、食材だってメニューに載せた限りは、全ての注文に対応できるよう、あらかじめ準備しておかなければならないんです。無駄になるものだって、少なからず出て来るわけですから」

「まさに、結婚式様々ってやつやなあ」

俊太は、腕組みをしながら唸ると、「そやけど、給仕の人はどないしてはんの？　日によって宴会も、結婚式も件数や規模はまちまちやろし、人のやりくりが大変なんと違いますのん？」

ふと、思いつくままに問うた。

「アルバイトを使ってるんです」

「アルバイト？」

俊太は驚いて訊ね返した。「そんなんで、給仕の仕事ができますのん？」

「できますよぉ」

北野はくすりと笑った。「運ばれて来たお料理を並べて、お酒を注いで回るだけですもの。アルバイトはほとんど大学生なんですが、毎日仕事に出なきゃいけないわけじゃありません。それでいて、ちょっとした小遣い程度にはなるので人集めには苦労しないんです」

「なるほどなあ。そないな仕組みになってるんや」

「大抵は、就職活動が間近になるまではやってくれますから、要領さえ覚えさせれば、手間はあまりかかりません。宴会、式の規模は随分前から分かっていますから、それに応じてアルバイトを必要数手配しておけば、人の過不足も生じないんです」

「ほんま、よくできてはんのやなあ」

俊太は感嘆の声を上げた。「必要なだけ人の数を調節できるなら、人件費は常に一定やもんな。まして、料理の原価率も規模が大きゅうなればなるほど低うなる。それに貸衣装に花や。ひょっとして、本業の宿泊よりも利益率は高いんとちゃいますのん」

「だから社長からも、宴会、結婚式に力を入れろって、発破がかかってるんです」

北野は真顔でいった。「戦後のベビーブームの時に生まれた世代が、結婚適齢期に入ろうって時代ですからね。それに、松下電器が週休二日制を取り入れましたでしょう？　それが当たり前になる時代が必ずやって来る。そうなれば、結婚式の市場は倍になる。その時に備えて、式を挙げるならムーンヒルホテルでといわれるように、絶対に評判を落とすなって——」

松下電器が週休二日制を取り入れたのは昨年、昭和四十年のことである。

欧米では当たり前。「半日休みを増やす代わりに、仕事の効率を上げよ」。「一日は休養、一日は教養に充てよ」。一代で松下電器を大会社に育て上げた、創業者の松下幸之助の断によるものだが、いまのところそれに続く企業は寡聞にして知らない。

そんな時代が、ほんまに来んのやろうか――。

そう思う一方で、もし、本当になるのなら、結婚式はホテルに大変な収益をもたらす一大事業になると、俊太は直感した。

同時に、「戦後のベビーブームの時に生まれた世代が、結婚適齢期に入ろうって時代ですからね」という北野の言葉が気になった。

千客万来、商売繁盛は何よりだが、未払金が増える一方では困る。いや、そもそもが、未払金が発生すること自体、あってはならないことなのだ。

こら、なんとか根本的な解決策を考えなあかんな――。

俊太は、そう思いながら席を立つと、

「ほんま、今回はお世話になりました。いろいろありがとう」

北野に向かって頭を下げた。

展の章

【展】

進む。伸びる。広げる。

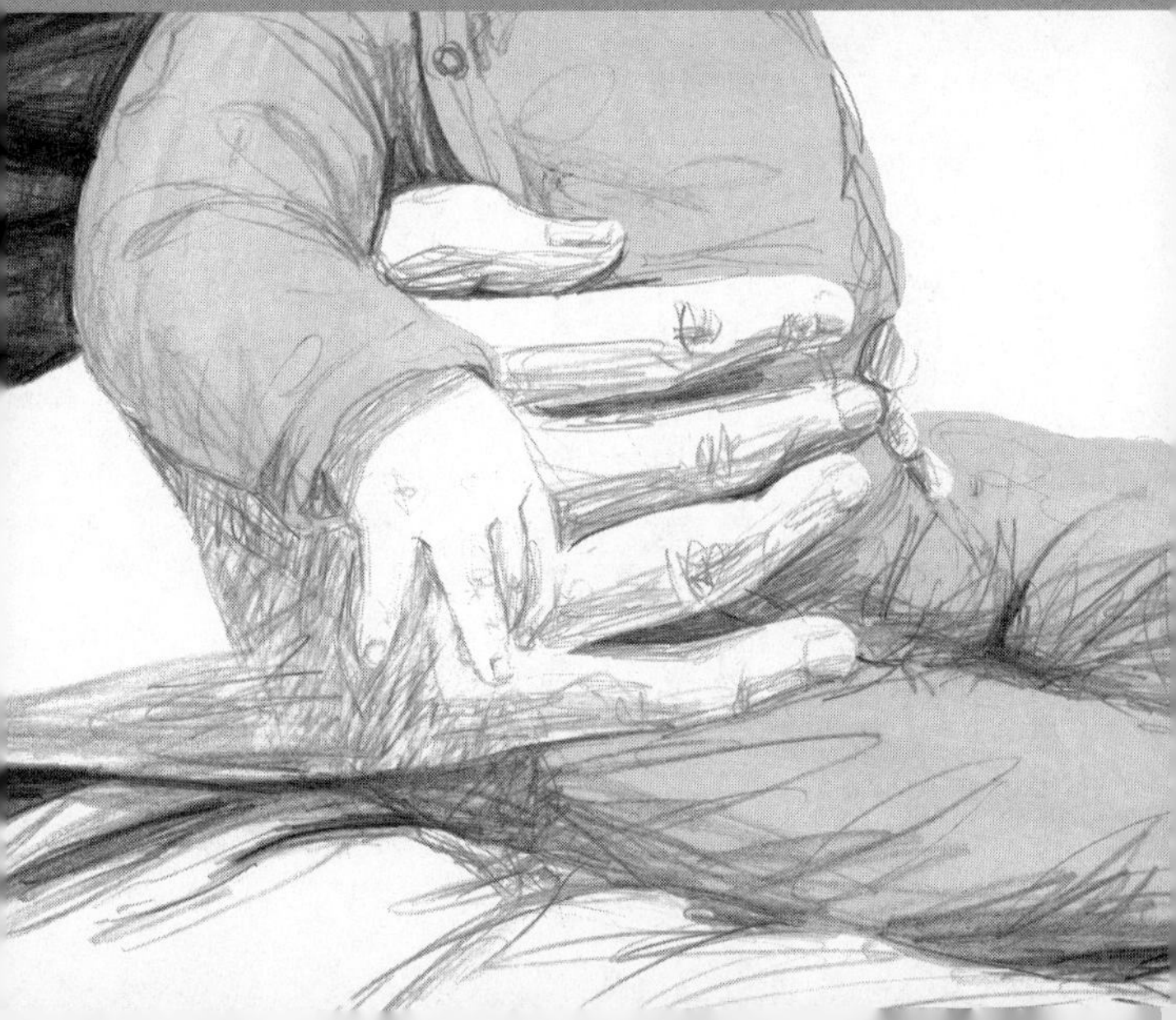

1

運気には波がある。

不運は連鎖するものだが、逆も真なり。幸運もまた続く。

「ブジゴウカクス　フミヒコ」

文彦の合格を知らせる電報が届いたのは、文枝との生活が始まった半年後のことだった。しかも新潟大学の医学部への合格である。

元より勉強に熱心に打ち込んでいた文彦であったが、やはり目標があるとなしでは大違いだ。大学への進学が可能になったと知るや、いままでにも増して勉強に熱が入った。

おそらく、文彦にとってそれまでの勉強とは、進学を当然と考えている学友たちへの己の能力の証明であり、経済力が許しさえすれば難関校の入試とて突破できる。つまり、意地の表われでもあったのだろう。

そして、思わぬ形で進学の道が開けたことは、これまで封印してきた己の夢を叶(かな)える最初にして最後のチャンスとなった。

　それは医学への道である。学費を支援するにあたって、月岡は「浪人は許さない」といったものの、国立、私立の条件は出さなかった。大学への進学の千載一遇のチャンスである。学士になれるか否かで今後の人生は大きく変わる。当然、合格間違いなし、無難な大学を受験するものと思っていたところが医学部、それも新潟大学一校に絞るという。

　文彦とは結婚式以来、手紙でのやり取りとなっていたが、自分の夢をはじめて明かす文面からは、なみなみならぬ決意のほどが見て取れた。

　曰く、

「人が存在する限り、病がなくなることはない。解決しなければならない病はこの世にたくさんある。そして、決して尽きることはない。終わりなき仕事だけれど、だからこそ課題もまた尽きることはない。終わりなきゴールを目指す仕事だけれど、だからこそやり甲斐がある。研究に治療に、真摯に取り組みながら、ひとりでも多くの人を救う人間になりたい」

　新潟大学は国立の一期校だ。その中にあっても医学部は最難関。全国の俊英が集う場である。

「いくらなんでも、それは……。それにお医者さんになったら、誰が家を継ぐの？」

と、戸惑いを隠さなかった文枝であったが、それが見事合格である。

だから文枝の喜びようったらない。

跡取りへの懸念はどこへやら、

「文彦がお医者さんになる」

と、合格の知らせを告げてきた電話口で号泣する。

報告を受けた月岡も、

「そうか、合格したか。さすがは文枝の弟だ！」

と、喜びを隠さない。

実は月岡には、もうひとつ報告をしなければならない慶事があった。

それを口にしかけた俊太だったが、すんでのところで思い止まった。

文枝の妊娠である。

子供ができたのを告げられたのはちょうど一週間前のことで、帰宅するなり、いつもは「俊太さん」と呼ぶ文枝が「お父さん」という。

違和感を覚えながらも聞き流していた俊太だったが、度重なる呼びかけに、「なんや、そのお父さんいうのは。呼び方変えたん？」と問うたところ、「だって俊太さん、お父さんになるのよ」と文枝は顔を綻ばせる。

「えっ……。そしたら、子供できたん？」

「二ヵ月ですって」

「なんで、それをはよういわへんねん」

「だって、今日分かったんだもの」

妊娠には兆しがあることぐらいの知識はある。

自分が父親になるといわれても、実感は全く湧かないし、喜びよりも戸惑いの方が先に立つ。だが、そんな思いとは裏腹に、俊太は浮き立った。

「新潟のお父さん、お母さんには、知らせたん？」

「それは、まだ……。俊太さんに知らせてからと思って」

「すぐに電報打たな。お袋にも知らせんとあかんし、社長にも報告せんとな」

家族同然といってくれた文枝に子供ができたのだ。

月岡もさぞや喜ぶに違いない。

ところが文枝は、

「若旦那様には、まだいわないで」

という。

「なんでや」

「初産ですもの、何があるか分からないじゃない……。安定期に入ってからにした方がいいと思うの」

「安定期？」

どうやら、文枝は兆候には気がついて、すでにいろいろと知識を身につけていたとみえて、それからひとしきり妊娠についての講義を受けることになったのだが、聞けばもっともな話ではある。

結局、文彦の合格を報告しただけで月岡の部屋を辞した俊太だったが、国立とはいえ、医学部の授業料はやはり高額だ。

さて、この恩をどうやって返したものか。

思いは自然とそこに行く。

「課長」

部下の中井が困り果てた様子で、話しかけてきたのは、そんな最中のことだ。「相談がありまして——」

未収入金の回収実績は、経理課の業務の中では珍しく個人の数字として表われる。数字は冷徹なもので、曖昧さを一切排除する。管理職となってからも俊太の実績は群を抜いており、いまでは中井は忠実な部下だ。

丸山はすでにいない。

自分より年下の、しかも学もない俊太に仕えることになったのが我慢ならなかったのだ。実績は挙がらず、かといって助けを乞うでもない。中井が着々と数字を上げはじめているのに、古株がさっぱりでは評価のしようがない。

人事評価を突きつけられる寸前で、「こんな会社にいられるか」という捨て台詞を吐いて会社を去ったのだ。

「どないしてん」

訊ねた俊太に向かって、

「実は、この案件なんですが――」

中井は一枚の紙を差し出してきた。

二ヵ月前に行われたある結婚式の費用である。

「何度か電話で催促をしたんですが埒が明かなくて……。それで昨日、先方に出向いて直接交渉をしましたら、全然おカネがないというんです」

中井は声を落とす。

「なんでそないなことになってん？」

「以前から新郎が借金を抱えてまして。婿になって新婦の側に結婚式の費用を負担してもらう腹積もりだったらしいんですが、蓋を開けてびっくり。そっちにはもっと大きな借金があったというんです」

それか――。

俊太は内心でため息をついた。

結婚式にまつわる未収入金が発生する理由は様々だが、あてが外れたというのはよくあるケースだ。

「嫁さんの実家は何をやってんねん」

「中小企業の経営者です」

中井は即座にこたえた。「二代続いた会社で、新婦はひとり娘。新郎は会社を継ぐことを疑っていなかったんでしょうね。新婦の側も手塩にかけて育ててきたひとり娘の晴れの舞台です。跡取りの紹介を兼ねて、盛大に門出を祝ってやりたいと思ったらしいんですが――」

「それ、おかしゅうないか？　こんだけ大きな披露宴をやれば、祝儀もぎょうさん集まったやろ。まして、中小企業いうたかて、跡取りのお披露目もかねていうんやったら、同業者、取引先かて、祝儀を弾むやろ。なんでカネが残らへんのや」

「それがですね。祝儀を会社の支払いに回してしまったっていうんです。手形が落ちるかどうかの瀬戸際だったといって――」

「なんやそれ……」

俊太は呆れた声を上げた。「相手の懐をあてにすんのも大概やが、祝儀を会社の運転資金に回すって、そらないで」

結婚にまつわる費用を一切合切、全て自分で賄った俊太である。世間には結婚は最後の親がかりという通念があるにせよ、一家を構えたからには、それから先の人生はふたりが手を取り合って切り開いていく。その覚悟なくして、どうするという思いを覚える。

「まあ、不渡り出したら大変なことになりますからね。一度目は許されるとはいってても会社の信用はガタ落ちです。二度目になれば、事実上の倒産に追い込まれるわけですから、そうなる前に債権者が一斉に回収に走るのは目に見えてます。そんなことになろうものなら、一文無しどころか、さらに大きな借金を抱えて路頭に迷うことになってしまうんですから」

「そやからって、うちに勘定払わんでもええって理屈は成り立たへんで。会場を使い、飲み食いした挙句、勘定を支払うカネがないって、無銭飲食そのものやで」

「いや、その通りなんですが――」

中井は語尾を濁すと、「かといって、うちもムーンヒルホテルって看板を背負ってますし、まして客商売ですからね。カネ貸しみたいな強引な手段に打って出るわけにもいきませんし、ムーンヒルホテルは血も涙もない、なんて評判が立ったら大変ですから」困り果てたように視線を落とした。

そこがホテル稼業の難しいところだ。

中井がいうように、ホテルにとってイメージは大切だ。心地よい宿泊、空間、特に結婚式は、新郎新婦の一世一代の晴れの舞台だ。いかにして、夢を叶えてやるか。二度と味わうことができない時間を過ごさせてやるか。そこに、ブライダルビジネスの成否がかかっている。

いや、それだけではない。

結婚記念日にはホテルを訪れ、レストランで夕食を取る夫婦は少なくないし、遠方からの出席者が上京した際にはムーンヒルホテルに宿泊する。あるいは、地方に出かける際には、その地にあるムーンヒルホテルの利用も期待できるのだ。

相手に落ち度があることが明白でも、あくまでも交渉は紳士的、かつ穏やかに。立場を思いやり、無理のない形で支払ってもらわなければならない。

「先方さんは、どないして暮らしてんねん」

そこで俊太は訊ねた。「カネがないいうても、生活してはんのや。すっからかんいうわけやないやろ」

「婿さんですからね。嫁さんの家に、親と同居ですから家賃はかかりませんし、食費もまとめて作るわけですから、別々よりも安くはつくでしょう。贅沢(ぜいたく)しているようには見えませんでしたから、カネがないというのは本当のようです」

「よし、そしたらこないしよう」

俊太は即断した。「無理のない金額をなんぼでもええ、月々きちんと支払ってもらう。もちろん金利はなしや。とにかく払う気はあるちゅうところを見せてくれ。そういうたらええわ」

「しかし、それでは未収入金が長期にわたって残ることになりますが？」

「耳揃えて払ってくれいうても、無理な話なんやし、しゃあないやろ。飯食うカネがあるんやったら、支払いに回せなんて無茶はいえへんし。なんぼかでも、払ってもらえるようになれば、塵も積もればなんとやらや。完済の日はいずれ来るわけやし、先方さんかて恩義に感ずるやろ。会社の経営が上向けば、残金をまとめて返してくれはるやろし、何かの時にはまたうちを使おういう気にもなるんと違うやろか」

「分割払いというわけですね」

中井はそれで構わないのかとばかりに念を押す。

「ある時払いの催促なしちゅうわけにはいかへんからな。しゃあないで」

「分かりました。ではそのように――」

その言葉に頷いた中井に向かって俊太はいった。

「そやけどなあ。未収入金の中に占める結婚式関連の件数はそれほど多くはないいうても、一件あたりの金額がでかいからなあ。なんとかせんと、えらいことになるで。なんせ、もうすぐ戦後のベビーブームで生まれた世代が、結婚適齢期に入ってくるんやさかいな」

「ですよね――」

肯定する中井も、思いやられるとばかりに眉を曇らせる。「かといって、こればっかりは、式が終わってみないと、追加の料金がいくら発生するか請求額は確定しませんからね」

「追加の料金なんて、式の費用に比べたら誤差みたいなもんやで。会場、料理、貸衣装に花代は、見積もりの段階で確定してんねん。なにも、式が終わるまで支払いを待ってやる必要なんかないんとちゃうか」

「いや、それはどうですかね」

中井は首を傾げる。「祝儀を費用の足しにって考えてる人だって大勢いるでしょうし、うちを使おうっていう気になるのも、五万円の申し込み金を払うだけで済むからであって——」

「申し込み金が安すぎるとちゃうんかな」

俊太は中井の言葉が終わらぬうちにいった。「せやろ？　何十万、時には百万を超える宴会を引き受けるのにやね、たった五万円って、安すぎんで。それに、なんぼなんでも費用の全額を祝儀でなんて考えてる人はそうおらへんと思うねん。せめてその半額でも先にもらっておけば、未収入金がゼロになるわけではないにせよ、激減すんのとちゃうかな」

思いつくままでいった言葉だが、筋が通った話だと俊太は思った。

そうや、せめて半額でも先に納めてもらうっちゅうのはありやで。こら、検討してもらう価値があるかもしれん。

2

「費用の半分を先に納めてもらう？」

俊太の提案を聞いた途端、荒木久は片眉を吊り上げ、声を裏返らせた。

荒木は販売企画部一課の課長だ。

ムーンヒルホテルの販売企画部は三つの課があり、宴会、婚礼を担当するのが一課である。

「冗談じゃない。そんなことやったら、申し込み件数が激減するどころか、誰も寄り付かなくなるに決まってるよ。何を馬鹿なことをいってんだ」

荒木は四十を少し超えたばかりの年齢だ。

ポマードで固めた頭髪、細面の顔。黒縁メガネのレンズは、汚れひとつなく磨き抜かれ、淡い朱鷺色のネクタイに黒の上下のスーツと一分の隙もなく整えた身なりは、いかにも接客を仕事とする部署の管理職者だ。

荒木は、顔の前に人差し指を突き立てると、

「第一、他所はどこも五万円の申し込み金で引き受けてんだ。それを半額に上げたら客はどう思う？　そんなに信用できないのか。だったら結構ってことになるのは目に見えてんだろうが」

話にならないとばかりに鼻を鳴らす。

「ですがねえ、荒木さん。現実問題として、結婚式関連の未収入金は、毎年一定の割合で発生しとんのです。代金を頂戴してはじめて成り立つのが商売です。焦げついてもうたら、本末転倒ちゅうもんやないですか」

「僕らが宴席を獲得するのに、どれほど苦労しているのか、君は知ってるのかね。日曜日、祝日の宴会場が埋まるかどうかで、会社の業績は大きく変わる。まして、結婚式は利幅の大きい商売だ。厳しいノルマを課されて、達成すんのに必死なんだぞ、こっちは」

荒木は、上目遣いにじろりと俊太を睨む。

厳しいノルマというなら、こっちかて同じや。

俊太は、そう返したくなるのをこらえて、

「それ、おかしいんと違いますか」

すかさず反論に出た。「料理屋や、なんたら会館いうところで結婚式を挙げる人が

まだまだ多い時代に、うちのホテルを選ぶからには、ほとんどが祝儀なんぞあてにせんでも、式を挙げるくらいのカネを持ってる人やと思うんです。そら、料理屋かて支払いは式が済んでからいうのは一緒ですが、そこでカネがありませんなんちゅうことになったら一大事。うちは宿泊もあれば、結婚式以外にも宴会はありますよって、未払いが発生してもなんとでもなりますが、小ちゃなとこなら、潰れてまうんと――」

荒木は皆まで聞かずに俊太の言葉を遮ると、

「まるで、僕らが支払いのことは知ったこっちゃない。ノルマさえ達成すればそれでいい。会社の規模に甘えてるっていってるようないい草じゃないか」

あからさまに不愉快な顔をする。

その通りや。商売はもらうものをもらって、はじめて成り立つんや。代金を焦げつかせるような客を摑んだところで意味はない。いや、そもそもがそんなものは客とはいえへんやろ。

「荒木さん」

俊太はいった。「うちで結婚式を挙げようという人は、一流ホテルの豪華な雰囲気の中でええ衣装を着て、美味しい料理に酒、最高のサービスと、それこそ映画の主人公になったような夢の時間を過ごしたい。新生活の門出を飾りたい。そないな気持ちを抱いて選んでくださんのとちゃいますやろか」

「その通りだが、だったらなんだってんだ」

「わし、半年前にここで式を挙げましてん。惚れて一緒になった女房です。一生の思い出になるような式にしたい。そやし、ここを選んだんです。もちろん、社員でっさかい、他所でっちゅうわけにはいかへんいうのもありましたけど……」

荒木は、それがどうしたとばかりに、口をへの字に結んで押し黙る。

俊太は続けた。

「全部で十一人いう小さな式でしたが、正直勘定を見てびっくりしました。やっぱり一流どころの料金はちゃう。夢を叶えてやるためには、高っかいカネがかかるもんなんや。そない思いました。衣装、花、料理かて、選ぶのはお客さんです。その時点で見積もりも出ます。そんだけかかるいうのを承知で、申し込んでくださるわけです。しかも、数あるホテルの中から、それでもええと、うちを選んでくださんのです。その理由はひとつしかあらしません。結婚式を挙げる皆さんが、ムーンヒルホテルは料金に見合う素晴らしいサービスを提供してくれるということを信じてくださっているからやないですか。お客さんがそこに価値を見出しているのなら、半金を前払いにしても――」

「客が来るってか?」

荒木は眉を吊り上げながら、俊太の言葉を先回りすると、「それはないね。いや、危険だね」

　話にならないとばかりに首を振る。

「危険？」

「だからいっただろうが。それじゃ、客を信じてないっていってるようなもんだ。君も結婚したばかりなら分かるだろうが、式の前には、いろいろと出費が嵩む。新生活を送るために揃えなきゃならない物の支払いは待ったなし。支払いは無事に済ましたものの、祝儀を式代に当て込んでいた人だってごまんといるんだ。それを半金とはいえ、先払いしなきゃならないとなりゃ、無理だって客が続出するに決まってるよ」

「ですがね、荒木さん」

「あのな……」

　荒木は押し殺した声と共に、俊太を睨みつけると、「確かにうちの結婚式は評判がいい。新郎新婦の友達が、列席者の身内が、式を挙げるならムーンヒルホテルでって来てくださる。だがね、式を挙げたいが、あそこは事前にまとまったカネを用意しないと受け付けてくれないなんて悪評が立ってみろ。客を掴むのも大変だが、離れた客を取り戻すのはもっと大変なんだ。お前は、それを分かっていっているのか？」

と、ついにお前呼ばわりする。

　離れた客を取り戻すのは、もっと難しい。

そこを突かれると、営業経験がない俊太には返す言葉がない。

「どうした？　その程度の考えで、こんな話を持ちかけてきたのか？」

荒木は小馬鹿にするようにいう。「夏のキャンペーンをものにした大功労者にしたら、随分お粗末な話じゃねえか。ええっ？」

挑戦的なものいいに、思わず視線を上げた俊太に向かって、荒木はさらに続けた。

「あのな、ひとつ教えてやる。仕事のやり方を変えろっていうのは簡単なんだよ。だがな、マイナス要因があるって時には、それを補って余りある効果を生む、つまり余りあるプラスの効果ってもんを提示して見せなきゃ話にならねえんだよ。思いつきで物申すのは馬鹿でもできる。代案もねえで、あれこれいうのは能無しのやるこった」

荒木の言葉が胸に突き刺さる。

しかし、的を射ているだけに反論はできない。

猛烈な屈辱感を覚えながら、俊太は唇を固く噛んだ。

3

「おお、文枝によく似ている。可愛い子じゃないか」

文枝が女の子を出産したのは、その年の十一月初旬のことだった。

名前はすぐに決まった。

光子である。

もちろん由来は決まっている。月岡光隆の名前の一文字をとったのだ。

産院の廊下で聞いた光子の産声は、いまでも鮮明に耳に焼きついている。

分娩室のドアが開き助産婦が顔を覗かせると、

「産まれましたよ。元気な女の子ですよ」

泣き声がひときわ高く聞こえた。

嬉しさと同時に、なんだか切なくなった。

この世に生を受けた喜びか。あるいは何かを訴えているのか。

自然と涙がこみ上げてきた。

「さあ、どうぞ」

助産婦に促されるまま、俊太は分娩室に入った。

分娩台に横たわる文枝の傍らで、白い布に包まれた赤子の顔が見えた。

出産という一大事を終えた直後だというのに、文枝は心底愛おしそうな目で、子供の顔を見つめている。

濡れた頭髪。皺だらけの顔を真っ赤にしながら、小さな口をぽっかりと開け力いっぱい泣く我が子。

文枝が満足そうに微笑む。

涙を拭う俊太に向かって、

「抱いてあげなさい」

と助産婦が小さな体を持ち上げる。

壊れ物を扱うように、慎重に腕の中に入れてみた。

家族がひとり増えた。それがなんだか不思議でならない。

だが、我が子を抱いた瞬間、俊太が覚えたのは、命の重み、これから先、ふたりの家族を養っていかねばならぬ、責任感と決意である。

よう生まれてきてくれたなあ。お父ちゃん、一生懸命働くで。

俊太は、また目頭が熱くなるのを覚えながら、胸の中で呟いた。

「文枝、おおきに。ほんま、おおきに――」

俊太は、洟を啜りながら、文枝に向かって頭を下げた。

それからおよそふた月。

正月も三日を過ぎると、月岡家への来客も少なくなる。

子供が生まれたことを報告した際に、

「だったら、正月にでも子供を見せに来いよ。お袋も喜ぶ」

と月岡はいった。

訪問にあたっては、日頃月岡が使っているベンツを用意するという気の遣いようだ。そしていま、光子は月岡の腕の中にいる。

「ほんと、フミちゃんにそっくり。私にも抱かせて」

傍から母親の敦子が手を伸ばす。

「文枝もお母さんか」

月岡は敦子の腕の中に収まった光子から目を転ずると、感慨深げにいった。

「弟たちのことも含めて、こんな幸せな日々を過ごせるのも、全ては若旦那様、奥様のおかげです。本当になんと、お礼を申し上げていいのか――」

文枝は改めて頭を下げた。

「文彦君からも、折にふれ手紙をいただいているよ。頑張ってるようじゃないか」

「当たり前です。若旦那様のご支援を頂戴できなければ大学、まして医学部なんて絶対に進学できなかったんですから。ご期待に背くようなことがあっては恩を仇で返すことになってしまいます」

「まあ、そんなにムキになるな」

月岡は苦笑する。「医者は人を相手にするんだ。頭はいいが世の中を知らねえ、人間の機微ってもんが分からん医者ほど性質が悪いもんはねえからな。ほら、よくいうだろ? よく学び、よく遊べって。遊びの中にも学ぶものはたくさんあるんだ」

「そんな、遊びだなんて――」

「いや、冗談でいってるんじゃないんだ」

月岡は一転して真顔になった。「医者といっても様々だ。大学に残り、研究の道を歩めば、講師、助教授、果ては教授だ。後進を育てる立場になるわけだが、教鞭を執る一方で、医局の運営もしなけりゃならない。ある意味、経営者でもあるわけだ。だから教授の権力は絶大でな。異を唱えることなんか許されない。それどころか教授回診となりゃ、患者を目隠しするところだってあるんだぜ。そんな医者に診てもらって、患者が嬉しいと思うか?」

「患者を目隠しって――」

文枝はきょとんとした顔をして訊ね返す。

「大先生の顔を患者ごときが見るのは無礼なんだとよ」

「まさか」

「いや、本当の話なんだ」

月岡は首を振った。「病気を治療するのが医者の役目だ。学があり、知識、技術を身につけた人だけが許される行為だ。だからといって医者が偉いわけじゃない。俺はなあ、文枝。文彦君には、そんな医者になってほしくはないんだ。そのためには、世の中にはどんな人間がいるのか。何を望んでいるのか。世間てものを知っておく必要がある。世俗にまみれ、出鱈目や失敗を繰り返す。一見無駄な行為だが、それをやることによって、本質ってもんが見えてくる。それに、いい歳になってから遊びを覚えることほど性質が悪いもんはねえからな。周りだって学生のうちなら、多少のことは大目に見てくれる。耐性をつけるならいまのうちだ」

「あなたがいうと、説得力あるわね」

敦子が光子の顔を覗き込みながら、茶化すように口を挟んだ。「実際、あなたは散々そうした日々を送ったんだものね」

返す言葉がないとばかりに眉を上げ、ふっと小さく笑う月岡に向かって、

「そんな、文彦が教授になれるなんて、あり得ませんよ」

文枝はいった。

「だったら、なおさらだ。患者は客だ。腕はもちろん、気分よく診てもらえる医者にかかった方がいい。患者は誰しもそう考える。流行らねえ医者ほどつぶしが利かねえ仕事はねえからな」

そういうと、月岡は呵々と笑い声を上げた。

光子がむずかりはじめたのはその時だ。

「あっ、おっぱいの時間だわ」

「じゃあ、仏間を使いなさい」

敦子は立ち上がると、「フミちゃんにお祝いを用意してあるの。それも見てちょうだい」

先に立って、居間を出て行く。

ふたりの姿を見送りながら、

「お袋、文枝に子供が生まれたことをたいそう喜んでな。お祝いは何がいいかって、そりゃあ熱心に『主婦の友』を読みまくってさ」

月岡は、どこかしみじみとした口調でいった。

俊太は、喉まで出かかった長年の疑問をすんでのところで呑み込んだ。

それは、月岡の結婚である。

地位もある。経済力もある。まして、月岡家にとっては唯一の跡取りだ。月岡が子供を儲けなければ、代を継ぐ者が途絶えてしまう。それは、月岡家にとっては深刻な問題であるはずだ。

なのに、月岡は三十八歳にもなったのに結婚する気配はない。

もっとも、これだけの家である。好いた惚れただけでは結婚もできないのは、想像に難くないが、縁談に苦労しないのは明らかだ。

「すんません。大奥様にまで、お気遣いをいただきまして――」

俊太は、深く頭を下げた。

「改まって礼をいわれるほどのもんじゃない。どうせ、お前らのことだ。必要なものは全部自分たちで揃えちまってんだろうから、ベビー服を少しまとめて用意しただけだ」

そこで、月岡は少しの間を置くと、「お陰で、お袋もお婆ちゃん気分を味わえた。なんせ、家族同然と思っていた文枝の子供だからな。俺に当分結婚する気はねえってことは先刻承知だし。自分の孫を抱けるかどうかすら、怪しいからな——」

かねてからの俊太の疑問を自ら口にした。

「当分、結婚する気はないって……。なんでですのん」

「いろいろあってな——」

珍しく、口籠もる月岡だったが、「お前は長いことうちに住んでたんだ。親父が妾を囲ってたことは知ってんだろ?」

と訊ねてきた。

「はい」

「男が全部そうだとはいわねえが、カネができれば遊びを覚える。カネを使う男のところには女が寄ってくる。ただでさえ女房は面白くねえってのに、外に子供まで作った」

「えっ……そしたら――」

はじめて明かされた月岡家の秘密に俊太は心底仰天し、絶句した。

「お袋は、世間でいうところの糟糠（そうこう）の妻ってやつだ。親父が一代で事業をここまでにできたのも、自分の存在があってこそって自負の念を抱いている。それを親父のやつ――」

月岡は、苦々しげな表情を浮かべ、語尾を濁した。

龍太郎が倒れたあの日、救急車に一緒に乗り込んだ敦子に動揺している気配は見えなかった。亡くなった知らせを受けた月岡もまた、慌てる素振りを見せなかった。その理由が、いま分かった。

「血は争えねえもんでな」

月岡はいう。「事業に対する欲はひと一倍。その一方で、お前も知ってる通り、女好きもひと一倍だ。こっちの方は所帯を持ったってそう収まるもんじゃねえ。もちろん、外に女をこしらえても気にしねえってやつを女房にすりゃあいいって考えもある。だがな、それは他に目当てがあるってこった。それはそれで寂しい話だろ？」

妻に娶（めと）った女性が夫の女遊びを黙認するということは、愛情以外の思惑を抱いている。いや、むしろその他の要素に魅せられて一緒になるのに同意したということだ。かといって、愛情で結ばれたなら、夫が外に女を作ったとなれば平静でいられるわけがない。敦子同様、嫉妬と怒りにかられ、家庭が滅茶苦茶になるのは目に見えている。

「正月早々つまんねえ話をしちまったな」

暫しの沈黙の後に月岡はぽんと膝を叩くと、「あっちへ行って一杯やるか」

おもむろに立ち上がった。

「そ、そんな……。社長と一緒にお酒やなんて――」

俊太は滅相もないとばかりに首を振った。

月岡の家に足を踏み入れるのは、龍太郎が倒れたあの日以来だが、それも電話がある玄関までだ。居間に通されただけでも、身にあまる待遇だというのに、酒なんてとんでもない。

「この時間に来いといったのはそのためだ。光子ちゃんにはじめて会うめでたい日だ。第一、これから家に帰って晩飯をどうする。文枝だってあの通り子供の世話で大変なんだ。まさか、文枝に支度させるってわけにはいかねえだろ？」

「それは、そうですが――」

「だったら、つべこべいわずに、さっさとこっちに来い」

月岡は有無をいわさぬ口調で命じると、次の間へと歩きはじめながら、「おトキさん。ビールを用意してくれ」

女中に声をかけた。

月岡邸には家族専用のものと、来客がある際に使われるものと、食堂がふたつあることは文枝から聞いていた。新年の宴席を持つのは一階の広間である。

どうやら通されたのは、家族専用のものであるらしい。椅子が六つしか置かれていない。一見簡素なようにも思えるが、テーブルは分厚い無垢材が用いられ、椅子もまた重厚な造りである。

上座に腰を下ろした月岡は、

「そこへ座れ」

と傍らの席を勧めた。

俊太が座ると同時に、おトキさんがビールを持って現れた。

すでに、三段重ねのお節と、取り皿が用意されているところを見ると、月岡は本当に最初から夕食の席を囲むつもりであったらしい。

「まずは、乾杯といこうじゃないか」

おトキさんが、ふたりのグラスにビールを注ぎ終えるや月岡はいった。「光子ちゃんの誕生に、新年に、どっちもおめでとうだ」

「ありがとうございます」

すっかり恐縮した俊太は、深々と頭を下げた。

冷えたビールが胃の腑に染みる。

月岡は、一気にビールを呑み干すと、

「ところで、テン。新年早々、仕事の話も野暮だが、未収入金の発生は後を絶たずだ。なんとかならんのか。事業が拡大している割には増えちゃいないものの、恒常的に発生しているってのは困ったもんだぞ」

俊太の酌を受けながら訊ねてきた。

「客室関連の個人利用分については、だいぶ減ってはいるんです。それに、長期的に見れば、限りなくゼロに近づくと思うとります。なんせ、クレジットカードを使うてくれはるお客さんもちらほら現れてますさかい」

「クレジットカードか。手数料がかかるのは面白くねえが、クレジットカード会社が客の与信を保証してくれんだ。焦げついてもうちが迷惑を被るわけじゃない。こいつが世の中に普及して、持つのが当たり前って時代になれば、確かに個人客の代金が焦げつくことはなくなるな」

「問題は、いまのところ件数こそ多くありませんが、旅行会社の未払いが出てきていることです。特に地方の客室の稼働率を高めるためには旅行客、特に団体客の獲得が絶対に必要ですが、中小の旅行会社の中には、資金繰りに苦労している先もありまして」

「旅行会社か――」

月岡は、グラスを置きながら暫し考え込むと、やがて口を開いた。「観光目的で地方に行く客は、旅行会社主催のツアーに申し込んだ方が割安だし、移動手段も全部お膳立てしてくれるから面倒はない。これから先、そうした客の占める割合が高くなってくるのは目に見えてるからな」

「月末締めの手形払い。それも三ヵ月ですからね。規模が小そうなればなるほど、ツアーの内容を魅力的なものにせな客は寄り付きません。当然、利幅は小さくなるわけですから、思うように客が集まらなんだら、手形が落ちへんいうことになってしまうんですわ」

「まとまった客が見込めるだけに、うちとしても切るに切れん。だが、それだけに飛ばれた時に発生する未収入金の額も大きくなるというわけか」

月岡は、お節が入った重箱を自ら広げながら、「しかし、不渡りは二回出せば倒産だ。もっとも、それは理屈の上での話で、一度でも落ちなきゃ誰も取引なんかするわけがない。終わったも同然だ」

食えとばかりに目で促す。

見たこともない豪勢な料理の数々がびっしり詰まっている。

俊太は箸を持ちたくなる気持ちを抑えていった。

「倒産した会社から債権を回収するのは、個人相手よりも難しいんです。不渡り出した途端に、債権者がぎょうさん押し寄せますし、全額回収はまず不可能です。それを防ぐためには、やっぱり業者を選ばなならんと思うんです」

月岡は当然考えがあるんだろうとばかりに、黙って田づくりを箸で摘(つま)みあげた。

俊太は続けた。

「営業の皆さんはノルマを達成するのに必死です。新しいホテルが開業する度に、達成せなならん数字はどんどん上がっていくわけですから、中小の旅行会社にも営業をかけなならんのです。そやけど、商売ちゅうもんは、代金をきっちりいただいて成立するものと考えるとですね――」

「なるほど、確かにお前のいう通りだ」

月岡は田づくりを口に入れると、ビールを呑んだ。「で、そのためにはどうする」

「与信管理が必要やと思います」

俊太はこたえた。「業績調査を専門にしてる興信所が経営状況を逐一摑んでますから、危ないいう先は事前に把握することは可能です。個人の与信かて、これからクレジットカードが普及していけば、心配のうなるいうのに、大口をそのままにしておくのはおかしい思うんです」

「なるほどな。いわれてみればってやつだな」

月岡は感心した態で頷いた。

「与信管理が徹底すれば、未払金の発生が解消できるのは旅行会社に限ったことではありません。企業さんの宴会かて、相手の懐具合が事前に分かれば断ることもできるんやないでしょうか」

「そうなったら、テン。お前の仕事はなくなっちまうじゃねえか」

月岡は、真顔でいった。

「そ、それは……」

そうか……。そうなるよな——。

俊太は言葉に詰まって視線を落とした。

「あっはっはっは」

突然、月岡が大口を開けて笑い出した。「どうすんだ、テン。正社員になって以来、未収入金の回収しかやってこなかったお前が、何か他にできることがあんのか？」

こたえは決まっている。

経理課とはいっても、帳簿が読めるわけでもない。他の仕事を与えられても、一から学ばなければならない。それでは、課長どころか新入社員も同然だ。

恩を返すどころの話やないで。そないなことになってもうたら、会社のお荷物になってまうやないか。

それに、光子が生まれたばっかりやいうのに、稼ぎが落ちたら生活が成り立たへんようになってまうがな――。

「まあ、なくなるのはまだまだ先の話だ」

がっくりと肩を落とした俊太に向かって、月岡はいった。「だがな、与信管理が徹底し、クレジットカードが世に普及していけば、お前の仕事は格段に少なくなる。ならば、お前は社内に仕事を見つけなければならない」

「いや、そやけど、わしは――」

「他にできる仕事がねえってか？」

月岡は、また田づくりを摘み上げると、「だったら、作りゃいいじゃねえか」

眉を吊り上げながら口に入れた。

「作る？」

「お前、いつまで未収入金の回収なんて後ろ向きの仕事してるつもりだ？」

月岡はニヤリと笑った。「夏枯れを解消してみせたんだ。知恵を絞りゃ、まだうちが手がけたことのねえ商売のひとつやふたつ、考えつくんじゃねえのか？　第一、あの時とはお前が置かれた立場は全然違うんだぞ。文枝と光子ちゃん。ふたりの家族を養っていかなきゃなんねえんだ。小ちゃな城を手にして満足してんのか？　家族にもっといい暮らしをさせてやりたいとは思わねえのか？」

月岡の言葉が胸に突き刺さる。

忘れていた――。

課長を拝命したあの時、月岡は「お前は小さいながらも一国一城の主になるんだ」といった。そしてこうもいった。「小さな出城だ。だがな、城は城だ。そして、この城はお前の手腕ひとつで、いくらでも大きくすることができるんだ」と。

もっと大きな城を手に入れるのは、もはや夢ではない。己の才覚次第で実現できる目標になった。あの時、そう思ったはずではなかったか。

それが、このざまはなんだ。

日々の仕事に、生活にどっぷりと浸かり、野心などどこへやら。

こんな調子でやってたら、城を大きくするどころか、いつまで経っても月岡に恩を返せる日などやって来るわけがない。

忸怩たる思いに駆られた。

俊太は、ぎゅっと唇を嚙み、膝の上に置いた拳を握りしめた。

4

丸山の代わりに部下となった浜島英輔（はましまえいすけ）は、面白い男だった。

面白いというのは、愉快という意味ではない。少し変わっているのだ。

未収入金の回収業務は後ろ向きの仕事だ。客との会話は常にカネ。それも支払いを迫る借金取りである。ホテル業界に職を求める理由は様々だろうが、決して王道の仕事ではない。腐っても無理のない話なのだが、浜島はその点が違う。前向きというか、楽観的というか、実に熱心に仕事に取り組む。

浜島は入社三年目の二十五歳。もちろん未収入金の回収は、はじめての仕事だ。

そのせいもあってか、浜島は教わることを躊躇（ちゅうちょ）しない。問題や疑問が生ずると、すぐに教えを乞うてくるから、関係も密になれば、酒席を共にする機会も多くなる。

「浜島君、この仕事おもろいか」

ある日、酒席の場で俊太がそう訊ねたところ、返ってきたこたえがまたふるっていた。

「課長、会社の仕事におもろいも何もないんと違います？　お前の仕事はこれやいわれたら、やるしかないやないですか」

浜島は当然のようにこたえると、「それに、自分がムーンヒルホテルに入社できたんは、奇跡みたいなもんなんです。なんせ、同期はみんな名の通った一流大学の出身ばっかりで、自分のようなしょぼい大学出はおらしません。せっかく拾うてもらったんです。一所懸命やらな、バチが当たるやないですか」

自嘲めいた言葉を口にしながら、屈託のない笑みを顔に浮かべる。

月岡が社長に就任して以来、ムーンヒルホテルはまさに日の出の勢いで事業を拡張していた。起爆剤になったのは、巨大なプールを併設した湘南とスキー場を兼ね備えた新潟のホテルの大成功である。このふたつの事業は、ホテルは宿泊施設という従来の業界の概念を一変させ、滞在しながら余暇を楽しむものへと、新しいホテルの使い方を世に認知させることになった。中でも、最も敏感に反応したのは、若い世代である。大学生やサラリーマンを中心に、シーズン中は連日満室。湘南はプール使用料、スキー場からはリフト代金、夏はテニスコート利用料と、併設する施設からも莫大な収益が上がった。

こうなると、もはや月岡の考えに疑問を呈する者は皆無である。

スキー場を併設したホテルの建設に次々と着手し、開業間近の物件は五軒、計画中は三軒にもなる。

ムーンヒルホテルの評判が高まれば、放っておかないのがテレビ、新聞、雑誌といった報道機関だ。それがまた集客力を高めることにつながるのだから、勢いは増すばかり。結果、ムーンヒルホテルに就職を望む学生が引きも切らずということになったのだ。

浜島は大阪の私立大学の出身である。

もっとも、中卒の俊太には、それが世間でどれほどの評価を受けている学校なのか皆目見当がつかない。

とはいえ、学歴がないばかりに〈異物〉として扱われたことを思えば、大学にも序列があり、出身校によって周囲の見る目、時に態度が変わってくるのもあり得る話ではある。まして、三年目という独り立ちをする時期に、未収入金の回収業務への異動だ。しかも上司は中卒の俊太である。「お前には、その程度の仕事、上司がお似合いだ」と、前の部署から追い出されたというのもあながちうがった見方とはいえまい。

そう考えると、なおさら部下となった浜島が可愛くてならない。

自分が月岡に認められ、大卒社員と同等の待遇を与えられたのと同様に、浜島を育て、実力でひとつでも高いポジションに就けるよう、鍛えなければならないと俊太は思うようになっていた。

「ところで課長。うちは結婚式の貸衣装って、どこから仕入れてるんですかね」

浜島が、ふと思いついたように訊ねてきたのは、光子が八ヵ月になろうかという日のことだった。

「それは分からんな。結婚式は、販売企画の仕事やさかいな」

所は浜松町の馴染みの小料理屋である。

俊太はビールが入ったグラスに手を伸ばしながらこたえると、「貸衣装がどないしてん」

問い返した。

「いや、京都で貸衣装屋をやっとる親戚がおりましてね。そろそろ歳やし廃業したいいうてまして、衣装の売却先を探してるんですわ」

「そら、餅は餅屋いうやつやで。同業者に話をすれば、まとめて買うてくれるんとちゃうか」

「いや、その親戚いうのが爪が長うて――」

浜島は、苦笑いを浮かべながら頭を掻くと、「同業者やと買い叩かれるに決もうとる。どうせ売るなら、なんぼでもええ値で買うてくれる先がええいうて、それでムーンヒルホテルに勤めてる自分に、なんとかならんかいうてきたんですわ」

ぐいとグラスを傾けた。

「うちの企画部かて同じや思うけどな。衣装いうたって中古やろ。どこへ持って行ってもえ値段はつかへんで」

「それが、そうでもないんです」

浜島は真顔でいった。「親戚とこは三代続いた呉服屋やったんですが、洋服が普段着になってもうてからはただでさえ着物の需要が減る一方やったのに、戦争で客足がばったり途絶えてもうたんですわ。それで、高い反物を抱えてもしゃあないちゅうて、貸衣装屋を始めてみたらこれが大当たりしたんです」

「ええもんが揃うてるいうわけか」

「自前で揃えよう思うたら、とても手が出えへんようなもんがぎょうさんあるんです。花嫁衣装なんちゅうもんを着るのは一回きり。姉妹で使(つこ)うても何回も着るもんちゃいますし、どうせ着るなら着せるなら、豪華なもんをと思うのが花嫁衣装いうもんですわ。そやし商売自体はことのほか順調で、ごつい儲けてはんのです」

「そない儲かってんなら、なんで廃業すんねん」

「跡取りがいてへんのですわ」

浜島はいった。「息子はふたりとも兵隊に取られて戦死してもうて――」

「そやったら、君がやったらええやん」

俊太は当然の疑問を口にした。

「そこですわ」

浜島は眉を上げ、ほっと小さく息を吐く。「ほんま、爪の長いおっさんなんですわ。やりたいいうなら譲ってもええが、衣装代に暖簾代はしっかり払うてもらういうて、法外なカネを要求してきましてん」

「商売人の鑑やな」

俊太は半ば本気でいうと、「身内でももらうもんはもらう。立派なもんやで。それに、自分で商売やろ思うたら、身銭を切らな本気にならへんしな。楽して儲かる商売なんて、どこを探したってあらへんで」

グラスを傾け、ビールを一気に呑み干した。

「貸衣装は美味しい商売なんですわ」

浜島は、すかさず空になった俊太のグラスにビールを注ぎ入れる。「結婚式以外にも、七五三、葬式、成人式。主役はもちろん、列席者もやっぱり見栄を張るんですわ。ものによって、料金は違いますけど、ええもんになったら、古着屋で買うたらそこそこのもんが買えるんとちゃうかいうほど高いのに、それでも千客万来。そやし、おっさんも強気で――」

そういう浜島は心底残念そうだ。

「そら、そうやろな。着物が上等なら、帯もそれに相応しいものを揃えなならんやろし、小物かて同じや。それに、ええもんを見てもうたら、どうせ借りるならっちゅう気になるのが人間や」

「実際、貸衣装屋っちゅうのはよくできた商売なんです」

浜島は、自酌でビールをグラスに注ぎ入れると、続けた。「たまにしか着いへん上に、一度着てもうたら、洗濯せなならんでしょう。その代金も馬鹿にならんし、しもうている間に虫に食われでもしたら、大枚叩いて買うた衣装がわやになってまいますしね。借りもんならそないな心配はあらへんし、貸衣装屋かて毎回洗濯するわけやない。客が汚しでもすれば、逆に洗濯代を請求すりゃええんですもん、そら儲かりますわ」

「さっきから、儲かる、儲かるいうて、そやしなんで自分でやらへんのやいうてんねん。借金こさえても返せる目処があって、返済が終わればそこから先は丸儲けになるんやったらやったらええやん」

今度は本気で俊太は問うた。

「そこがおっさんの油断ならんところなんですわ」

浜島は、横顔を見せ手をひらひらと振る。「店をたたむ理由は歳のせいばかりやないんです。貸衣装屋の商売もこれから厳しゅうなる。本当の理由は、むしろそっちの方にあるようなんですわ」

「厳しゅうなるって、なんでや」

「ホテルで式を挙げる人が増えとるからですわ」

その言葉を聞いて、俊太はつまみのメザシを口に運んだ手を止めた。

浜島は続ける。

「ひと昔前までは、結婚式は自宅か料理屋でやるもんでしたが、最近じゃホテルいうのは京都も同じなんです。ホテルは貸衣装も含めて、一切合切全部自分とこでやってまうやないですか。客にしたって、ひとつの窓口で全部段取りが済みまっさかい手間がかからんのです。それに、全部やらせてもらえんのなら、値引きもできまっしゃろ」

「そうか──。貸衣装専門じゃ、値引きはできへんわな」

「中でも、花嫁衣装、それも和服の料金は他のもんに比べて上物やと桁がひとつ違うんです。つまり、それだけ利幅が大きいんです」

「まして、着るのは花嫁だけやし使い回しやもんな。古着が買えるほどの料金が取れるなら、多少値引きしたってホテルは痛くも痒くもないもんな」

そこで俊太はメザシを齧ると、「確かに、そうなると貸衣装屋の経営は苦しゅうなるな」

口を動かしながらいった。

「そないなこと聞かされたら、そら自分でやろういう気にはなるわけないやないですか。そやし、うちに衣装を買うてもらえんやろかと相談してきたんですわ」

「しかしなあ。衣装をぎょうさん揃えたかて、ホテルの会場は限られとるしな。なんぼ、うちがどんどん新しいホテルを建てとるいうたかて、東京は八軒。新設物件は地方が中心や。回転率が落ちてもうたら、利益が出るどころか、収益率が落ちてまうで」

「ですよねえ……」

浜島も端(はな)から結論は見えていたとばかりに同意すると、「そやけど、儲かってる商いを畳むのが、よっぽど悔しかったんやと思うんですわ。わしがあと十年若かったらって、未練がましいことをいうんです」

ふと漏らした。

「十年若かったら、どないするっちゅうねん」

「結婚式場をやるって──」

「結婚式場？」

俊太はグラスを傾けながら、先を促した。

「要は、結婚式場に特化した施設を自前で持って、一切合切やってまうってことです」

「そないなもん、成り立つんか。結婚式いうたら、土曜日の夕方、日曜、祝日に集中すんのやで。平日はガラ空きや。従業員も遊んでまうし――」

「それがおっさんにいわせると、貸衣装屋かて同じやいうんです」

俊太の言葉が終わらぬうちに浜島はいう。「もちろん葬式、七五三と他にも需要はありますけど、そないなもんはたかが知れてます。儲かるのはやっぱり婚礼衣装なんですわ。そこに式場代、料理代、花代、その他諸々。結婚式は新郎新婦にとって一世一代の晴れ舞台。大盤振る舞いする時や。他所に流れてもうてる商いを根こそぎかっつぁらえば、いまより遥かに大きな儲けがあげられるいうんですわ」

理屈の上ではそうかも知れぬが、問題はすぐに思いつく。

「そやけどな、いまもいうたけど、従業員はどないすんねん。給仕はバイトで事足りるとしても、料理人はそうはいかへんで。それも大人数の宴会料理をこなさなならんいうことになったら、結構な人を雇わな回らへんで」

俊太は、あり得ないとばかりに首を振った。

ところがである。

「仕出しでなんとかなるんちゃうかいうんです」

浜島は突拍子もないことをいい出した。

「仕出し?」

「京都では芸妓や舞妓を呼んで、酒呑みながら踊りを愛でてって、お茶屋遊びする人がぎょうさんいまっしゃろ？　そん時は豪華な料理が出されるもんなんですが、それ全部仕出しなんですわ」

神戸で生まれた俊太だが、京都は近くて遠い場所だ。いまに至るまで、一度も訪ねたことはない。舞妓、芸妓の存在はもちろん知ってはいるが、お茶屋遊びというものがどんなものかは全く知らぬ。お大尽が膳を前にして雅な着物を身にまとった芸妓の舞を愛で、豪勢な料理を摘みながら酒を呑む。その程度のイメージがあるだけだ。

「仕出しいうても弁当みたいなもんなんですが、それを結婚式用に改良して、式場に届けてもろうたらええんやないか。そないいうんです」

浜島は続ける。「お座敷遊びは平日の夜に集中します。日曜日の昼は、料理屋は休みなんです。そこにまとまった商いが発生するとなれば、料理屋も乗ってくるいまして。全く、どこまで虫がいいんだか。結婚式に仕出しやなんて――」

ついには嘲笑を浮かべながら話す浜島ではあったが、もはや彼の話も耳に入らない。かつて結婚式の請求書を受け取りに行った際に北野と交わした会話が脳裏に浮かんだからだ。

宴会の給仕はバイトがほとんど。料理はあらかじめ下準備をしておき、温める、あるいは少し手を加えて出すだけ。何よりも、結婚式は利幅が大きい商売で、月岡からも宴席の予約確保に力を入れろと厳命が下ったといった。

確かに一聴したところ、突拍子もないようなアイデアだが、ホテルの機能を最大限に利用すれば、京都のお座敷遊びの方式も十分通用するのではないかと俊太は直感した。

「それ……いけるんちゃうか」

俊太は、思わず呟いた。

「いけるって何がです？」

「結婚式専用の施設や。十分商売になるかも知れへんで」

「いや、あきませんって」

浜島は、そんな馬鹿なといわんばかりに、顔の前で手を振る。「課長もいったやないですか。結婚式なんて、日曜、祝日にやるもんです。平日は誰も使わん施設なんか持とうもんなら――」

「いや、そうでもないかも知れへんで」

閃きが、急速に形となっていく感覚を俊太は覚えた。「物は考えようや。結婚式が利幅の高い商いやいうんは、企画部の人もいうとったしな。結婚式に特化した施設に宴会場を数作れば、その分だけ宴会の数は増える。昼と夕方の二回転なら、宴会の数は倍や。それなら、平日が使われへんでも十分採算が取れるんとちゃうか」

「料理はどないすんです」

「近場のホテルから運ばせればええやん」

俊太は無意識のうちにメザシを口にした。噛みしめるほどに滋味が滲み出し、それが閃きに拍車をかける。

「つまり仕出しや」

俊太は言葉に勢いをつけた。「ホテルの結婚式に出す料理かて、あらかじめ下準備をして、最後の仕上げをすればええだけいう状態にしておくんや。そいつを式場に運び込んで、仕上げるだけなら、料理人かてそれほどの数はいらん。レストランを併設すれば、平日も稼ぎになるし、給仕かて、バイトで十分事足りてんねん。日曜、祝日に調理場、宴会係から人を割いてもらえば、ホテルと遜色ないサービスができる。ホテル内の宴会場に料理を運ぶか、少し離れた結婚式場まで料理を運ぶか、そんだけの違いで新しい飯の種が生まれんのや」

こんな展開になることを想像だにしていなかったのだろう。浜島は、目を瞬きながら、呆然とした面持ちで俊太を見ると、

「しかし、どないして――。結婚式場をやるには、会社の合意を取り付けな……」

当然の疑問を口にした。

もちろん考えはある。

俊太はそれにこたえることなく、ビールを一気に呑み干すと、

「ええ話を聞かせてもろた。この話がうまいこと通ったら、一番手柄は浜島君、君のものや」

胸の中に燃え広がる闘争心の勢いそのままに、グラスをカウンターの上に音をたてて置いた。

5

「荒木。お前、この小柴の提案をどう思う？　率直な意見を聞かせてくれ」

社長室の一角には、九つの椅子が置かれた会議用のテーブルがある。

左右に四つずつある椅子は部下が座るもので、上座の椅子は月岡のものだ。

俊太と正対して座る荒木に向かって月岡が問うたのは、それから半月後のことだった。

三人の前に置かれた書類は、俊太が書いた結婚式場事業の提案書だ。

しかし、ひとりとしてそれを開く者はいない。

仕事の合間を縫って提案書を書き終えたのが四日前。本来ならば宴会全般を担当する販売企画部一課に上げるのが筋だが、前金の増額への反応で知れたこと、前例主義に凝り固まった荒木が提案に前向きな姿勢を示すとは思えない。

そこで、秘書を通して直接月岡に提出したのだが、どうやら今日までの間に荒木も提案書には十分目を通しているらしい。

「まあ、発想は面白いとは思いますが……」

そうこたえる荒木の顔には不快感が滲み出ている。「しかし、結婚式に特化した施設がビジネスになるかどうかは疑問ですね。小柴課長は、部屋数を増やして一日あたりの件数をこなせば、平日は併設するレストラン以外は開店休業状態になっても、十分利益は上がると考えているようですが、それも稼働率が常に一定以上になればの話です。確かに、ムーンヒルホテルで結婚式をというお客さんは激増しており、空きがなくて、泣く泣くお断りしているのが現状ではありますが、それもこれもムーンヒルホテルで式を挙げるというのが、謂わばステータスになっているからです。経営は同じだといっても、場所が違うとなればお客様の反応は全然違ってくるのではないでしょうか」

月岡は反応を示さない。

さあ、どうこたえる？　といわんばかりに俊太に視線を向けてきた。

「現場のことは、荒木さんがよくご存じなのは承知しとります」

俊太は、そう前置きすると反論に出た。「ムーンヒルホテルで式を挙げたい。いまの繁盛もお客さんがそう熱望しているからこそやいうのもその通りやと思います。ならば、敢えて訊ねたいのですが、うちで結婚式を挙げたいいう新郎新婦をそこまでの気にさせる理由はなんでしょう？」

「そりゃあ決まってるじゃないか。社長の戦略の賜物だよ」

荒木は、月岡に目をやると、ここぞとばかりに声に力を込めた。「新潟、湘南でのリゾート型のホテルの開業の大成功は、従来のホテルのイメージを一変させただけではなく、新しい余暇の過ごし方を世間に提示することになったんだ。そして、特に若い世代の熱烈な支持を得た。ムーンヒルホテルは時代の最先端を行くホテル。そこに宿泊し、遊ぶのがおしゃれであり、ステータスでもある。結婚式という晴れの舞台もムーンヒルホテルでと考えるようになるのは当たり前というものだ」

「つまり、うちで式を挙げるのがおしゃれ。そんな風潮が出来上がったいうわけですか」

「それ以外に何がある？」

荒木は断言すると、「もちろん、我々もそうしたお客様の期待にこたえるべく、内容、サービスを充実させた結果でもあるがね」

自分たちの普段の努力をさり気なくアピールする。

「その通りやと思います。そやけど、イメージいうんなら、それをもっと高めてやったら、お客さんの満足度はもっと上がるんちゃいますやろか」

「それ、どういうことだ」

荒木は、眉間に浅い皺を浮かべて問い返してきた。

「素人考えですが、式を挙げる当人、特に花嫁さんにとっては、披露宴ちゅうのは一世一代の晴れ舞台。映画中のヒロイン同然の扱いを受ける、最初で最後の場やと思うんです」

「だから、我々もその夢を叶えてさしあげるべく――」

「金屏風に豪勢な花。豪華な料理に美味しい酒。そら、夢のようなひと時やとは思います。そやけど、映画でいうたら全部小道具やないですか」

「小道具？」

「部屋そのものは、何にでも使える宴会場。設えをそれふうに変えただけやないですか」

荒木の顔が強張った。

俊太は構わず続けた。

「結婚式専用いうことになれば、玄関、披露宴会場、内装や備品もそれ専用に調えられるやないですか。それこそ、夢の舞台、夢の空間が提供できるようになるわけです。しかも、運営しているのはムーンヒルホテル。料理もサービスもホテルと遜色ないとなれば、リゾートホテルが若い人の余暇の過ごし方を一変させたように、新しい結婚式のあり方を世間に提示できるんと違いますやろか」

「そんな簡単にいくか」

荒木は、話にならないとばかりに首を振る。

「第一、披露宴会場を何室も持つ施設なんてものを建てようと思ったら、いったい幾らの投資が必要になると思ってんだ。まして、貸衣装のショールーム、商談施設、そこに常駐させる従業員、給仕はバイトを使うとしても、マネージャーを張り付けておかなければならなくなる。それに君は、料理は各ホテルの調理場で下ごしらえしたものを運び込めっていうが、そんなことをしようものなら、調理場にも大きな負荷がかかる。いまの会社組織、仕事の手順、人員配置、シフトを根底から見直さなければならなくなるんだぞ。それで失敗しようものなら――」

そこから先は、提案をあくまでも否定する荒木と、反論する俊太のいい合いとなって、議論は延々と平行線を辿るばかりとなった。

その間、ひと言も発することなく、ただ無表情でふたりの議論に耳を傾けるばかりであった月岡が、突然口を開いた。

「ふたりがいいたいことはよく分かった」

月岡は荒木に視線を向け、「もう帰っていい」と命じた。

「はっ——」

椅子の上で姿勢を正した荒木が頭を下げ、立ち上がる。

それに続こうとした俊太に向かって、

「小柴。お前は残れ。話がある」と、有無をいわさぬ口調でいった。

一瞬、怪訝(けげん)な表情を浮かべた荒木だったが、月岡の命に逆らう人間はいない。彼が部屋を辞したところで、

「テン。お前、なんでまた、こんなことをいい出したんだ」

月岡は、唐突に訊ねてきた。

ふたりの議論から、月岡がどんな結論を見出したのか、表情からは窺(うかが)い知ることはできない。

果たして月岡は、この提案をどう受け止めたのか——。

俊太は覚悟を決めて口を開いた。

「実は——」

きっかけは、部下の浜島から相談された貸衣装の買取にあったことを、俊太は正直に話し、さらに続けた。「それに、結婚式関連の未収入金の発生を抑えよう思うて、見積もりの半金を事前にもらえんもんやろかって荒木さんに相談した時にいわれたんです。そないなことしたら、ムーンヒルホテルに悪評が立ってまう。それで客が減っ

たらどないすんねん。それを補っても客が増えるいう代案を出さな、検討に値しない。思いつきだけなら誰でもいえるって――」

「ふ〜ん。そういうわけか」

月岡は気のない返事をすると、「それで、お前、本気でこんなビジネスがうまくいくと思ってんのか」

顎を突き出し見下すような視線を俊太に向ける。

「そら、そう思うてるから提案書を出したんです。さっき荒木さんにもいいましたけど、ムーンヒルホテルの結婚式は、すぐに予約が埋もうてまうほどの大盛況やないですか。これから先も、適齢期を迎える人口はぎょうさんおりますし、東京で職に就く若い世代も増えてるんです。かといって、ホテルの宴会場を増やすのは簡単ではありません。そやったら、ホテルとは別に専用の施設を持つ以外に披露宴の受注件数を増やす方法はないやないですか」

「客が押し寄せても、箱がねえことには受けられねえもんな」

「わしは、素人ですさかい、現場のことはよう分からしませんけど、どう考えてもそない無茶をいうてるとは思えへんのです」

はじめて肯定的な言葉を聞いた俊太は、必死に訴えた。「貸衣装の展示スペースや商談ルームかて、何軒も持つ必要はないと思うんです。ムーンヒルホテルの看板掲げた婚礼専用の窓口を一箇所にまとめて、都内全てのホテル、式場の業務を一括してこなすようにしてまえば、いまよりも人手もいらんようになりますし、仕事も効率的に運ぶようになるとちゃいますやろか。仕事の効率が上がれば、儲けもその分大きゅうなるわけやし、それなら休みの日しか使われへんでも――」

月岡の顔に変化が現れた。

目元が緩んだかと思うと、次の瞬間、月岡は目を細め、にっと笑い、

「そこまでいうなら、お前、やってみろ」

唐突にいった。

「えっ……わしがですか？」

「何驚いてんだ。端からそのつもりだったんだろ？」

「いや、結婚式を担当しているのは販売企画部やないですか。わしは、この仕事については、素人同然で――」

「じゃあ、なんだって販売企画部を通さず、俺に直接この提案書を持ち込んだんだ？」

「それは、少しでも会社の業績向上に――」

「奇麗事いうな」

月岡は、俊太の言葉を遮ると、「どうせ販売企画部に持ち込んだって、けんもほろろ、相手にされないに決まってる。そう思ったんだろ」

お前の考えはお見通しだとばかりに断じた。

図星を指されて俊太は黙った。

「なあ、テンよ」

月岡は、背もたれに預けていた体を起こした。「会社の業績は絶好調。事業も拡大の一途。かつては見向きもしなかった一流大学の学生が、うちに就職したいと押しかけてくるようにもなった。だがな、それが会社にとって喜ばしいことかといえば、必ずしもそうじゃない」

それってどういうことだ。

意外な言葉に、俊太は黙って耳を傾けた。

月岡は続ける。

「一流大学を出たやつは、失敗や挫折を知らない。だから、社会に出ても失敗を恐れる。当然、就職をするにあたっては、知名度もあれば絶対に傾くことのない会社を選ぶ。そして首尾よく就職できると、今度はいかに仕事で失敗しないか、つまり、前例主義に凝り固まってリスクを取ることを極端に避けるようになる。社員がそんな人間ばかりになったら、会社はどうなるよ」

「役所のようになってまうでしょうなあ」

「その通りだ」

月岡は頷くと、「人事にも何度もいってるんだ。履歴書を首からぶら下げて仕事をするわけじゃなし、学校なんかどこでもいい。人を見ろってな。だがな、人事も失敗したくねえんだよ。賢いやつを採っときゃ、当たりもないが外れもない。だから、同じような人間ばかり採用する。かといって、新入社員をいちいち俺が選ぶわけにもいかねえしな――」

悩ましげにため息をついた。

月岡がいわんとしていることは分からないでもない。

しかし、社員の中にそうした雰囲気が蔓延しているのは、必ずしもそこに原因があるわけではない。最大の要因は社内体制にある。なぜなら、新規事業を始める、あるいは仕事のやり方、組織の改変と、新しいことをやろうとしても、全ては月岡の同意なくして一歩も前に進まない。それが、ムーンヒルホテルであるからだ。

「それは、社長の経営の才が、あまりにも優れているせいでもあると思うんです。新規事業がことごとく成功し、業績も右肩上がりで伸び続けとんのです。社長の指示通りにやっとけば間違いはない。そないな気持ちになって当たり前いうもんとちゃいますやろか。第一、自分で何かやりたい思うてる人間なら、そもそもサラリーマンにはならへんでしょう」

俊太は慎重に言葉を選びながら返した。

「お前だって、サラリーマンじゃないか」

「そら、そうですけど、わしは社長に引き上げてもろうた上に、義弟の大学進学も叶えてもろた恩があります。社長いうたやないですか。可愛い女房の弟たちの恩だ。義兄が返す。つまり、いままでにも増して、ムーンヒルホテルのために、俺のために身を粉にして働けって。そやし、わし、どないしたら恩を返せるかと必死に――」

「あのな、テン――」

月岡はいう。「自分で何かやりたい人間は、そもそもサラリーマンにはならんというが、俺はそうは思わない。自分で事業を起こそうと思えばまず元手が要る。小さいとこからこつこつと。そこから事業を始めるのも大切なことだ。だがな、会社ってとこにはカネがある。才覚ひとつででかいカネ、それも他人のカネと組織を動かして、大きな事業を手がけられる。そして、育て、花を咲かせることができるんだ。つまりサラリーマンだって、実業家になれるんだ。そこに気がつくかどうか、仕事に夢を持てるかどうかで、サラリーマンの人生は大きく変わるんだぞ」

無意識のうちに背筋が伸びた。

ものは考えようとはよくいったものだ。ひとつの職業、置かれた環境を角度を変えて見れば、これほどまでに変わるのかと思った。そして、月岡が部下に何を求めているのかも――。

「いまの会社に、そこに気がついている人間がいると思うか？」

月岡は続ける。「そりゃあ、俺がやれと命じればやるだろうさ。だがな、何をやるにしても俺の指示待ち、いちいちお伺いを立てなきゃ前に進まねえんじゃろくな結果にならねえこたあ目に見えてんだろが」

「いや、それはその道のプロがやればの話で――」

「プロ？」

月岡は、声を吊り上げた。「その道のプロだったら、この案をどうして否定すんだ。結婚式は利益が大きい商売であるこたあ、あいつらが一番よく知ってんだ。だったらできない理由を挙げるより、どうやったらできるようになるか、そこに知恵をしぼるのが当たり前ってもんだ。それに――」

「それに？」

先を促す俊太に向かって、

「自ら考える力のない人間に仕事を任せたら、広がりってもんが期待できない」

月岡はこたえた。

「広がりいいますと？」

「俺がこの話に乗り気になったのは、もうひとつ理由がある」

月岡は顔の前に人差し指を突き立てた。「事業が拡大すれば従業員が増えるのは当然なんだが、成長が急すぎてな。仕事内容が重複している部署が増えているのをなんとかしなけりゃならんと考えていたんだ。かといって、ホテルはそれぞれの仕事が自己完結するように運営するのが基本だ。組織を見直し、効率を上げようにも限度ってもんがある」

「つまり、いまのムーンヒルホテルには人員、機能共に余裕がある。それをうまいこと再構築すれば効率が上がる。収益性ももっと向上するいわはるわけですね」

「相変わらず察しがいいやつだ」

月岡は目を細めながら、ニヤリと笑うと、「料理の下準備を一括して最寄りのホテルで済ませれば、調理場の稼働率が上がる。貸衣装のショールームを一箇所にまとめれば、空いたスペースを他に転用できるし、余った人間を他の仕事に回せる。もちろん、それを実現しようと思えば、仕事の手順、勤務体制の変更、組織の改変と、いまの会社のあり方全てを根底から見直さなければならなくなる大変な大仕事だ」

瞳をぎらつかせながら、俊太を見据えた。

「そないな仕事、わしがやれますやろか」

やりたいという気持ちがこみ上げてくる一方で、自分に命を全うできるだけの力量があるのかと、俊太は不安を覚えた。「結婚式場の運営どころか、会社全体を見直すって、わし、未収入金の回収以外やったことあらへんし……」

「だからいいんだ」

ところが、月岡はあっさりとこたえる。「根底から見直すっていってんだ。なまじいまの組織、仕事に通じてると、どうしても現状に引きずられるもんだからな。俺が期待しているのは〝最適化〟。つまり、理想的な組織、仕事のあり方なんだ。それをこの事業に乗り出すのを機に、考えてみろっていってんだ。だから、白紙でいい。これだという絵を描いてみせろ」

もはやできるかできないかの話ではない。

やるしかない。

俊太は、覚悟を決めると直立不動の姿勢をとり、

「精一杯やらしてもらいます」

声を張り上げ、深く体を折った。

電の章

TEN

【電】

稲妻のように速い。

1

「ただいま」

帰宅を告げた俊太に、奥から「お帰りなさい」と声がこたえ、

「随分今日は早いのね。電話のひとつも入れてくれればよかったのに。夕食の支度がまだ――」

遅れて現れた文枝が、困惑した様子でいった。

無理もない。

俊太が提案した結婚式場事業が月岡に認められてすでに九年が経つ。

婚礼専用の施設を持つとなれば、用地の確保、建物の建設、内装と仕事は多岐にわたる。そこに加えて、ムーンヒルホテルの組織の再構築である。ある日は不動産業、ある日は建設業、資金繰りの計算もあれば、組織マネージメントの仕事もある。仕事の内容は、日々めまぐるしく変わる上に、業務量は膨大だ。

朝一番に会社に出かけ、帰って来るのは終電近く。結婚式場が開業すると、婚礼が集中する週末は陣頭指揮にあたらなければならない。休日返上で、仕事に没頭してき

たのだ。

　それが、今日は午後八時の帰宅である。

「たまには、こないな日もあってええやろ」

「あなたの食事はこれから支度をしなきゃ――」

「すぐ支度できるもんでええねん。光子はもう済ませとんのやろ？」

「ええ……。部屋で勉強しているわ」

「ほんまよう勉強するなあ。わしに似なんでよかったわ」

　光子ももう九歳、小学校四年である。読み書きも早くに覚え、成績も上々だ。どうやら、医学部を終え、いまは大学病院に勤務しながら博士号の取得を目指している文彦に刺激されたらしく、将来は医者になるといって、中学校受験に向けて勉強に余念がない。

　早い時間の帰宅になったのにはわけがある。

　嬉（うれ）しい知らせがあるのだ。

　それもふたつ。

　文枝に一刻も早く知らせたい。喜びを分かち合いたい。

　その一心で、仕事を切り上げたのだ。

　だから、俊太の顔はどうしても緩んでしまう。

「あのな、文枝――」

　たまらず俊太は振り向きざまにいった。「わし、社長になんねん」

「社長？　社長ってなんのこと？」

　文枝は理解できないとばかりに、きょとんとした顔をして問い返す。

「ムーンヒル・ウエディングパレスの社長や」

「えええっ……。それ本当のこと？」

　文枝はそれでも信じられないとばかりに、呆然とした面持ちでその場で固まった。

「今日、社長に呼ばれてな。いわれてん。ウエディングパレスをムーンヒルホテルの子会社にする。経営はお前に任せるって」

　文枝は、暫し沈黙すると、

「どうしてそれを早くいってくれないの。だったら、とびきりのお料理を用意して、お祝いしなけりゃならないじゃない」

　抗議の言葉を口にしながらも、感極まったように目を潤ませた。

　俊太は呵々と笑い声を上げると、

「めでたい話は、直接顔を見ながら知らせたいやんか。それに、ウエディングパレスが想像以上にうまいことといったんは、文枝の知恵があってのことやし――」

　口元を緩ませながら、二度三度と頷いた。

「私の知恵？」

思い当たる節はないとばかりに問い返してくる文枝だったが、その言葉に嘘はない。

結婚式専用の施設を設け、ブライダル事業に本格的に乗り出す。

もちろん、月岡が決断したからには、方針に異を唱える人間は社内に誰ひとりとしていなかった。しかし、その事業を仕切るのが課長、それも未収入金の回収という後ろ向きの仕事の経験しかない俊太であることが明らかになると、社内には不穏な空気が漂いはじめた。まして、計画が明らかになったと同時に、ブライダル事業部が発足し、俊太は部長になった。課長から部長へ、またしても次長を飛び越して二階級の特進である。

もっとも、用地の確保、建物や内装の選定といった、施設に関する部分は、そもそもの発案者である浜島の親戚が処分したがっていた貸衣装を引き取ることを条件に協力を仰いだ上に、月岡と相談しながらであったから、表立って波風が立ったわけではない。

問題は、組織改革である。

貸衣装のショールームが一箇所に統合されれば、都内だけでも八箇所あったホテル内の同様の施設は不要になる。当然、大がかりな部署の統廃合、配置転換が起きるわけだが、こうなると平静ではいられないのが管理職だ。組織の統合はポストの減少につながるからだ。

計画の概要が明らかになるにつれて、「ムーンヒルホテルで式を挙げることに価値があるのであって、別の施設では客の確保が困難だ」、「ホテルと専用施設、どちらでやっても料金が同じなら、客はホテルを選ぶに決まってる。集客は見込めない」といった、懸念を示す声が役員の間からも出るようになったのだ。

結婚式場の予約は、遅くとも一年前には済ませておくのが通例である。

だから、開業日は絶対厳守。一年以上前から現場をその気にさせないことには、予約の確保はおぼつかないのだが、専用施設に客が集まらぬという事態になれば、管理職者にとっては願ったり叶ったり。まして、予約の確保に手を抜いたところで、「客がその気にならない」といってしまえばいいのだから、そうなる公算は極めて高い。

問題解決の糸口を見出せたのは、文枝がいったひと言がきっかけだった。

「だったら、ムーンヒルホテルより、費用を低く設定すればいいじゃない。だって、そうでしょう？　ムーンヒルホテルで式を挙げられる人って、よほどのお金持ちよ。ムーンヒルホテルで式を挙げたくとも、おカネが足りなくて諦めている人たちの方が圧倒的に多いはずよ。料金を安くすれば、内容は多少落ちるでしょうけど、ムーンヒルホテルのコックさんが作ることに変わりはないんだし、サービスは料金で変わるわけじゃないんだもの。手頃な値段にしてあげれば、いまよりもっと幅広い客層を摑めるんじゃないかしら」

まさに目から鱗というやつだ。

結婚式は新郎新婦の一世一代の晴れの舞台であると同時に、見栄の張りどころでもある。そして、人の生涯の中でも見栄を張っても許される、数少ない機会だ。だから当人同士はもちろん、親、時には親類縁者の伝手をたどって社会的に地位のある人間、名の知られた人間に列席してもらうべく血眼になる。

だが、そんなことが可能なのは、世間でも限られた階層の、いわゆる富裕層だ。まして、結婚適齢期にある若者の多くは地方から上京し、そのまま東京で職を求めた人間たちだ。ムーンヒルホテルで式を挙げたくても、先立つものがない。夢のひと言で諦めているカップルも数多くいるだろう。

そこに、ムーンヒルホテルの名を冠した割安の式場ができたらどうなるか――。

俊太の提案に、月岡は唸った。

「なるほどなあ。ホテルはグリーン車、専用施設は普通車ってわけか。全席グリーン車の列車を走らせても、満席になるわけねえもんな。客の懐具合に合わせて、常に満席にする運営をした方が儲けもでかくなるってわけか」

「グリーン車でも、普通車でも、ひかり号はひかり号。乗ってる時間は同じでも、高いカネを払ってグリーン車を使う人がいれば、安いに越したことはないいう人もおるんです。専用施設の名前から、ホテルいう部分を消してもうたら、差別化もできる思うんです。まして、値段を安うするからサービスが悪うなるいうわけではありません。むしろ、専用施設だけに、ホテルとは違う雰囲気が演出できますし、料理かて作る量が増えれば、仕入れのコストも下げられます。花かて同じですわ。そこで浮いたコストを料金値引きの原資にすれば――」

そうした経緯があって、名づけられたのがムーンヒル・ウエディングパレスだ。

俊太の目論見は当たった。

建設が始まると同時に、雑誌や新聞に予約開始の広告を打った途端、問い合わせが殺到した。反響の凄まじさは、マスコミの耳目を集める。それが、さらに結婚を控えた世代の関心に拍車をかけた。

大小、十五の会場は、あっという間に予約で埋まり、開業から七年を経たいまとなっても、その勢いは止まるどころか増す一方で、いまや都内に三軒の式場を持つ。

「ホテルを建てるより、投資額は少のうて済む。いまは予約を取るより、断る件数の方が圧倒的に多くてな。それで、婚礼専用の事業を別会社にして拡張していこうっちゅうことになってん」

「どうしてホテルから切り離すの？」

「その方がわしもやりやすいやろといわはってな」

俊太は、声を落とした。「社内の反対を押し切って始めた事業や。それがものの見事に当たってもうて、会社の柱になるかもしれへんのやで。ここから先はうちとこの部署に任してくださいいう役員も出て来るやろ。そやし、別会社にしたる。思う存分やってみいいうてくれはってな」

「また、ひとつ社長にご恩ができたわね」

文枝も感慨深げにいう。

「そうやな」

俊太は頷いた。「恩を返したと思えば、また新しい恩ができる。いつになったら返せるものやら……」

「やるしかないわね」

文枝は微笑みながら声に力を込める。「会社をどんどん大きくして、グループの柱になる事業に育ててあげる。ご恩に報いるには、それしかないじゃない」

「その通りや」

俊太は声に決意を込めた。

「おめでとう。お祝いのお膳は間に合わないけど、せめて今夜は祝杯をあげなきゃ。呑むでしょ？」

文枝が満面に笑みを湛えながら訊ねてきた。

「ああ。今夜は呑むで」

俊太はこたえると、「それとなあ、もうひとつ今日はええ話があってん」

ふたつ目の朗報を切り出した。

「まだ、あるの？」

「カンちゃんがな、帰って来んねん」

「麻生さんが帰って来るの？」

文枝はまだ寛司に会ったことがない。しかし、ドヤで荒んだ暮らしをしていた俊太を引き上げ、いまに至る道筋をつけてくれた恩人であることは十分承知だ。

「社長の先見の明は大したもんやで。日本人が海外旅行をするようになるなんて、正直ほんまかいな思うとったけど、そうなってもうたもんな。しかもハワイは大人気や」

いまさらながらに、月岡の才には感心するばかりだ。

昭和三十九年に海外旅行が自由化され、それから十三年経ったいま、渡航者数は三百二十万人に迫ろうという勢いだ。

「カンちゃんもええ仕事しはった」

俊太は続けた。「提携先のホテルで働きながら現地の事情をしっかり摑んで、ムーンヒルホテル・ワイキキ開業いう大仕事をやり遂げたんやもんなあ。ホテルは日本からの観光客で連日満室や。ほんま大したもんやで。役員になるのも当然や」

「麻生さん、役員になるの？」

「海外事業本部いうのが新設されることになってな。その担当役員。取締役にならはんねん」

大恩ある寛司の出世は、我がこと同様に嬉しくてたまらない。「わしは、社長いうても子会社やけど、カンちゃんは本社の取締役や。しかも海外事業部やで。仕事のスケールが違うわ。ほんま大したもんや」

唸る俊太に向かって、

「じゃあ、麻生さんの役員就任の前祝いもしなくちゃね」

文枝は華やいだ声でいった。

「そやな。そしたらわし、風呂入って来るわ」

俊太はそう告げると、「まずはビールや。今夜は、文枝も一緒に呑も」

満面の笑みを浮かべた。

2

「カンちゃん、紹介するわ。嫁の文枝や」

「はじめまして。文枝でございます」

光子と手をつなぎ、玄関に立った文枝が丁重に頭を下げた。

「麻生です。はじめまして」

寛司が満面の笑みを浮かべながらこたえると、「さ、どうぞ入って。引っ越しが済んでから間もなくてねえ。まだ片付けが完全に終わっていなくて申し訳ないんだけど」部屋に入るよう勧める。

寛司が帰国してからふた月になる。

結婚と同時にハワイへの赴任、それも十二年である。家具はもちろん、生活に必要なものを全て現地で揃えた上に、子供もふたり生まれた。船便で送った家財道具が日本に到着するまではホテルで暮らし、その間には家探し、学校の手配もあった。

海外駐在からの帰国ともなると、国内での転勤とはわけが違う。生活環境を整え、ようやく俊太の家族を迎えることができるようになるまでには、これだけの期間を要したというわけだ。

「うわあ……ごつい部屋やなあ」

寛司の後に続いてリビングに入った瞬間、俊太は感嘆の声を上げた。

住まいは調布にあるマンションの三階である。二十畳は十分にある。広い窓から差し込む光の中に、整然と配置された家具は、デザインが洗練されている上に、サイズも一回り違う。まさに、アメリカ人の住まいだ。

「素敵だわあ――」

背後で文枝が息を呑む。「まるで外国に来たみたい……」

「日本に戻る時のことを考えて、小さいサイズのものを選んだつもりだったんだが、持ち帰ってみるとやっぱりでかくてな」

寛司は苦笑する。「こんなことなら、いっそ売っぱらってこっちで買い直した方がよかったんじゃねえかって後悔してんだ」

「そんなことないで。部屋かて十分広いし……なあ」

俊太は文枝に同意を求めた。

「そうですよ」

文枝は頷く。「こんな素敵な家具、日本で揃えようとしても売ってませんもの。取り寄せたら、いったいいくらかかるか」

「まあ、それでもこの物件に出合ったのはラッキーだったよ。なんとか家具も入ったし、ここまで来ると家賃も都心に比べりゃだいぶ安い。それに、子供の学校のこともあったしね」

「お子さんの学校？」

「ふたりとも、向こうじゃ現地の学校に行ってたもんでね。英語忘れちゃもったいないし、まだアメリカと日本両方の国籍を持っているからな。それでインターナショナルスクールに通わせることにしたんだ」

寛司は近くにアメリカンスクール・イン・ジャパンという、在日アメリカ人の子供を対象にする学校があることを説明すると、「もっとも学費が高くてね。先が思いやられるよ」

冗談とは思えぬ口調で、軽く息をつく。

家具に続いて、英語にアメリカンスクール。俊太にとっては、全く想像もつかない別世界の話だ。どうやら、文枝も同じ思いを抱いたらしく、ただただ寛司の話に聞き入るばかりだ。

「小柴さん、お久しぶり」

その時、隣の部屋から真澄が現れた。

エプロン姿であるところを見ると、キッチンで料理をしていたらしい。「ごめんなさい。お迎えにも出なくて。ちょっと手が離せなかったの」

「あっ、上島さん。お久しぶりです」

真澄と会うのは結婚式以来で、思わず旧姓を口にしてしまったのはそのせいだ。

「いやあねえ、もうとっくに麻生よ」

「でしたねえ。つい……」

俊太は照れ笑いを浮かべると、「あっ、これわしの嫁です」

文枝を紹介した。

「文枝さんね。はじめまして」

「お初にお目にかかります。今日はお招きいただきまして、ありがとうございます」

「はじめてお会いした気がしないわ」

やはり長く海外で暮らした人間は違う。

花嫁姿も美しかったが、環境が人を変えるというのは本当のことだ。化粧のせいもあるだろう。着ている服のせいもあるだろうが、それだけではない。滲(にじ)み出る雰囲気がかつてに比べて格段に洗練されているのだ。

「うちの人、おふたりが結婚なさるって知らせを受けた時には、そりゃあ喜んで。俊太さんが嫁をもらう。文枝さんっていうんだ。それも、社長のお家にいる方とって。お子さんが生まれた時も、そうだったの。自分の子供が生まれたみたいに」

真澄は続けていい、「こちらが、光子ちゃんね」

文枝の傍らに立つ光子に視線をやった。

「小柴光子です」

はにかみながらも、光子ははっきりと名乗る。

「まあ、しっかりしてること」

真澄はぱっと顔を輝かせると、「うちの子供たちを紹介するわ。いま呼ぶわね」

ふたりの子供の名を呼んだ。

奥の部屋から、足音が聞こえてくる。

確か、八歳になるのが繁雄で、六歳の次男が真司だ。

「光子ちゃんっていうの。お食事まで遊んでもらいなさい」

ふたりは真澄の言葉に頷くと、

「こんにちは」

俊太と文枝に向かって、はっきりとした声で挨拶をし、「光子ちゃん。僕らの部屋に行こう」

早々に光子を連れて部屋に向かう。

「しっかりしたお子さんですねえ」

文枝も感心しきりだ。

「男の子ふたりは大変なのよ。それに、家も随分狭くなったし、気候も全然違うしね。友達も近所にはいないし、どうしても家の中にいる時間が多くなって」

「英語ができて、アメリカンスクールに行っていて、将来楽しみじゃありませんか」

普通なら、羨望が眼差しに宿りそうなものだが、ここまで違いを見せつけられればそんな気持ちも抱くまい。

文枝は、ただ目を細めて三人の後ろ姿に目をやった。

「光子ちゃんだって、楽しみじゃない。きっと素敵なお嬢さんになるわよ」

真澄はこたえると、「ゆっくりなさってて。支度が遅れてしまって、お食事ができるまで、もう少し時間がかかるの」

キッチンに戻ろうとする。

「私、お手伝いします」

文枝がいった。「社長の家でお世話になっていた頃は、台所仕事をしていましたから、なんなりと――」

「じゃあ、お言葉に甘えようかなあ」

「おいおい、文枝さんはお客さんだぞ。そんなことをさせちゃ――」

口を挟んだ寛司に向かって、

「気になさらないでください。お料理を作るのだって、道具を片付けながら。台所仕事って、やることがいっぱいあって大変なんです。人手があるに越したことはないんですから」

文枝は歌うようにいい、真澄を促しキッチンに入って行く。

「すまんなあ、テン」

寛司は、眉尻を下げながら肩をすくめる。

「ええねん。文枝が台所仕事が得意やいうのは、ほんまの話やし。それより、カンちゃん、ビール買うて来てん」

俊太は手にしていた紙袋をかざした。

「よし、じゃあ先に一杯やるか」

寛司はサイドボードの中からふたつのグラスを手にすると、俊太と共にソファーに腰を下ろした。そして栓を抜くと、

「久しぶりだなあ、一緒に呑むのは――」

心底嬉しそうにいいながら、俊太のグラスにビールを注いだ。

「ほんまやなあ」

俊太は瓶を受けとると、「あの頃のことを考えると、こないな日が来るなんて想像もできへんわ。何もかも、カンちゃんのお陰や」

寛司のグラスを満たしてやりながら、しみじみといった。

「いい嫁さんじゃないか」

「わしには出来すぎた嫁やと思います。カンちゃんが、わしをドヤから引きずり出してくれへんかったら、文枝と逢うこともなかったし、いま頃どないなっとったんやろって……わし、時々怖ぁなるんや」

それは紛れもない俊太の本心だった。

定職にも就かず、当たり屋をやって小遣いを稼いでいたドヤでの日々。ドブ、吐瀉物、糞便の臭いが漂う中で、昼から酔いつぶれ路上に寝転び、あるいは、日がな一日博打にうつつをぬかし、わずかなカネを毟り合う日雇い労働者たち。先も見えない、絶望的な日々を過ごしながら、いまに至っていても不思議ではなかったのだ。

それがどうだ。

いまや、ムーンヒル・ウエディングパレスの社長、一国一城の主だ。

「お互い、よくここまで来たもんだな……」

「カンちゃんは別やで。わしと違うて立派な大学を出てんのやし」

「学なんてあるには越したことあねえが、絶対的なもんじゃねえよ。それを証明してみせたのがお前じゃねえか」

寛司にそういわれるのが、何よりも嬉しい。

思わず笑みを浮かべた俊太に向かって、

「よく頑張ったな、テン……。乾杯しようじゃないか」

寛司は、優しい眼差しを向けながらグラスを掲げる。

ふたつのグラスが硬い音を立てて触れ合う。

冷えたビールが喉を滑り落ちていく。

「かーっ。美味いなあ。今日のビールは格別や」

俊太は一気に呑み干すと、顔をくしゃくしゃにして唸った。

寛司のグラスも空だ。

すかさず俊太は瓶に手を伸ばす。

「ところでな、テン。俺、もうひとつ事業を任されることになってな」

寛司はビールを受けながらいった。

「新しい仕事って、海外事業の他に？」

「ああ」

「なんやねん」

「レストランだ」

「レストランって……、そんなん、うち何軒も持ってるやん」

寛司はグラスを置き、

「新しい形のレストランだ」

そう前置くと、改めて切り出した。「ハワイに赴任中、俺、一度も帰国しなかっただろ？　それには理由があってな、休暇の度にレンタカーでアメリカ本土を旅して回って、ビジネスのネタを探していたんだ」

「さすがやなあ。カンちゃんそないなことやってたんか」

「俺が、ここまで昇進できたのも、社長のお陰だ。ハワイに出してもらって、家族の将来も大きく変わった。もちろんいい方にな。ムーンヒルホテルの事業がこれから先も、どんどん大きくなるのは間違いないんだが、一生ついていくと決めたんだ。社長がどこまで大きくなるのか、見てみたいと思ってな」

その気持ちはよく分かる。

入社の経緯、それから歩んだ社内でのキャリアは、寛司が優秀であったからには違いないが、それを早くに見抜き、チャンスを与えたのは月岡である。

「アメリカってところにはさ、面白い商売のネタがごろごろ転がってんだよ」

寛司は続ける。「なんせ基本、田舎だからな。何をするにしたって、車がねえとなんにもできねえ」

「田舎って……アメリカは日本より遥(はる)かに進んだ国とちゃうん?」

「そりゃあ、ロスアンゼルスとかニューヨークのような大都市の話だ。それだって、郊外に出りゃだだっ広い庭を持つ住宅があっちにひとつ、こっちにひとつってちりぢりに建ってるだけで、日本のように商店街があって、歩いて買い物に行けるってわけじゃねえんだよ」

そういわれても、ぴんとはこない。

そんな俊太の気配を見て取ったのか、

「外食するのも同じでな、家族揃ってとなると当然車ってことになる」

説明をするのも面倒だとばかりに話を先に進める。「日本でいうなら国道、県道に相当する道路沿いには、駐車場を備えたレストランが並んでてさ、それもチェーン店で大層な繁盛ぶりなんだ」

「チェーン店って、どこへ行っても同じ値段、同じ味なんやろ？　せっかく外食すんのに、そないなところ行ってもしゃあないいんちゃうん」

「それは逆だ」

寛司は断言する。「どこへ行っても同じ味、値段も変わらない。それが客の安心感につながってるんだな」

「安心感ねえ」

そういえば、と俊太は思った。

日本にアメリカのハンバーガーチェーン店が進出したが、どこで食べても同じ味、同じ値段であるにもかかわらず、客足は落ちるどころか伸びる一方だ。

どうやら、それと同じ現象がレストランでも起きるといいたいらしい。

「日本だって長距離のトラックの運転手は、馴染みのドライブインで食事を摂るだろ？　それは、味も値段も分かっているからだ。家族連れだって同じさ。外食はたまの贅沢だ。味よし、値段よし、メニューも豊富に揃ってるとなりゃ、家族連れだって安心して来れんだろうが」

「車は贅沢品いう時代やないしな。今晩は外食にしよか、ドライブの帰りに飯食って帰ろかいうことになったら、気軽に入れるところへっちゅうことになるかもしれへんな」

寛司はぐいとビールを呑み干すと、手酌でグラスを満たし、

「お前、ウエディングパレスで出す料理、ホテルからのケータリングにすればいいって提案したんだってな」

上目遣いに俊太を見た。

「けーたりんぐってなんのこと?」

「お前、知らんのか?」

寛司は、呆れた顔をして両眉を上げた。「早い話が出前のことだ。パレスで客に出す料理は、ホテルの厨房でこしらえて、会場で温めて出す。こんなアイデアをどうやって考えついたんだ」

「わしが考えたのとちゃうねん」

そもそもの発案者は京都の貸衣装屋のオヤジであったこと。彼がお茶屋遊びで供される料理にヒントを得たことを話して聞かせた。

「それでも、そこからホテルの厨房をセントラルキッチンにするってとこに持ってきたのは大したもんだ」

「セントラルキッチン？」

横文字の言葉が次々に出てくる。

己の浅学を思い知るのはこうした時だ。

「日本語でいえば中央厨房。要は複数店の料理を一括して作る調理場ってことだ」

寛司はこたえ、「アメリカのレストランチェーン店が人気を博している最大の理由は、料理の質、味が値段の割にはいいってことにある。なんでそんなことができるのかといえば、基本的な調理はセントラルキッチンで行い、店舗では温めて出す。サラダだって、下準備を終えたものを盛りつけるだけ。ほとんどプロの調理人を置いておかずに済むからだ」と続ける。

「なるほどなあ。食材を一から店で料理してたんじゃ、手間も時間もかかれば、コックかて雇わなならんしな。食材かて、店舗分を一括して仕入れれば、量にものいわして仕入れ価格を下げることもできるっちゅうわけか」

「うちのコックに料理を監修させれば、味は折り紙付きだ。そんな代物が、手軽に食えるとなったらどうなるよ」

「さすがカンちゃんや。こら、でかい商売になるで」

胸の中に熱い塊が湧き上がってくるのを覚えながら、俊太は唸った。

「それだけじゃない。ホテルとレストラン、食材の調達先を一本化すれば、グループ全体の仕入れ値が下がる。もちろん、ホテルとレストランは食材の質が違うが、物をいうのは量だからな」

それは、ウエディングパレスで供する料理の原価も違ってくるということだ。いや、料理ばかりではない。飲み物だってグループ全体が一括して仕入れるとなれば、仕入れ価格は格段に下がることは間違いない。

ただただ感心するばかりの俊太に向かって、

「ところでな、テン」

寛司は口調を改めると、話題を転じた。「お前、これからパレスをどうやっていくつもりなんだ」

「どうやってって……。業績は絶好調やし、結婚年齢を迎えた若い世代もぎょうさんおるし、パレスの事業拡大に努めよう思うてるけど？」

それ以外に何がある。

俊太は怪訝（けげん）な気持ちを抱きながら、すかさず返した。

「確かに業績はいい。社長も大変な喜びようだ」

寛司は手にしていたグラスをテーブルの上に置く。「だがな、いまのパレスと同じ規模のものを次々に建てていくだけってのも芸がないと思うんだ」

「どういうことなん？」

ますます、寛司が何をいわんとしているか分からなくなる。

俊太は問い返した。

「まあ、なんでもアメリカに倣えってわけじゃないんだが、あの国は面白いところでな。結婚、離婚も州によって法律が違うんだ」

「州によって法律が違うたら、境を越えてもうたら犯罪も犯罪でのうなるっちゅうこと?」

「まあ、それについては改めて話してやるが、まずは仕事の話だ」

俊太は頷き、話に聞き入ることにした。

寛司はいう。「カリフォルニアにタホって湖がある」

「ネバダとの州境でな、道路のセンターラインを越せばもうそこはネバダだ。そして、ネバダ側の道路沿いには教会がずらりと並んでんだ。カリフォルニア側にはひとつもねえのにだぜ」

「教会がぎょうさんあって、どないすんねん? そのネバダいうところの人は、そない信心深いんか」

「そうじゃねえよ」

寛司は苦笑する。「結婚が簡単にできるんだよ。車で乗りつけて、申し込めばすぐ式だ。神父さんや牧師さんの前で誓いの言葉を述べて、証明書にサインしてもらって、役所に提出すれば晴れて夫婦だ。ところが道路のこっち側、カリフォルニアではそうはいかねえ。結婚するにもいろいろ面倒な手続きがあるんだな」

「日本は、そのネバダいうところより、もっと簡単やんか。教会なんかに行かへんでも、ふたりでハンコついて役所に婚姻届を出せば――」

「理屈の上ではそうだが、実際にそれで済ませる夫婦が世の中にどんだけいるんだよ」

寛司は目を瞑りながら首を振ると、「俺がいいたいのはな、神父のサインがねえと成立しないこともあるが、たったふたりきりでも、新たな人生の門出だ。やっぱり形は整えておきたい。特に女性は、派手な披露宴は望まねえが、せめて花嫁衣装ぐらいは着たいって考えてる人たちがごまんといるんじゃねえのかってことだ」

瞼を開き、鋭い眼光を向けてきた。

「そらそうやろけど、どないしろっちゅうねん」

「お前が作ったパレスは、披露宴の規模に応じて部屋も選べるようにできちゃいるが、最低でも何十人って人を集めなきゃなんねえだろ。それに式だけでいいってわけにもいかねえんだろ」

「当たり前やがな。披露宴に比べりゃ、式で上がる利益なんて知れたもんや」

「そうかな？　それじゃ、昔からあるなんたら会館と、料理をケータリングで済ませるようにしたってこと以外、何も変わりゃしねえじゃねえか」

寛司の言葉が胸に突き刺さった。

考えてみれば、パレスにしても、ケータリングにしても、自分が考えたものではない。浜島の親戚、京都の貸衣装屋のオヤジが発案したものだ。

俊太は返す言葉が見つからず、視線を落とし黙るしかない。

「ネバダ形式を取り入れたら、面白いことになると思うがなあ」

寛司の言葉が頭上から聞こえた。「結婚式だけでもOKってことにすりゃあ、式そのものの時間なんて知れたもんだ。いったい一日に何件のカップルをこなせるよ。衣装を着たいっていうなら、貸衣装を世話してやりゃあいい。式場代に貸衣装代。それこそ右から左。朝から晩まで式だけを繰り返せば、いい商売になるんじゃねえか？　考えてもみろよ、式に特化すれば、こっちの仕事は神父、神主、それに着付けの従業員だけで済むんだぞ。他に用意するもんなんか、何もねえんだぞ」

脳天をぶん殴られたような衝撃を覚えた。

やっぱ、カンちゃんは凄(すご)いわ……。わしなんか、とても歯が立たへん――。

同時に、この目の覚めるようなアイデアを、自分に与えようとする寛司の思いに、俊太は感動を覚えた。

恩があるのは、社長ばかりやない。カンちゃんも同じや。わし、このふたりは何があっても裏切られへん。一生かけて恩に報いなあかん。

「カンちゃん……わし――」

感謝の言葉を口にしようとしたが続かない。

口にすれば、涙が溢れるのが分かっていたからだ。

「お待たせしました。お料理ができたわよ。文枝さん、とても手際がよくて、助かったわあ」

真澄がキッチンから現れたのはその時だ。「子供たちには、ハワイ風のハンバーグを用意したの。さっ、みんな席について」

真澄の言葉に、

「まあ、つまんねえ俺の思いつきだが、何かの足しになればいいと思ってさ」

寛司は、白い歯を見せて立ち上がると、「さあ、改めて祝杯をあげようぜ」

俊太を食卓に誘った。

3

それから三年――。

「どうぞ、こちらでございます」

女将が廊下に跪き、襖を開けた。

懐かしい場所だった。

六畳の客室の中央に置かれた黒塗りの卓。

床の間を背にした席にひとつ置かれた座椅子。それを挟む形でふたつの座椅子が置かれている。

朱色の布が張られた座布団と、黒光りする机とのコントラストが鮮やかだ。浅葱色の畳が発する藺草の匂いに、女将の着物に薫き込められた白檀の香りが混じる。

床の間に活けられた梅が、春の訪れが近いことを告げている。

俊太が入ってすぐのところに設けられた席に座った途端、

「俊太さん。立派におなりになって」

女将が感慨深げにいいながら、眩しいものを見るように目を細めた。

川霧に足を踏み入れるのは、下足番を辞めて以来だ。

女将も代替わりしており、いまその役目を担っているのは、柏原という当時仲居として働いていた女性だ。

「柏原さんも女将さんになったんやなあ。時の流れっちゅうもんは、振り返ってみると早いもんや。あっという間やで」

俊太の口調もしみじみとしたものになる。「しかし、ここはあの頃とちいとも変わってへん。変わったもんいうたら、下足番がおらへんようになったことぐらいか」

「茂さん、お亡くなりになったのよ」

「亡くなった？　いつ？」

「もう五年になりますか……。私も人伝（ひとづて）に聞いたので、はっきりとは分からないんだけど、あれからしばらくして、茂さん、体を壊して店を辞めたのよ。ほら、茂さん、煙管（キセル）タバコをやってたでしょ。肺を壊したみたいでね。それで、娘さんのところに厄介になってたらしいんだけど、寝たきりになってしまって、ついに――」

「そうかあ……」

複雑な思いに駆られた。

川俣茂二が亡くなったと聞かされたこともあるが、人の一生というものは、どうしてこうも違うものなのか。それは何によって決まるものなのか。

そんな思いを抱いたからだ。

ここで下足番をしていた頃、川俣は自分の上司だった。上下が明確になっていたわけではないが、事実上そうした関係にあったことは確かである。もちろん、川俣は当時すでに十分な歳（とし）ではあった。しかし、下足番で終わった川俣と、子会社とはいえ、ムーンヒルホテルの一角を担う会社の社長になった己との違い――。

それが運命というものだ、といってしまえばそれまでだ。何を以て幸せと思うかは人によって違いもするだろう。だが、ここで働いていたあの頃、川俣と自分が同じ位置に立っていたことは間違いない。川俣が歩んできた人生を、己が辿ることになっていたとしても、不思議ではなかったのだ。

「これも時代の流れなのねえ。いまどき下足番のなり手はいなくて……。それで茂さんが辞めてから、お客さんの靴は仲居が預かることになったのよ」

「柏原さんも仕事が増えて大変やったね。下足番もあれで、なかなかコツがあるんやで」

「俊太さんのように、靴を磨いて差し上げることはできませんけどね」

柏原が、くすりと笑ったその時、

「失礼いたします。お連れ様がお見えになりました」

廊下から仲居の声と共に襖が開き、寛司が入って来た。

「おう、テン。早かったな」

寛司は床の間を横切り、俊太の向かいの席に座る。

「いや、わしもいま来たところやねん」

「あの……お茶でもお持ちしましょうか？」

すかさず訊ねる柏原に向かって、寛司はちらりと腕時計に目をやると、

「いや、社長が来るまでこのまま待つよ。最初の一杯は喉が渇いていた方が美味いからね」

あぐらをかきながらこたえた。

「では、そのように……」

柏木が下がったところで、

「社長がわしらふたりを呼び出すって、なんの用事やろ」

俊太はいった。

「川霧で社長がお会いしたいとおっしゃっております」

秘書を通じて、打診があったのは三日前のことだが、目的は知らされてはいない。

「さあな」

小首を傾げた寛司だったが、

「まあ、悪い話じゃねえだろ。お前のとこだって、業績絶好調なんだし」

嬉しそうに目元を緩ませた。

「カンちゃんのおかげや。結婚式だけでもOKなんちゅう商売、わしにはどう逆立ちしても思いつかへんかったわ。投資額も安うつくし、人件費もかからん。ビルのワンフロアー借りて和式、洋式、ふたつの式場作って、神主、神父を用意すりゃ右から左や。ごつう儲けさしてもろうとるわ」

「しかし、それだけで済ませなかったのはさすがだ。式だけっていっても、人は集まる。式が終われば、はい解散ってわけにはいかねえだろってところに目をつけて、外のレストランと提携して斡旋料を稼ぐってのは俺も思いつかなかったな。ほんと、いつになってもお前は悪知恵がよく働くよ」

「悪知恵やなんて、人聞き悪いことといわんといて。ただでさえない知恵を絞りに絞ってんやさかい」

ふたりは顔を見合わせると、どちらからともなく大声で笑い出した。

寛司が発案した結婚式に特化した式場は、想像以上の反響を呼んだ。

ホテルもパレスも休日は結婚式の予約で埋まり、事業を拡大することに頭が行って気がつかなかったのだが、これも時代の流れというものか、結婚式への考え方がかつてとは様変わりしていたのである。

いや、様変わりしたというよりも、ニーズが多様化しているといった方が当たっているかもしれない。

ムーンヒルホテルは、式、披露宴がセットでなければ受け付けない。当然、多額の費用がかかるわけで、客はどうしてもそれなりの財力を持っている層となる。そこで客層を広げるために、ホテルよりも安い費用で済むウエディングパレスを始めたわけだが、こちらもまた、式と披露宴がセットであることに変わりはない。

目論見通り客層が広がったのは確かだ。しかし世間には、それでもまだ手が届かないという人間が多く存在したのだ。

式は疎(おろそ)かにはしたくない。親類縁者、友人知人の列席のもと、きちんとした場で挙げたい。しかし、披露宴の経費は抑えたい。

寛司が発案した式専用の施設は、そうしたニーズに見事にマッチしたのだ。

そして、『ムーンヒル・ウエディング』と名付けたこのビジネスを始めるにあたって、俊太はひとつの策を講じた。

人を集めて式を挙げて、それで終わりいうことはないやろ。祝杯をあげ、みんなに祝(いお)うてもらう場を、どこぞに設けるんとちゃうやろか。

そこで、近辺のレストランと提携し、料金の一定額を割り戻してもらうことを条件に、宴会、二次会の場所を斡旋してやることにしたのだ。

まとまった人数の予約ほど客商売に有り難いものはない。まして、結婚式の流れともなればキャンセルはあり得ない。思ったとおり、飲食店はこの話に飛びついてきた。式を挙げる当事者にしても、ホテルやパレスを使うより格段に安い料金で済む上に、会場探しの手間も省ける。自分たちで探すというならそれもよし。式だけでも構わない。この縛りのないシステムが大評判となったのだ。

そして三年目を迎えたいま、ムーンヒル・ウエディングの式場はすでに都内に十二箇所を数えるまでになり、中部、関西に進出しようという勢いだ。

「業績絶好調いうなら、カンちゃんかて同じやん」

俊太はいった。「レストラン、大評判やんか。セントラルキッチンももうすぐ完成するし、破竹の勢いやないか」

「おかげで、こっちは大忙しだ。海外展開にレストラン。しかも、店舗を一気に全国に展開しろってのが社長命令だ。となると、まずはセントラルキッチンからだ。用地、店舗の選定、物流、やらなきゃならないことが山ほどあってな。体がいくつあっても足りねえよ」

寛司は、瞳をくりっと回すと大げさに肩で息をする。「まあ、自分で蒔いた種だし、ビジネスがうまくいってるのは何よりの薬だ。贅沢いっちゃバチが当たるがな」

「ほんまやで」

俊太は笑った。「商売がうまくいかなんだら、なんとかせなならんいうて駆けずり回らなならんようになんねんで。同じ忙しゅうすんなら、うまくいってる方が何百倍もマシっちゅうもんや」

寛司がふたつの事業の陣頭指揮を執っているのは、いずれもムーンヒルホテルがはじめて手がけるものであるからだ。どちらも多額の資金が必要になる事業である。まして、月岡は信賞必罰、功には厚く報いるが、その分失敗した時には容赦ない。だから、新規事業を自ら進んで提案してくる人間はまずいない。結果、寛司に仕事が集中してしまうということになるのだが、それも月岡がいかに高く買っているかの表われだ。

「失礼いたします。社長がお見えになりました」

廊下から柏原の声が聞こえた。

俊太と寛司は姿勢を正し、座布団の上に正座した。

襖が開くと、

「おう、待たせたな」

月岡が部屋に入って来て、上座に座るなり、「女将、ビールだ」

柏原に命じた。

「はい、こちらに」

何を所望するかは先刻承知であったと見えて、返事と共に仲居が瓶ビールを盆に載せて運んで来る。

満足そうに頷く月岡の前に、ついでふたりの前にグラスが置かれた。

柏原がすかさずビールを注ぐ。

「女将、料理は任せる」

「かしこまりました。では、ごゆっくり――」

柏原は丁重に頭を下げると、部屋を出た。

「とりあえず、乾杯といくか」

月岡の音頭で三人は、グラスを翳した。

冷えたビールが喉を滑り落ちて行く。

月岡のグラスは早くも空だ。

俊太はすかさず瓶を手にすると、両手で月岡のグラスにビールを注いだ。

「麻生、テン、ふたりとも本当によくやった。お前たちのおかげで、会社には新たな柱となる事業がみっつも育った」

月岡は満足そうに、目元を緩ませた。

「はっ……」

俊太が瓶を卓の上に置き、居住まいを正して軽く頭を下げた。

「社長、前にも申し上げましたが、ウエディングパレスは、京都の貸衣装屋が考えたもんやし、ムーンヒル・ウエディングかてカン、いや麻生さんが――」

「アイデアを出したのは他人でも、柱になるビジネスにしたのはお前だ。苗木が立派でも、葉を繁らせ、実がなるまでに育て上げるのは、並大抵のことじゃない。お前も本当によくやっているよ」

月岡は再びグラスを一気に空けると、寛司に視線を向け、

「で、麻生」

改まった声でいった。

「はい」

「次の役員人事で、お前を専務に昇格させる」

「えっ！　私を専務に？」

驚くのも無理はない。

寛司が取締役に就任してから三年。役員の中では年齢だって四十七と最も若い。まさに異例の出世である。

果たして、寛司の顔には喜びよりも、戸惑いの色が見て取れる。

「レストラン事業の道筋は見えた。ここから先は他の人間に任せても大丈夫だ。海外事業は引き続きやってもらうことになるが、専務昇格後はグループ全体の経営と、新事業の開発を担当してくれ」

それが何を意味するかは、いうまでもない。

月岡の右腕として、いままでにまして重要な役割を担うということだ。

「あ、ありがとうございます。ご期待にこたえられるよう、全力を振り絞って……」

座椅子から退いた寛司は、畳の上に両手をついて深く体を折った。

またひとつ、階段を昇った。

恩人でもあり、兄とも慕う人間の出世の場に居合わせたことが何よりも嬉しい。

「カンちゃん、おめでとう」

俊太は心からいった。

しかし、頭を上げた寛司の顔に浮かんでいるのは、喜びではない。困惑とも違う。緊張とも違う。いや、表情からは感情が窺えないのだ。

「今日は、そのことを伝えるために一席設けたんだ」

月岡は上着を脱ぎはじめる。「昇進祝いも兼ねてな。テンとお前は、昔からの馴染みだ。テンを引っ張ったのがお前なら、お前を会社に引っ張ったのは俺だ。祝いの膳を囲むなら、三人でと思ってさ」

「お心遣い、ありがとうございます。こないめでたい席に呼んでもろうて、わし、嬉しゅうて――」

寛司の反応が気にかかったが、紛れもない本心である。

俊太は礼をいいながら瓶を持ち、月岡のグラスを満たしにかかる。

「失礼いたします」

襖が開き、女将が突き出しを持って現れる。

柚子が載せられた海鼠の酢の物を、それぞれの前に置くと、ふたたび部屋は三人だけになった。

「ところでな麻生。その新規事業のことなんだが、ひとつお前にやってほしいことがある」

海鼠を咀嚼しながら、月岡が切り出した。

「それはどんな？」

寛司の顔が引き締まる。

緊張の色が宿るのが、今度ははっきりと見て取れた。

「実は、プロ野球の球団を持とうと思ってな」

「プロ野球ですか？」

話の当事者は寛司だが、俊太は思わず声を上げた。

「グループがこれだけの期間のうちに成長できたのも、他社に先駆けてブランドイメージを定着させることに成功したからだ。この先も、常に時代の先をいくビジネス展開をしていくことが必要になるのはいうまでもないが、これだけ消費者のニーズが多様化してくると、ブランドイメージを維持するのは容易なことじゃない」

それと、プロ野球がどない関係すんのやろ。

だが、月岡のことだ。緻密な計算があってのことに違いない。

寛司もまた同じ思いを抱いているらしく、黙って話に聞き入っている。

月岡は続ける。

「お前たちが手がけた事業は、マスコミがこぞって取り上げてくれたお陰で広告費はほとんどかけずに済んだが、いつまでも同じネタを追わないのがマスコミだ。いまじゃ取り上げられる機会もピーク時代と比べれば格段に少なくなっただろ? まして、これだけグループが大きくなると、関連会社各社が単独で広告を打っても経費が増すだけで、費用対効果は見込めない」

「グループ全体のイメージをいかに維持するか、さらに世間に浸透させるかが、肝心だとおっしゃるわけですね」

「その通りだ」

月岡は深く頷きながら、グラスに口をつけた。「テレビ番組のスポンサーになっても、コマーシャルは視聴者のトイレ時間。誰も関心を向けやしねえからな。そんなものに大金を使うのは愚の骨頂だ」

「そやけど、プロ野球球団なんか持ってもうたら、大変なカネがいるのと違いますのん。選手の年俸かてサラリーマンの比やないし、練習場や遠征費やらで――」

「いや、それは考えようだな」

寛司がすかさず俊太の言葉を遮った。「球団経営は立派なビジネスだ。本来観戦料収入で賄えるような仕組みにすべきだし、プロ球団を持てば、シーズン中の新聞には必ずムーンヒルの名前が載る。テレビ中継されれば、ムーンヒルの名前が連呼される。

それを広告費と考えれば安いもんだ」

そう語る寛司は、俊太を見向きもしない。

そうか……そうやな――。

俊太は、恥じ入るような気持ちに襲われ俯いた。

「俺の狙いはそこにある」

月岡もまた、目をくれもしない。

それが俊太をますます惨めな思いに駆り立てる。

「ということは、身売り話があるわけですね」

月岡はある球団名を口にした。

「なんせ、弱小チームだ。球団自体の経営も苦しいし、親会社の業績も芳しくない。それでオーナーがうちにどうかって話を持ってきたんだ。こんなチャンスは滅多にあるもんじゃない。それで、買収することにしたんだが、そこで問題になるのが、球団自体の収益をいかにして高めるかだ」

「私は、野球にはとんと関心がなくて……。とても球団経営の立て直しなんて――」

「いや、お前にやってもらいたいのは、球団経営じゃない。そちらはしかるべき人間を外部から招く」

「じゃあ、私に何をやれと？」

「球場の新設だ」

月岡はビールを一気に呑み干すと、空になったグラスをとんと卓の上に置いた。

「球団の経営が思わしくない原因はスター不在、成績がさっぱりってところにもあるんだが、球場が戦後間もなく建てられたもので、収容人数も少なければ、施設も老朽化している上に、地の利が悪いってところにあるんだ」

「確かに、あそこは最寄り駅からバスを使わないと行けませんからね。何万人もの観客を、バスでピストン輸送したって運べる人員には限度があります。試合が終われば停留所には一気に人が押し寄せる。長いこと待たされるのが分かってるんですから、客は寄り付きませんよね」

「実はこの話、政治がらみでな」

本題はここからだとばかりに月岡は声を潜める。「身売り話を小耳に挟んだ市長が、土地は用意するから他所（よそ）に本拠地を移さないでくれ、そういってきてな」

「市長が？　なんでまた」

グラスを口元に運んだ手を止め、寛司は問い返す。

「市だって知名度が上がるに越したことはない。なんせ、日本にはプロ球団は十二しかないんだ。球場は市営だ。試合の度に、新聞、テレビで名前が報じられる。その点はうちと同じなんだが、球場に客を運ぶバスもまた市営。満員御礼になることは滅多にないといっても、平均すれば一万前後の客が集まるんだ。市営バスにとっては、馬鹿にならない収益源だ。他所に移られりゃ、それがゼロになる」

「しかし、社長。新設する球場が、またバスを使わなけりゃならないとなると、客の入りが伸びるとは思えませんが？」

「移設先の周辺を再開発する計画があるんだよ」

月岡はにやりと笑うと、「球場用地は埋立地なんだが、そこに臨海都市を整備して、最寄り駅から地下鉄を延長するって計画が決まっているんだ。そいつの終点を球場にしたいんだとよ」

空のグラスを、とんと卓に打ちつけビールを催促してきた。

「失礼いたしました。気がつきませんで……」

俊太は慌てて酌をした。

月岡は相変わらず目もくれずに続ける。

「まあ、市営バスの売り上げが減少するのは避けられんが、地下鉄も市営だ。トータルすれば市の交通局の売り上げはとんとん。うちがテコ入れをして、球団にスターが生まれ、強豪チームの仲間入りを果たせば人気も出る。観客数も跳ね上がる。それが市の収益アップに結びつく。だから、何がなんでも、市外への移転は阻止したいってわけだ」

「その球場建設を私にやれと？」

「いや、球場は市営だ」

「それじゃ、私の出る幕なんてないじゃありませんか。どんな球場を造るかは、市が決めることであって、球団は使用料を支払うだけで済むってことになりませんか？」

「カネがねえんだとよ」

月岡はあっさりといった。

「カネがない……と申しますと？」

「地下鉄工事、都市整備に大金を使うんだ。そこに持ってきて球場だ。原資は税金。財源には限りがある。ところが球団の売却話は待ったなし。買収に色気を見せている企業は他にもあるらしいんだが、いずれも本拠地を他所に移すのが条件だ」

どう考えても無理筋の話だと俊太は思った。

市にはカネがない。しかし、球団が移転するのは困る。しかも新球場は市営にしたい。

まさか、この難題を解決する策を寛司に考えろとでもいうのだろうか。

「もし、社長が球団を移転させずに、新球場を本拠地にしたいというのであれば、方法はひとつしか思いつきませんね」

「それは、どんな？」

月岡は、試すような眼差しを寛司に向けた。

「上物はうちが造って、土地は借地とするしかないでしょう」

寛司は硬い表情でこたえた。「試算してみたわけではありませんので、全くのドタ勘ですが、プロが本拠地にしている球場は民営も少なくありません。球場の償却期間を仮に四十年とする。その年額分を球場使用料にすれば、市の建設費負担はゼロ。その間、うちの球場使用料もただになる」

「それが一番手っ取り早いんだが、買収するのは弱小球団だ。いまのままじゃ客入りは見込めねえ。戦力を補強し、スター選手候補生を入れて育てなきゃならん。二軍の練習場、合宿所だって老朽化が激しい。そこにもってきて買収費用だ。それに――」

まだあるのかとばかりに、寛司の顔が険しくなる。

月岡はいう。

「その埋立地を臨海都市にするにあたっては、うちにホテルを建ててくれないかっていってきてんだ」

「ホテルを?」

「マンション、商業施設に加えて国際会議場、展示会場も整備して、理想的な都市計画に基づいた街を作ろうってのが市の考えだ。人が集まりゃ宿泊施設の需要が発生する。うちにとってはこれも願ってもない話なんだが、お前が手がけている海外案件、レストラン、テンがやっているウエディング事業と資金需要は増すばかりだ。そこに球団買収とホテル建設が降って湧いてきたんだ」

「しかし、どれも前向きな事業じゃありませんか。採算性が確実に見込めるのなら――」

「市長ってのが、なかなかの狸でな。うちが新球場を本拠地にすれば、球場使用料が安定して入って来る。それすなわち市の財源だ。土地使用料だけじゃもったいない。この際取れるものはとことん取ろうって魂胆なんだ」

月岡は苦々しげに呻きながら、座椅子に体を預ける。「臨海都市の開発計画さえなかったら、プロ球団を欲しがってる自治体はごまんとあんだ。さっさと本拠地を移すとこなんだがな」

「じゃあ、どうしろっていうんです。市長はあくまでも市営にこだわっている。しかし、市にはカネがない。うちが出そうにも、それは困るじゃ、どうしようもありませんよ」

ついに寛司は声を荒らげた。

「だからお前に考えてほしいんだよ」

寛司は弱り切った顔になった。

当たり前だ、と俊太は思った。

寛司が有能であることに疑いの余地はない。こんな難題を突きつけるのも、寛司を買っていればこそのことだ。

だが、物事にはできることとできないことがある。

月岡の命を叶えようとするなら、方法はひとつ。野球場の建設資金相当分のカネをなんらかの形で市に齎(もたら)すしかない。そんなの無理に決まってる。

「まあ、無理は承知だ。策が浮かばなかったとしても、責めるつもりはない。ただ、俺には考えつかなくとも、お前なら何か閃(ひらめ)くものがあるんじゃないかと思ってさ」

月岡は身を起こし、グラスを手にすると、「それは、テン。お前もだ。この難題、どうしたら解決できるか、考えてみてくれ」

視線を向けながら、一気にビールを傾けた。

「はっ──」

俊太が頭を下げたその時、襖が開き女将と仲居が入って来た。

奇麗に盛り付けられた刺身の皿が並べられる。

「小難しい話は終わりだ。今夜は無礼講だ。麻生の昇進を祝って、ぱぁーとやろうじゃないか」

月岡は、打って変わって明るい声を上げると、「女将、熱燗(あつかん)をくれ。じゃんじゃん持って来い」

ワイシャツの袖口のカフスを外し、腕まくりをした。

4

「おう、テン。珍しいな」

背後から寛司に呼び止められたのは、それからふた月ほど後、役員室が並ぶ廊下でのことだ。

「あっ。カンちゃん、久しぶりやな」

俊太はエレベーターホールに通じるドアにかけた手を止め、振り向きざまにいった。

「社長に業績の報告に行ってててん。いま終わったとこや」

「そうか。で、どうだ、会社は。うまくいってんのか」

口調こそいつもと変わらないが、寛司の顔はどこか冴(さ)えない。

「相変わらず絶好調や。ほら、ジューンブライドいうやんか。これからの四半期は結婚シーズンやし、週末はパレスもウエディングも全部予約で埋まってもうてな、地方への出店も目白押しや」

「そいつあ何よりだ」

寛司は満足そうに頷き、「テン、お前メシは?」と訊ねてきた。

ちょうど、昼飯時である。

どうやら、寛司もそのつもりで部屋を出て来たらしい。

「これからやけど」

「だったら、一緒にどうだ」

月岡との話は時間が読めない。

だから、午後の予定は空けてある。

「ええよ」

俊太が即座にこたえると、

「じゃあ、一階のレストランに行こう」

寛司は先に立って歩きはじめた。

エレベーターを待つ間も、ロビーを横切りレストランに向かう間も、寛司はひと言も喋(しゃべ)らなかった。

なんかあったんやろか——。

そういえば、と俊太は思った。

川霧で専務への昇格を告げられた時、寛司の顔に浮かんだのは、喜びではなかった。困惑でもない。緊張とも違う。表情から一切の感情が消え去った。

どうも様子がおかしい。

果たしてオーダーを告げ終わった途端、寛司はグラスに入った水をひと口飲むと、

「はあ〜っ」と肩で息をつく。

「なんやカンちゃん。えらい疲れてはるように見えるけど、なんかあったんか。顔色も冴えへんし」

俊太は訊ねた。

「昨日、ロスアンゼルスから帰って来たばかりでな」

「ロスアンゼルス行ってはったん」

「ハワイにグアム、今度はサイパン。海外旅行客は増加する一方だ。アメリカ本土、果てはヨーロッパへと、日本人が当たり前のように旅行する時代がもうそこまで来ている。日本語が通じるホテルの需要は絶対に高まるはずだ。一刻も早く整備しろって急かされてんだよ」

「カンちゃんも大変やなあ」

俊太はしみじみとした口調で返すと、「そやけど、うちのグループがますます大きゅうなる前向きの仕事やんか。敗戦処理は辛いもんやけど、こない大きな仕事を任されんのは、社長がカンちゃんの手腕を買うてればこそやで」

一転して声に力を込めた。

「日本人がどんどん海外旅行に出かける。社長の読みは間違ってはいないと俺も思うさ」

ところが言葉とは裏腹に、寛司の顔は曇るばかりだ。「だけどな、いくらうちの業績が絶好調だとはいっても、ぼんぼんホテルを建て続けるとなりゃ、資金だって必要になる。いったい、ホテル一軒建てんのに、どんだけのカネがいると思う？ウエディングのように、貸しビルのワンフロアーを借りて家賃払えばいいってもんじゃないんだぞ」

「そら、そうやろな」

「こいつ、他人事のようにいいやがって」

寛司は恨めしそうな目を向けてくると、「建設費ってのは先行投資だ。どんなビジネスにもいえることだが、利益が生まれるのは、先行投資が回収できてからだ。それまでの間、先行投資に費やした資金は、まるまる会社の負担になるんだぞ。国内だけでもどんだけホテルを建てたと思ってんだよ」

「順調に利益は出てんのやろ？そやったら、前向きの資金需要やんか。銀行かて――」

「その銀行が、難色を示してんだよ」

俊太の言葉が終わらぬうちに、寛司はいった。

「貸さへんいうとるん？」

「海外ともなると、さすがに……な」

寛司は語尾を濁した。

「分からんなあ」

俊太は首を捻った。「社長が代を継いでからは、日の出の勢いで事業は拡大しとんのやで。有望な取引先には、頭を下げてでもカネ借りてくださいいうてくんのが銀行とちゃうん」

「そんな単純な話じゃねえんだよ。海外にホテルを建てるとなりゃ、資金は円じゃねえ。ドルだ。日本でホテルを建てるより、コストは遥かに高くつく。まして為替相場は毎日動くんだ。円が強くなりゃいいが、弱くなってみろ。百万円が百十万円になることだってあるんだぞ。想定レートが狂えば、その分だけ先行投資の回収期間は長くなるし、追加の資金需要だって発生しかねない。銀行はそれを懸念してるんだ」

なるほどいわれてみればというやつだ。

国内限定の仕事にしか従事したことがないせいで、為替の変動でカネの価値が変わるなんてことは考えもしなかったが、海外事業には大きなリスクが潜んでいることに、俊太はいまさらながらに気がついた。

「そしたら、どないすんねん。銀行が資金を貸さなんだら、海外事業を広げるわけにはいかへんようになってまうやないか」

「社長は賭けに出ようとしている」

寛司は声を押し殺す。

「賭け？」

「俺が、ハワイで働いていたホテルがあっただろ」

「ああ」

「あそこはアメリカでも最大級のホテルでな。そこと合弁会社を作って、アメリカの主要都市に両方の名前を冠したホテルを造ろうって話が一年ほど前から持ち上がっててな、その交渉が大詰めを迎えてんだ」

「ってことは、資金はアメリカで調達するいうことなん？」

「そうだ」

「なら、ええやん。為替の心配はなくなるし、こっちが用意すんのは、客と従業員やろ。客は、旅行会社と組んでパックに組み込めば——」

「お前はアメリカ人の怖さを知らねえから、そんな呑気(のんき)なことをいえるんだ」

寛司はまたしても俊太の言葉を遮った。「先方は合弁会社の設立に乗り気なんだが、条件を出してきてな」

「条件？　どないな」

「うちの株を持ちたいっていってきたんだよ。それも十パーセントもだぞ」

そういわれても、それが何を意味するかぴんとこない。ただ、ついいましがた寛司がいった、「アメリカ人の怖さ」という言葉は、自分にいったのではない。本当は月岡にいいたかったのだと、俊太は思った。

俊太は黙って話に聞き入った。

「まあ、相手のいい分も理解できなくはないんだ。いまやハワイなんてのは、日本人だらけだ。そこにムーンヒルホテルの名前を冠したホテルができりゃ、日本人も安心だ。集客に困ることはない。だからこそ、確固たるパートナーシップを結んでおきたい。なんせ、器を建てる資金は向こうが出すんだからな。当然ちゃ、当然なんだが――」

「大金出して器は用意したが、逃げられたら事やっちゅうことか」

「あいつらは、そんな甘いタマじゃねえよ」

寛司は苦々しげに吐き捨てる。「十パーセントの株を握られたら、月岡家に次ぐ大株主だ。役員だって送り込めるようになるんだぞ。相手の企業規模に比べりゃ、うちなんか屁のようなもんだ。事と次第によっちゃ、うちが傘下に置かれる。そういう可能性だって十分あり得る話なんだよ、これは」

「社長かて、それは承知なんやろ？」

「もちろんだ」

「それを承知で、やるいわはるんか」

「もちろん社長は、そんなことにならないという確信があればこそなんだが――」

「確信って、どないな？」

寛司は少し戸惑った顔をして、こたえを返さない。

さっとグラスに手を伸ばし、水をひと口飲むと、

「こんな案件を抱えている上に球場だ。しかも飛び切りの難題だ。なんせ社長がいってるのは、誰かに球場建てさせて、市に寄付させろってことだからな」

唐突に話題を変えた。「さすがにな、俺にもキャパってもんがある。これだけでかい案件を、同時にふたつも任されると手が回らなくてな」

「偉（えろ）うなると楽になる思うてたんやけど、カンちゃんは忙しゅうなるばかりやなあ。アメリカのホテルの件に加えて球場や。そら身がもたんで」

「他人事みたいにいうな。お前だって考えろっていわれたじゃねえか」

「そら、そうやけど……」

俊太は口籠もった。

命じられたのは確かだが、あの時の月岡の態度からすれば、あれは寛司にいったのであって、自分はついでに過ぎないと思っていたからだ。

「カンちゃんに思いつかへんこと、わしが解決できるわけないやん」

それは紛れもない俊太の本心だった。

寛司は、ふっと笑うと、

「テンよ。社長を甘く見ねえ方がいいぞ」

一転して真顔でいった。

笑みが消えた寛司の瞳に、一瞬だが冷え冷えとする光が宿る。

「えっ？」

「俺たちが買われているのは確かだ。若くして異例の出世を遂げたのが何よりの証拠だ。だがな、地位を与えたからには、それに相応しい働きを求める。社長はそういう人だ」

寛司は、そこで小さな間を置くと、「俺が専務に昇格したと同時に、本社で何が起きたか知ってるか？」

声を潜める。

寛司の声に緊張感が籠もるのが分かった。

俊太は首を振った。

「専務の児玉さんは解任だ。それも任期半ばでだぞ」

「それ、馘いうことなん？」

「それでいて、役員の数が増えたってわけじゃない。これが、何を意味するか分かるか？」

いましがたの寛司の言葉からすれば、何をいわんとしているかは明らかだ。

「その、地位に相応しい働きをせなんだからっちゅうわけか」

寛司は頷く。

「野球場の件な、最初に任されたのは児玉さんなんだよ」

「えっ……」

俊太は、息を呑んだ。

「ところが児玉さんからは一向に策が出ない。それどころか、絶対に実現不可能だといったらしい。それで社長は児玉さんを見切ったんだ」

背筋に戦慄が走った。

児玉とは面識はないが、月岡体制のもとで専務を務めてきたからには、相応の実績を残してきた人間には違いなかろう。それを、期待通りの結果が出せぬからといって、いともあっさり切り捨てるとは――。

もはや声も出ない。

愕然とする俊太に向かって、

「社長は信長なんだよ」

寛司は続ける。「鳴かぬなら殺してしまえホトトギスってやつだ。結果を出すやつには手厚く報いるが、失敗は絶対に許さない。まして、役員ともなればなおさらだ。それはテン、お前だって同じなんだぞ。昔以上に、結果を出すことを求められているのに変わりはないんだ」

寛司の言葉に間違いはない。

信長の時代にたとえれば、月岡がお館様なら、寛司は家老、常に側に仕え主君を支えるのが務めだ。自分とて出城とはいえ一国一城の主だ。そして、重責を担う立場にある者は、忠誠と同時に成果もまた厳しく問われるのが世の常だ。それに、「社長は信長なんだよ」という寛司の言葉は、いい得て妙だ。

あの専務昇格を告げられた場で、寛司がなぜ、喜びを露わにしなかったのか。なぜ、表情から一切の感情が消え去ったように思えたのか。その理由が、いま分かった気がした。

長く側で、右腕として仕えてきたのだ。月岡の性格を、誰よりもよく知っているのが寛司だ。職掌が上がれば上がるほど責務は重くなる。うまくいけばよし。さもなくば、「殺してしまえホトトギス」。信賞必罰を冷徹なまでに実行する月岡の性格に、いまさらながら恐怖を覚えたのだ。まして、前任者の児玉が解任された難題を抱え、いまだ策を探しあぐねているとあってはなおさらだ。

急に喉の渇きを覚えた。

俊太は、グラスに手を伸ばすと、

「球場の件は、わしも一生懸命考えてみるわ。一緒に知恵を絞れば、何かええアイデアが浮かんでくるで」

努めて明るい声でいうと、水を一気に飲み干した。

寛司は言葉を返さなかった。

冷ややかな眼差しでちらりと俊太を見ると、すっと視線を外した。

それは、これまでの長い付き合いの中で、はじめて見せた寛司の表情だった。

5

「球場ちゅうのは、ごつい奇麗なとこなんやなあ」

バックネット裏の席で俊太は、隣に座る浜島に向かっていった。

カクテルライトに照らされた芝の緑が鮮やかだ。普段目にする木々の緑とは全く違う。ホテルの庭にある芝の色とも異なる。人工美には違いないのだが、生命感に溢れ、グラウンド全体が清冽（せいれつ）な大気で満たされているような感を覚える。

確かに球場そのものは三十年を経ていることもあって、傷みや汚れが目立つが、グラウンドは別だ。柔らかな質感の黒土で覆われた内野にしても、まるで完成直後の光景を彷彿とさせる美しさだ。

「野球とはよういったもんやなあ」

俊太は続けた。「野で球を追う。この光景を見ると、言葉の意味がよう分かるわ」

「そりゃあ、客はカネを払ってんですから。それも縁も所縁もない、赤の他人のプレイを見に来るんですよ。贔屓のチームでもあれば、一流のプレイを楽しめもしますが、やっぱり夢を売らないことには、興行は成り立ちませんからね。雰囲気作り、舞台演出ってのは大切ですよ。うちのビジネスだって同じじゃないですか。晴れの門出を夢のような雰囲気の中で飾って、一生の思い出にしたい。だから、うちで式を挙げてくださるんじゃないですか」

俊太が社長に就任し、会社が順調に業績を伸ばしはじめたところで、出向扱いでやってきた浜島も、いまや営業部長だ。子会社への出向となれば、クサるものだが、浜島はそんな気配を微塵も見せない。

ウエディング事業は、イメージが大切だ。営業の現場を仕切りながら、広告戦略に余念がない。まして子会社とはいえ、まがりなりにも部長である。地位は人を育てるとはよくいったもので、熱心に仕事に励んでおり、いまでは俊太の右腕だ。

「ほんま、あんたのいう通りやで。野球もウエディング事業も、夢を売ることに変わりはないんやもんなあ」

「お待たせしました。ビール買ってきました」

三つの大ぶりな紙コップを両手に持ちながら現れたのは、今日のチケットを提供してくれた大手広告代理店の木暮猛である。

俊太は野球に興味がない。

文枝も唯一の趣味が読書だし、そもそもが彼女との縁ができたのも本の貸し借りがきっかけだ。それゆえに、読書には俊太も思い入れがある。

野球観戦に出かけたのは、あの日寛司が漏らした、「社長を甘く見ねえ方がいいぞ」という言葉が気になったからだ。

自分の身を案じたのではない。「テン。お前もだ」と川霧で月岡が命じてきたのは確かだが、やはりどう考えてもついでであって、寛司に向けられたもののような気がしてならない。

だとすれば、寛司が月岡の期待にこたえられなければどうなるか。

本当に月岡は寛司を切るのだろうか。いや、その可能性もないとはいえないと思えてならなくなったのだ。

そないなことになったら大変や。

せっかく専務にまでなったカンちゃんが、切られてまうようなことになってもうたら――。

だから俊太は力になりたいと思った。

いまこそ寛司に恩返しをする時だと思った。

そのためには、まずは実際に球場に足を運んでみなければならない。

そこで、浜島に切符の手配を依頼したところ、用意してきたのが木暮である。

「どうもすんませんな。切符を世話してもろうた上に、ビールまでご馳走になってもうて」

頭を下げながら紙コップを受け取った俊太に向かって、

「何をおっしゃいますか。日頃大変お世話になってる大切な取引先様じゃないですか。あっ、これつまみです」

木暮は軽い口調でこたえながら、袋に入った竹輪を差し出してきた。

俊太を挟む形で、木暮が椅子に腰を下ろしたところで、

「じゃあ、いただきます」

三人は同時にコップをかざした。

冷えたビールが喉を滑り落ちて行く。

夕暮れ時の風が心地よい。

喉を鳴らしながら三口ばかりビールを呑んだところで、

「美味いなあ。場所が変わると、ビールの味も変わるもんやなあ」

俊太は、ほうっと大きく息を吐くと、グラウンドに目をやった。

「試合が始まれば、売り子が回ってきますから。ご遠慮なさらず、どんどんやってください」

いかにも営業マンらしく、木暮は調子のいい言葉を口にすると、「あっ、でも社長。つまみはほどほどにお願いしますよ。中華料理の店を予約してありますので」

ふと思い出したようにいった。

「ええんかいな、そないなことまでしてもろうて」

「嬉しいんですよ」

木暮は顔を綻ばせる。「浜島さんをお誘いしても、そんなことにカネを使うなら、広告料金安くしろっておっしゃって、外でのお付き合いを一度もさせていただいたことがないんです。それが、野球のチケットどうにかならないかって、しかも社長がお望みだとおっしゃるじゃないですか。こんなことはじめてですからね」

接待といえば、未収入金の回収にあたっていた頃は、頻繁に行ったものだが、あの仕事をしていた時も含め、することはあっても、されたことはない。

接待は貸しを作るものであって、借りを作るものではない。

それが、未収入金の回収の仕事の中で学んだことのひとつだからだ。

もちろん、部下であった浜島にもいって聞かせたことがあるが、いまに至ってもなお、その教えは彼の中で息づいていると見える。

俊太は頬を緩ませながら、

「わしは、野球にはとんと興味がなくて」

といった。

「そうでしたか」

木暮は俊太の言葉に素早く反応する。「では、今回はどうしてまた?」

プロ野球球団の買収話は、まだ公にはできない。

一瞬言葉に詰まった俊太に向かって、

「それ、私も訊こうと思ってたんです。社長が仕事以外のことに興味を示すなんて珍しいですよね」

と、浜島が訊ねてきた。

余計なことを……と思いながらも、

「あんた、さっきいうてたやないか。野球もウエディングビジネスも夢を売る商売や。野球いうたら国民的スポーツや。どこぞに商売につながるネタが転がってんのとちゃうか思うてな」

俊太は返した。

「さすがですなあ。これだけご繁盛なさってても、常に進化を心掛ける。いや、勉強になります」

そう持ち上げながらも、木暮は瞳に怪しい光を宿す。

勘がいい男らしい。何か別に理由があると感づいたのだ。

選手がグラウンドに飛び出して来たのはその時だ。

守備位置に向かって散っていく選手たちの姿を目で追いながら、

「試合開始やっちゅうのに、客が全然おらへんやん」

俊太はがら空きのスタンドに視線をやった。

「いやあ、カードがカードですからね。社長が試合をご指定なさったんで、切符をご用意しましたが、人気ないんですよ、このカードは。幕下同士の対戦みたいなもんですからね」

木暮は苦笑いを浮かべる。

「外野はまだしも、内野かて客の入りは半分いうとこやん。この辺りに至っては――」

俊太はぐるりと周囲を見渡しながらいった。「三分の入りっちゅうとこやん」

「まあ、平日ですからね。試合開始時間はいつもこんなもんですよ。しばらくすれば、それなりに席は埋まると思いますけど」

ところがである。

三回を終わっても、席はさして埋まらない。なるほど、これでは球団を手放したくなるわけだ。

「木暮さん。さっぱり席が埋まる気配はないけど、プロ野球いうたら見てもろうてなんぼの商売やろ。こない客の入りでやっていけんの」

俊太は問うた。

「まあ、人気球団相手だと、結構客は入りますし、親会社にはプロ球団を持つメリットは興行収入だけじゃありませんから」

「会社の名前を、テレビや新聞にただで流してもらえるいうことか」

「それが一番大きいんですよ。広告費に換算すれば、とんでもない値段になりますから」

「そやけど、選手に高(た)っかい給料払(はろ)うて、遠征費に二軍の設備、球場使用料かて払わななならんのやろ。木暮さんを前にして、こないなことというのもなんやけど、広告なんちゅうもんは、実際に効果があったかどうかなんて、本当のところは誰にも分からんもんとちゃいますのん」

「こりゃまた手厳しい――」

木暮はおどけた仕草で後頭部に手をやると、「でもね、社長。球団に入る収入は客の入りなんか関係しない部分もあるんです」

一転して真顔でいった。

「どういうことなん？」

「テレビ中継があれば放映料が入りますし、土産店ではチームのペナントや帽子、選手のブロマイドとか、単価は小さくともチリも積もればなんとやら。これもまた、結構な収入になるんです。それに、実際に席が埋まっていなくとも、一定の観戦料は入って来るようになってますから」

「客が入らへんで、なんでカネになるん？」

「年間シートですよ」

「なんや、そら」

はじめて耳にする言葉に、俊太は問い返した。

「ワンシーズン、ここで行われる試合の分を前売りするんですよ。ほら、この辺りの椅子の背中にシールが貼ってあるじゃないですか。これ、広告と違うんです。全部、席を買い切っている人や企業の名前なんです」

そういわれて周囲の椅子を改めて見ると、木暮のいう通り背もたれの裏側にシールが貼ってある。

木暮は続ける。

「野球好きな人は世にごまんといますからね。企業にとっては、接待に持ってこいなんです。好カードだと、チケットはあっという間に売り切れますから、いざという時には手に入らない。シーズンを通して押さえてしまえば、いつでも席が用意できますし、定期と同じで料金もずっと割安になりますから」

「なるほどなあ、そないな仕組みになっとるんか」

「いい席は、ほとんどそうです。バックネット裏はもちろん、内野席だって前半分は年間シートです」

木暮は、そこで内野席に目をやると、「ほら、後ろ半分の席はそこそこ埋まってますけど、前半分はがら空きでしょう? 後ろは前売りか当日券の客。今日は年間シートを持ってる企業は、あまり使ってないってことですよ」

竹輪を齧(かじ)る。

「客の入りとカネの入りは別物っちゅうことか」

「そうじゃなかったら、球団なんか経営できませんよ」

「しかしそれ、なんかもったいなくないですか」

浜島が口を挟んだ。「正規料金を払ってでも、いい席で試合を見たいって客はたくさんいるでしょうに、そっちの割合を増やせば、収益も上がるじゃないですか」

「いや、それはちょっと違うと思います」

木暮はやんわりと否定する。「熱心なファンは頻繁に球場に足を運びますからね。バックネット裏や内野のいい席は、格段に値段が張るんです。毎試合なんてとても払い切れるもんじゃありません。だから、気軽に来られる外野席を利用するんです。周りが同じチームのファンだらけとなれば、応援にも熱が入り、それが観戦の楽しみを倍増させる。観るだけじゃなくて、参加するのもプロ野球の楽しみ方のひとつですから」

そういえば、一塁側の外野スタンドの客の入りはいい。旗を振り回し、笛を鳴らし、太鼓を叩きと、その場所だけはお祭り騒ぎだ。

「しっかし、こんなチームでも年間シートを買う企業がぎょうさんおんのやねえ」

俊太は、改めて周囲を見渡した。

「そりゃあ、いろいろと付き合いってもんがありますから」

木暮はいう。「プロ球団は十二しかありません。オーナーになる企業は、それこそ名の知れた一流企業ですから、取引先はごまんとあります。そこの子会社、孫会社、力にものをいわせて、買ってくれる先を探してこいといわれたら、そりゃあみんな必死で探してきますよ。実際、それも私たちの仕事のひとつなんですから」

「広告代理店ちゅうとこは、そないなこともしますのん？」

「お客様のご意向を叶えて差し上げるのが広告代理店の仕事です。実際、うちは全球場にシーズン席を持ってますし、年間シートの購入先のお世話もしております。なんせお客様あっての広告代理店。便利屋みたいなものですから」

「それもこれも、プロ野球が木暮さんのところにとっては、大きな商売だからでしょ？」

浜島がにやりと笑った。「中継するテレビ局を探し、枠が見つかれば番組のスポンサー。試合の度にお膳立てを整え、日本シリーズはビッグイベントだ。会場作りもあるし、球場は看板だらけ。そのスポンサーを探してくるのも代理店。そのことごとくで収益をあげられるんだから、年間シートなんて安い出費でしょう」

「いやあ、浜島さんには敵いませんな。全くその通りで」

呵々と大口を開けて木暮は笑う。

グラウンドでは試合が続いている。

実際に球場に足を運んだはいいが、策は一向に浮かんでこない。

いったい、どないすんねん——。

途方にくれる思いを抱いたその時、乾いた快音が聞こえた。

スタンドが沸く。

視線を転じた俊太の目に、カクテルライトを浴びた白球が、ひときわ白く輝きながら夜空に舞った。

6

「ちょっと相談があるんだけど」

文枝が改まった口調で切り出したのは、野球観戦に出かけた三日後の夜のことである。

「なんや？」

帰宅したばかりである。

背後に回り、背広を脱ぐのを手伝っていた文枝に、俊太は振り向きざまに訊ねた。

「あのね、『菊村』さんが、今日突然訪ねて来たのね」

社長に就任して以降、収入は格段に上がった。

だからといって、生活の何が変わったというわけではない。

文枝は、相変わらず質素、倹約を常としているし、俊太にしたって物欲はない。それでも自家用車を買い、横浜で一人暮らしをしている母には十分な仕送りをしと、変わった点もないわけではない。文枝は同居を望んだが、「まだ、ひとりで暮らせるし、友達と離れるのは寂しいから」といって、その申し出を拒んだのは母である。

一番変わったことといえば、家族揃っての外食である。

文枝は家事を怠らない。毎日何品もの手料理を作って、食卓に並べる。掃除や洗濯もきちんとこなす。光子は今年の春に無事中学受験に合格し、第一志望の女子校に通いはじめ、文枝も子育てに一息ついた。そこで月に一度、外食の日を設け、一家でささやかな贅沢をしようと俊太が提案したのだ。

自宅の周辺は住宅街で、飲食店はほとんどない。菊村は、そんな中にぽつりと存在する鉄板焼の店で、いまや一家は立派な常連だが、店と客の関係だけで、それ以上でもなければ、それ以下でもない。

「なんでまた？」

俊太は問うた。

「回数券買ってくれないかって」

「なんやそれ。どういうことや」

「十一枚綴りなんだけど、一枚分得になるからって」

「電車やバスならまだしも、飲食店で回数券ちゅうのは聞いたことないな。それに、飲食は日銭商売や。そら、クレジットカード使う人もおるやろけど、わしらはいつも現金払いやんか」

文枝は顔を曇らせると、

「菊村さん、おカネに困ってるんじゃないかしら」

低い声でいった。「月に一度しか使わないけど、いつも席の半分は空いてるでしょ。いい食材を使っているのは確かだけど、その分値段が張るし、庶民感覚からいったらそう気軽に使える店じゃないもの」

「そういわれりゃそうやなあ」

菊村は夫婦ふたりとその子供の三人で経営している店だ。最大の売りは、松阪牛を使ったステーキだが、魚介類にしたって相応にいいものを使っている。文枝への日頃の感謝の印だと思うからこそ利用するが、そうでなければ頻繁に使えるような店ではない。まして、店の場所が場所である。

「お肉やお魚、野菜にしたって、仕入れた量が見込み通りに捌けなければ、無駄になっちゃうでしょう？　いいもの使ってるから、そうなった時の損も大きくなるわけじゃない。かといって、質を落とせば馴染みのお客さんには、すぐ分かっちゃうし。第一、値段を安くしても、あの場所じゃお客さんを集めるのは簡単な話じゃないもの」

「止めといた方がええんとちゃうか」

俊太は迷うことなく返した。

「要は一割の利子を払うさかい、カネ貸してくれいうてるわけや。使い切る前に、店が潰れてもうたらただの紙切れになってまうやん」

「それは分かるけど……。でも菊村さんは、いつも良くしてくださるし——」

文枝はなんとかならないのかとばかりに、すがるような目を向ける。「それに、家族で経営してるのよ。行き詰まってしまったら、生活していくことができなくなってしまうじゃない」

気持ちは分かるが、未収入金の回収を長く任されてきた俊太には、菊村が置かれた窮状が、これから先どんな展開を辿るのかが、手に取るように分かった。

いい時期もあれば悪い時期もある。それが人の一生なら、商売もまた同じだ。特に商売の場合、支払いの優先順位というものがある。菊村のような飲食業であれば、食材の仕入れ先がその最たるものだ。ムーンヒルホテルで勘定を溜めた客もまたしかり。事業継続のためのカネは必死でかき集めても、宿泊代や飲食に費やしたカネは後回しにされるのが常であったのだ。

「気持ちは分かるけどな。当座を凌げばなんとかなるいうんやったら、それこそ銀行へ行くわ」

俊太は短く息をつくといった。「菊村はんかて、毎日の勘定を手元に置いとくわけやなし、売上金は銀行に預けるはずや。日々の商いの様子はカネの動きで分かる。貸しても大丈夫や思えば、回数券なんぞ客に売らんでも銀行が融資してくれるで。それも、一割なんちゅう法外な金利を取らずにな。かといって、高利貸しは恐ろしゅうてよう使わん。バンザイいうことになっても、客の方が簡単や。そう考えたんや」

「そうか……。それはいえてるわね」

「銀行に行っても融資は通らん。菊村はんは、それを知っとるんや。つまり、与信がないちゅうことや」

俊太はいった。「商売っちゅうのはな、何も全部自分の資金でやるっちゅうもんやない。実際、うちの会社かて銀行から融資を受け、株式市場から資金を集めて、事業資金を作ってんねん。つまり、会社は借金をしながら回ってんのやけど、それでもみんな気前ようカネを出してくれはんのは、会社の将来が有望やと考えているからや。カネを貸しても、踏み倒されることはない。貸したカネにちゃんと色がついて戻ってくる。そう思っているから、喜んでカネを出すんや」

「うまくいっている時には、黙っていても人は寄ってくるけど、本当に困った時には、誰も助けてくれないってわけね——」

文枝は、悲しそうな顔をする。

「それが世の中っちゅうもんやで」

俊太は頷いた。「わしとこの会社かてそうなんやで。社長が、気前よう資金を出してくれはんのも、これから先も十年、二十年とウエディング事業は伸びていく。そない思うてくれてはるからや。五年やそこらで、終わってまうと思うたら、誰が大金使うて店舗を増やして――」

言葉がそこで止まった。

「みんな気前ようカネを出してくれはんのは、会社の将来が有望やと考えているからや」、「社長が、気前よう資金を出してくれはんのも、これから先も十年、二十年とウエディング事業は伸びていく……」。そこに文枝の「うまくいっている時には、黙っていても人は寄ってくる」という言葉が重なった瞬間、俊太の脳裏にそれまでバラバラに点在していた事柄が一気に線でつながった。

「そうや……それがあるわ……」

俊太は握りしめた拳を一方の掌にぽんと叩きつけると、「やれるかもしれへんわ……。できた……。できたわ！」

文枝の両腕を摑んで、その場で小躍りした。

「できたって……なんのこと？」

目を丸くしながら問いかけてくる文枝の言葉など、もはや耳に入らない。

「そうや、この手があったわ」

俊太は満面に笑みを浮かべながら、きっとカンちゃんも喜んでくれるはずだ。

そう確信した。

7

「カンちゃん、なんかあったん？　冴えへん顔して。ごつい機嫌悪そうやんか」

寛司の役員室を訪ねたのは、それから一週間後のことである。

一刻も早く寛司に策の是非を問いたかったが、実現可能性の裏付けが得られぬうちに持ちかけるのは、思いつきの域を出ない。

この間に木暮を呼び出し、現状を聞き、真の目的を悟られないよう、話を繕いながら策の精度を高めたのだ。

「例の合弁会社の件が決まってな」

寛司は重い声でいう。「来月には、向こうからお偉いさんが来日して、契約を交わすことになったんだ。これで、一気に海外の系列店が増えるわけだが、今回ばかりはどうもな……」

「社長のことや。十分考えた上でのことやで。心配いらへんって」

一刻も早く、球場の件を話したい。

話をまとめにかかった俊太だったが、

「急ぎすぎている気がするんだよ」

寛司はさらに懸念を口にする。「国内だって尋常じゃないスピードでホテルが増え続けている。レストラン事業だって同じだし、それに加えてお前が手がけているウエディング事業だ。確かに、ビジネスモデルは確立されてるし、収益もしっかり上がっている。だが、それに比例して借入金も膨れあがる一方だ」

「ええ話やんか。上げ潮に乗ってんのや。行ける時に勝負かけんのは、商売の鉄則やないか」

「上げ潮ねえ……」

寛司は口の端を歪(ゆが)めると、じろりと俊太に視線を向けた。「そりゃあ、潮が常に上がってりゃいいさ。だがな、上げ潮の後には必ず引き潮が来るってのが世の習いだ。上げ潮が大きけりゃ、引き潮の勢いもその分だけ大きくなる。ほら、よくいうだろ。好事魔多しって。人の一生だって、会社だって、いい時ばかりじゃねえんだぞ」

「カンちゃん」

寛司のいわんとすることは分からなくはないが、少々悲観的に過ぎる。「人の一生はそうかも知れへんけど、会社は組織や。大勢の人間が集まって、知恵を絞りおうてんのやで。そら、大きな引き潮に出くわすこともあるやろけど、三人寄れば文殊の知恵いうやんか。そうやって、ひと波、ひと波を乗り越えていくのんが会社いうもんと違うん」

「普通の会社ならな」

寛司は冷ややかな声でこたえる。「聞く耳は持つが、万事において決断を下すのは社長。そして、一旦社長が決めたことは絶対に覆らない。それがうちの会社だ」

「それで、ずっと間違いなくやって来たんやん。聞く耳を持たずっていうならともかく、話を聞いた上で決断してはんねん。心配しすぎやって」

「お前はいいなあ」

寛司は眉をハの字に開き、俊太の顔をまじまじと見つめた。「今回の件で、俺が心配してるのは、株の持ち合いだけじゃねえんだ。社風も、社長の性格も、似すぎてるってのが一番の気がかりなんだよ」

「それ、どういうことなん？」

「アメリカの会社ってのはな、トップダウン。上が決めたことは絶対で、下は従うしかねえんだよ。それに先方は、創業家が経営してる会社でな、社長はそこの四代目。絶対権力者な上に野心家だ。そんな似た者同士が一緒に事業をやって、うまいこといくと思うか？」

そういわれると、不安を覚えないではない。

「そのこと社長にいうたん?」

そう問うた俊太に向かって、

「馬鹿いえ」

寛司は首を振った。「トップ同士の相性は大事なことには違いないが、それじゃ社長の性格を理由に止めといた方がいいっていってることになんじゃねえか。そんなこといえるかよ」

「まあ、その件は決まったこっちゃ。心配したってどないにもならへんやん」

そろそろ本題を切り出す頃合いだ。「そしたら、残る問題はひとつ。球場の件やな」

「それなんだよなあ」

寛司は深い息を吐くと、「いろいろな人にも相談したし、考えを巡らしているんだが、これだっていうアイデアが浮かばなくてなあ」

テーブルの一点を見つめ肩を落とした。

「カンちゃん。その話なんだけどな」

寛司は、顔を動かすことなく上目遣いで見たが、反応はそれだけだ。

俊太は続けた。「カンちゃんの大ピンチや。そやし、わしもいろいろ考えてみてん。もし、わしの睨んだ通りなら、会社のカネを使うことなく、球場が建てられる思うねん」

寛司の表情に変化はない。

ひと言も返すことなく、無言を貫く。

こんな寛司の反応ははじめて目にするが、俊太にしても、菊村の件がなければ思いつかなかったアイデアである。

そんなうまい話があるものか。ちゃんと裏付けは取ったのか。

寛司はきっとそう考えているに違いない。

「あのな、ただの思いつきやないんやで。わしとこに出入りしてる広告代理店の人間に、それとなく話したらな、やれるいう返事をもろうてん」

寛司の目の表情に変化が現れた。

明らかに肯定的なものではない。胡乱なものを見るような眼差しである。

「そいつあよかったじゃねえか」

寛司はようやく口を開いた。「で、なんでその考えってやつを俺に話そうってんだ」

その口調の冷たさに、俊太は心臓がひとつ大きな鼓動を刻むのを覚えながら、

「えっ？」

と短く漏らした。

「お前も考えろっていわれたんだ。これぞという考えがあるのなら、直接社長にいったらいいじゃねえか」

「わしは、ついでや。たまたま、あの場にいたさかい、社長、わしにも考えいうたん

やがな」

寛司がなぜ、こんな反応を示すのか、皆目見当がつかない。

俊太は慌てて続けた。

「アメリカのホテルとの合弁事業の件だけでも大変やのに、会社のカネを使わんで球場造る策を考えろなんちゅう難しい仕事を任されたんや。なんぼカンちゃんかて大変やろう思うたし、この間いうとったやん。社長は結果を求める人や。鳴かぬなら殺してしまえホトトギス。社長は信長や。実際、児玉はんかて、策が浮かばんで解任されてもうたんやろ？　わし、カンちゃんがそないなことになったら、大変や思うて――」

「つまり、俺に花を持たせようってわけか？」

寛司はますます声を硬くし、ついには眉間に皺を刻む。

「花を持たせるやなんて……」

いったいどういうわけだ。

「そ、そんなつもりはないで」

俊太は慌てて返した。「いまのわしがあるのは、何もかもカンちゃんのおかげや。なんぼ感謝してもし切れんほど感謝もしとるし、どないしても返せんほどの恩も感じとんねん。その恩を少しでも返せたら思うて――」

「気持ちは有り難いが」

寛司は俊太の言葉を途中で遮ると、「お前がどんな策を思いついたかは分からんが、そりゃ聞くまでもねえ。駄目だな」

口の端を歪ませながら断言する。

「駄目って……話聞かんでなんで分かんねん」

「前提が間違ってる」

「前提？」

寛司は首を振りながら足を組むと、

「お前、会社のカネを使わんで球場造る策を思いついたっていったよな」

念を押すように訊ねてきた。

「そや」

「社長、あの時なんていった？　市長は球場使用料を財源にしたいって目論んでるっていったよな。ってことはだ、球場を市の持ち物にしなきゃならねえってこっちゃねえか。誰がカネを出すにせよ、莫大な建設費を負担して、市にくれてやるお大尽が世の中のどこにいんだよ」

「そやけどカンちゃん。社長はこうもいうたやんか」

にべもない寛司の反応に戸惑いながらも、俊太は反論に出た。「市にはカネがないって。そやったら、市がカネを使わへんで市民球場が持てる仕組みを考えたら、ええんとちゃうん」

「ひょっとしてお前、建設費相当分のカネを集めて、一定期間、球場使用料をチャラにしてもらおうって考えてんじゃねえのか」

図星である。

「まあ……そういうことやけど……」

「そんなんで済むなら、頭を悩ませるかよ、方法はいくらでもあるわ」

寛司はふんと鼻を鳴らした。「ただカネを作れっていうなら話は簡単なんだ。問題は、球場使用料をどうやって開場直後から、市に齎すことができるかってことなんだよ」

そこを突かれると返す言葉がない。

俊太は視線を落として俯いた。

「社長はな、常に満点を要求する人だ。八十点、いや九十点でも駄目なんだ。できなけりゃ、できるやつを連れて来るだけだ」

寛司は厳しい口調でいうと、「まあ、お前の気持ちは嬉しいが、この事案は俺自身が解決してみせなきゃならないことだ。余計なことは考えずに、お前は自分の仕事に集中しろ」

幾分声を和らげながら席を立った。

8

突然の電話で月岡から呼び出しを受けたのは、それから三週間後のことだ。
用件は告げられなかった。
ただひと言、「すぐに来てくれ」と月岡は命じると、一方的に電話を切った。
思い当たる用件はひとつしかない。
球場の件だが、それにしたって、寛司が自分で解決してみせるといったのだ。
なんやろ……。
怪訝な気持ちを抱きながら、社長室を訪れた俊太に向かって、
「例の球場の件だがな、お前、何か策を思いついたか」
ソファーに腰を下ろした途端、月岡は当たり前のようにいう。
「いや……そ、それは、カンちゃ……いや麻生さんが——」
ということは、寛司は案を出せなかったのか。
まさかの問いかけに、俊太は思わず口籠もった。
「幾つか案を出してはきたが、俺自身考えたことのあるもんばっかりでな。要はぱっ

としねえんだよ。さすがの麻生も今回ばかりはお手上げだ」

月岡はふっと笑うと、「となると、残るはお前ひとりだ」

あるならいってみろとばかりの軽い口調で改めて促してきた。

その様子から、川霧で「お前も考えろ」と命じてきたのはたまたまその場に居合わせたからであって、やはりこの難題は寛司に向けられたものであったのだと、俊太は思った。それに、月岡自身が策を見出せなかったというからには、期待にこたえられなかった寛司を見切るというわけでもなさそうだ。

しかし、自分の考えた策は、話すまでもなく本質の部分を見透かされ、寛司に否定されてしまったものである。幾つか案を出してきたというからには、当然その中に含まれていたはずだ。話したところで、「ぱっとしねえな」の評価が返ってくるに決まっている。

「あの……社長。ひとつ伺ってもええでしょうか」

俊太はいった。

頷く月岡に向かって、

「もし、市長の願いを叶えられなんだら、球団買収の件はどないなるんです？」

俊太は訊ねた。

「もちろん、方針は変わらない。球団は持つさ」

「そしたら、球場は――」

「建設費用は、うちが市との間で長期使用契約を結んで、使用料を前払いするしかねえだろな。麻生もそういうし、俺もそれ以外にないと思う」

「その前払い金はどないしはるんです？　埋立地にはうちもホテルを建てるんですよね。球団が黒字になるまでは時間がかかる。さすがに、資金負担が重うなる。そやし、なんとか軽減する方法を考えろっちゅうのが社長の命令やったはずですが？」

「広告費、ブランドイメージの向上、目に見えない部分での効果は大きいからな。長期的に見れば、十分間尺に合う投資だと割り切るしかないだろうな」

「長期的って、どれほどの期間で考えていはるんですか」

「そりゃあ、球団を持つからには十年、二十年ってスパンだ」

　月岡は当然のようにこたえると、「麻生にいわれたよ。プロ球団を持つってのは、その分野では日本を代表する企業だって認められたってことだ。逆にいえば、手放すのは落ち目になったと、自ら世に知らしめるようなもんだ。つまり、プロ野球が興行として成り立たなくなるその時まで、球団は持ち続けなければならん。それは、ムーンヒルホテルグループの経営が常に磐石(ばんじゃく)でなければならないということでもあるってな」と続けた。

　さすがカンちゃんや。うまいことをいうもんや。

決定的な策が浮かばなんだら、理詰めで納得させたわけや。

どうやら、結論は出ているようだ。

ならば自分の策を持ち出すまでもない。

そんな気持ちの緩みが、俊太の口を滑らせた。

「そしたら、グループの経営もさることながら、球団そのものも強くせなりませんな」

瞬間、月岡の顔から笑みが消えた。

しまった……と思ったがもう遅い。

「どういうことだ」

月岡は硬い声で訊ねてきた。

「いや……広告やブランドイメージに効果が出るいうのも、チームが強ければこそやないですか。贔屓のチームが負けるのを見とうて、球場に足を運ぶ人はそうおらへんやろし、選手かて強いチームに入りたい思うやろし……」

月岡の目が鋭くなる。

まずい――。

「いや、わし、社長に策を考えろいわれて、球場に行きましてん。そしたら、客はさっぱり入ってへんし、このチームを強うするためには、他所から人気の選手を引き抜いてこならんやろし、新人かて有望視されてるのを入団させなならんやろしって、ごついカネがかかるやろなあと……」

取り繕おうとすればするほど、ドツボにはまっていく。「そやけど、投資でっさかい。そら早く原資を回収するに越したことはありませんけど、十年、二十年っちゅう長いスパンで考えてはるんなら、強いチームにできますやろな」

月岡は、むっとした顔をして一瞬の間を置くと、低い声でいった。

「そりゃあ、投資の回収期間は短いに越したことはないさ。だったら、それを短くする策はお前にあるのか？」

あかん。余計なことをいうてもうた。

月岡の視線から逃れるように、俊太は俯いた。

息苦しい沈黙がふたりの間に流れた。

「どうなんだ、テン」

口を開いたのは月岡だった。「代案もなしに、問題点を口にするのは、能無しのすることった。お前、何か考えがあっていってんのか」

「いや……そやけど社長、考えとかなあかんとこを指摘するのも部下の役目やないですか」

俊太は慌てて反論した。「それに、いまゆうたことは、社長の考えを聞いて、ふと思ったことが口を衝いて出てもうただけで、問題点を指摘するつもりなんか――」

「なかったってか？」

月岡は俊太の言葉を先回りする。

「はい――」

「いい加減なこというな！」

厳しい一喝が頭上から聞こえ、肩をすくめた俊太に向かって月岡は続ける。「確かに俺は、球場建設にまつわる資金を浮かせる方法を考えろと命じた。なぜか。資金負担を軽減したいからだ。だったら、いまお前が指摘した問題点を解決する案を出してみせるのが当然ていうもんだろが。お前を呼んだのは、それを聞きたかったからだ。どうなんだ、テン。お前、考えたのか？　考えたのなら、話してみろよ」

「あ、案はあります！」

先のことなど考える暇もなかった。

話さなければ、どんな沙汰を下されるか分かったものではない。

月岡の一喝には、それだけの凄みがあった。

「そやけど、球場使用料の先払いいうのは同じですが――」

話しはじめた俊太に向かって、

「前置きはいい。さっさと話せ！」

またしても月岡は一喝する。

「シーズンシートを長期で買うてもろうたら、ええのんちゃうか思いまして……」

「シーズンシート？」

「ネット裏や内野席のええ席は、年間契約になってます。社長、いわはりましたやん。十年、二十年、いや、プロ野球が興行として成り立たなくなるその時まで、球団は持ち続けなならん。プロ球団を持ついうことは、その分野では日本を代表する企業と認められたいうことやって。そやったら二十年、いや、十年先でもええんです。うちのグループの取引先に声かけて長期でシーズンシートを買うてもろたらどうかと思いまして。広告代理店、テレビ局、新聞社、雑誌社——、広告だけでも、うちは大金を使うとるんです。本業の取引先かて、ぎょうさんあるし、その下請け、孫請けいうことになれば、そら大変な数になると思うんです」

不思議なもので、窮地に追い込まれると、それまで思いもつかなかったアイデアが、次から次へと湧いてくる。

俊太は続けた。

「そら、十年分前払いいうことになれば、ごつい金額になりますよって、どれだけ協力してもらえるか分かりません。取引先に声かけても、無理やいう先もあるでしょう。そやけど、社長の力を借りれば、取引先でなくとも買うてくれる先はぎょうさんあると思うんです」

「俺の力？」

これもこの場で思いついたアイデアのひとつだ。

この策が受け入れられるなら、月岡にもノルマを与えてしまえば、万が一目標金額に届かぬ場合の保険になる。

「日頃の付き合いですわ」

俊太はいった。「社長は財界にも知り合いがぎょうさんいてはりますやろ。財界いえば、大企業の集まりやないですか。中小企業なら無理でも、大会社となれば、十年分のチケット代なんか安いもんやと思うんです。銀行、建設会社、保険会社、わしが思いつくだけでも、うちと持ちつ持たれつの会社がぎょうさんあります。それに、大会社には必ず子会社もあれば、販社いうもんもあります。親会社が買うたチケットをそっちに回すことやってできるやろうし、そうなれば実際に客が入らんでも――」

月岡は口を開きながら、きょとんとした顔をして俊太を見つめると、一瞬の間を置き、

「お前……面白いこと考えるな」

感心したように漏らした。

その反応に意を強くした俊太は、

「それと、球場の建設費ですが、埋立地に建てるホテルの建設会社に、ふたつの物件

の建設を任せたらどないか思うんです。でかい案件ふたつ注文したるさかい、まとめてなんぼでやるいうたら、そら建設会社は仕事が欲しいに決まってます。ひとつ分の利益を値引いてでもっちゅう気になるん違いますやろか」

言葉に弾みをつけた。

「なるほどなあ。一括受注を条件に値引かせるか。確かにその手はあるな」

月岡の目元が緩む。

その反応に心が軽くなる。そしてまたひとつ――。

「もっとも、それだけでは市が球場をただで手に入れられても、恒常的な財源は得られません。そやけど、それも社長の力を以てすれば、解決できる思うんです」

「どうやって？」

「広告ですわ」

俊太はこたえた。「プロが使う球場は看板だらけやないですか。フェンスかて企業名とか、商品名で埋めつくされてますやん。そら、市営球場ですよって、広告集めんのは役所の仕事になるんでしょうけど、それにしたって、肝心の企業に広告出すことを同意させなりません。シーズンシートと同じですわ。うちが使うてる広告代理店を動かし、さらに社長に日頃お付き合いしてはる財界のご重鎮たちに声をかけてもらえば、広告主を集めんのはわけない思うんです。役所勤めの公務員に、そないなことをやらせたら、難儀するのは目に見えてますし、広告代理店に任せたらごついカネを取られます。うちが広告集めてくれれば市の負担はゼロ。そら市長かて恩義に感ずるのとちゃいますやろか」

月岡は背もたれに体を預けると、前髪を掻き揚げながら、「う〜ん」と唸った。

「それに、社長は、この球団を強うして、人気球団にせなならんと思うてはるんですよね」

俊太はさらに声に力を込めた。「球団が強うなれば客も集まります。テレビの中継も多くなるでしょう。広告効果が増せば、料金だって値上げできるやないですか。増えることはあっても減ることはない財源ができれば、市にとっては願ったり叶ったりやと思うんです」

話を聞き終えた月岡は、ぐいと身を乗り出すと、

「どうして、この案をさっさといわねえんだ」

俊太の目を見据え、ニヤリと笑った。「いや、素晴らしいよ。何もかも、いわれてみればというやつだ」

月岡の顔に笑みが広がっていく。

ふふ……ふふふ……。やがて肩を揺らしはじめると、ついに天井に顔を向け、大声で笑い出した。

「テン。でかした！　俺も麻生もこれぞという策を見出せなかった問題を、お前は見事に解決してみせたんだ」

信頼、慈愛、確信、おおよそ人間が持つ正の感情の全てを宿す月岡の目に接すると、先ほど怒りの丈を容赦なくぶつけてきた同じ人間とは思えなくなる。

だが、そんなことはどうでもよかった。

月岡が、この案に満足していることは明らかだ。

危機を乗り切った安堵（あんど）の気持ちが胸中に果てしなく広がっていく感覚に俊太は浸った。

笑いの余韻が残る月岡の顔を見ながら、気づかれぬようにほっと小さく息をした時、握りしめた掌がじっとりと汗ばんでいることに、俊太ははじめて気がついた。

――本書のプロフィール――

本書は、二〇一八年九月に小社より刊行された同名の単行本を加筆・改稿し、文庫化したものです。

小学館文庫

TEN（テン） 上

著者 楡 周平（にれ しゅうへい）

二〇二一年二月一〇日　初版第一刷発行

発行人　飯田昌宏
発行所　株式会社 小学館
〒一〇一-八〇〇一
東京都千代田区一ツ橋二-三-一
電話　編集〇三-三二三〇-五七六六
　　　販売〇三-五二八一-三五五五
印刷所 ――――― 凸版印刷株式会社

ISBN978-4-09-406879-5